非物质文化遗产保护项目

苏东坡传说

王晋川　编著

四川人民出版社

图书在版编目（CIP）数据

苏东坡传说 / 王晋川编著 . — 成都 : 四川人民出
版社 , 2024.4
ISBN 978-7-220-13634-4

Ⅰ.①苏…　Ⅱ.①王…　Ⅲ.①民间故事 – 作品集 – 四
川　Ⅳ.① I277.3

中国国家版本馆 CIP 数据核字（2024）第 062215 号

SU DONGPO CHUANSHUO

苏 东 坡 传 说

王晋川　编著

出 版 人	黄立新
责任编辑	王定宇　舒晓利
装帧设计	李其飞
责任校对	李隽薇
责任印制	祝　健

出版发行	四川人民出版社（成都三色路238号）
网　　址	http://www.scpph.com
E-mail	scrmcbs@sina.com
新浪微博	@四川人民出版社
微信公众号	四川人民出版社
发行部业务电话	（028）86361653　86361656
防盗版举报电话	（028）86361661
照　　排	成都木之雨文化传播有限公司
印　　刷	成都东江印务有限公司
成品尺寸	170mm×240mm
印　　张	19
字　　数	280 千字
版　　次	2024 年 4 月第 1 版
印　　次	2024 年 4 月第 1 次印刷
书　　号	ISBN 978-7-220-13634-4
定　　价	78.00 元

序

　　在中国古代著名文学家中，苏东坡的故事最为丰富而且流传广远，这是一个很值得注意的文化现象。

　　清人蒲松龄在《聊斋志异自序》中说："才非干宝，雅爱搜神；情类黄州，喜人谈鬼。"黄州，指的就是苏东坡，因为他曾被贬为黄州团练副使。蒲松龄这个话，又是根据宋人叶梦得《避暑录话》的记载："子瞻在黄州及岭表，每旦起，不招客相与语，则必出而访客；所与游者，亦不尽择各随其人高下，谈谐放荡，不复为畛畦，有不能谈话者，则强之说鬼。"蒲松龄是一位大小说家，当然也就是大故事家，他却说自己是效法苏东坡的，可见东坡乃是酷爱与朋友们摆谈各式各样"龙门阵"的大故事家。

　　有趣的是关于东坡这位故事家的故事，竟然有如此之多，这是为什么呢？我想有下面三个原因：

　　第一，是出于人们对东坡的景仰。东坡是一颗文化巨星，是历史上文化人高尚人格的典型。他爱国爱民，求实求真，独立不惧，潇洒自适。他是一位全能艺术家和多专长学者。就散文言，是唐宋第一流古文大家；就诗歌言，是宋诗的代表人物，是继屈原、李白、杜甫之后我国古代最伟大的诗人；就词言，是宋词革新的开拓者，是极富创造精神的第一流词人。他是宋代四大书法家之首，又是湖州派的重要画家。他精于哲学（有《苏氏易传》《东坡书传》《论语说》等著作），是思想家；有系统的论政主张和实践事功，是政治家。此外，在农学、医药、水利、园林、盆景、制墨、酿酒、烹饪等领域，都有值得一提的研究。这样一位文化巨人，在一定意义上说，是中国后期封建社会知识界倾慕、学习的楷模。景仰之情，使得人们对于他的"故事"，自然要津津乐道了。

第二，东坡一生的活动事迹，本身就具体鲜明，丰富有趣。这在他自己的著述和同时代人的作品中都有翔实细密的记载。从宋人的几种年谱到清人王文诰的《苏诗总案》、孔凡礼的《苏轼年谱》，再结合宋以来有关的笔记材料，我们可以看到东坡鲜活的一生。单说他为老百姓做实事、做好事的事情，就有很多件：如在凤翔改革"衙前"役法。在密州，拿出库粮收养弃儿。在徐州，领导人民防洪救灾。在杭州，疏浚西湖，灌溉农田；自己捐钱加上官库资财，开办免费病坊，治愈数千病人。在扬州，废除生事扰民的"万花会"。在定州，惩治贪污吏胥和骄横军将，整顿边防部队。贬居惠州，还捐钱为当地修桥，帮助广州官员用竹筒引白云山蒲涧泉入城，解决人民食用淡水的困难。以上只就政事管理上略举数例，其他如文学活动、艺术活动、学术活动、友朋交往、山水留连、家庭关系，以及日常生活中方方面面，都有很多生动活泼的事件。这些事件，一经书之竹帛，流传人口，便自然而然地酿造出许多有趣的故事来。

第三，是东坡人格魅力的衍射。东坡主儒术而不迁，杂佛老而不溺，勤于政事，热爱人生，积极乐观，胸次广阔。正如他自己所说："上可陪玉皇大帝，下可陪卑田院乞儿。"他对待生活的诚恳、坚定、浪漫、诙谐，可以从他自己的一则记录中看出："余在湖州，坐作诗追赴诏狱，妻子送余，出门皆哭。无以语之，顾谓妻曰：'子独不能如杨处士妻作一诗送我乎？'妻子不觉失笑，余乃出。"（《东坡志林》卷二）东坡的性格是人们喜爱的。西方人说："一千个观众就有一千个哈姆雷特。"在历史载籍的基础上，按照东坡的性格发展逻辑，按照人民群众心目中东坡的美好形象，在民间传说中、民间文学中也就必然繁衍出有关的故事来。这正是人们对东坡精神的创造性接受、发挥与宣传，反映了广大群众对东坡的热爱。

因此，站在今天时代精神的高度，与时俱进地阅读理解这些故事，是深刻认识三苏文化的一个重要方面。

王晋川先生的这本《苏东坡传说》对此做了一件很有意义的工作。书中较为齐全地搜集了民间流传的东坡故事资料，按照内容的时间、地域因素整理编排。经过作者精心的创造加工，篇幅完整，语言流畅，以细腻的笔调再现了广大人民群众心目中苏东坡的独特性格和美好形象。透过这些作品，我们既看到了人民对东坡的热爱之情，又看到了东坡精神在后世的流传和衍射。

东坡是全能艺术家。祖籍山西临汾而生长在四川眉山的王晋川先生也正驰骋在小说、诗歌、散文、戏曲和音乐的领域，尤其对三苏的研究宣传做了许多工作，我想这与三苏故里对他的熏陶，东坡遗风对他的影响是有密切关系的。传承三苏文脉，弘扬东坡文化，是推动中华优秀传统文化的一个重要环节，所以，我很高兴地祝贺这本书的问世。同时，也要看到，"苏海"汪洋，学无止境，在学习、理解、研究、宣传三苏文化方面，我们都还应不断地努力，力争作出自己应有的贡献。谨以此和晋川先生并广大苏学爱好者共勉。

张志烈

2004 年 5 月 18 日于四川大学

（作者系四川大学教授，博士生导师。中国苏轼研究学会原会长。张老二十年前撰写的"序"，至今读来仍精深有味，特此保留，以飨读者。）

目录

一 眉山传说

苏东坡出世 …………………………………… 003

天石砚 ………………………………………… 004

瑞莲池 ………………………………………… 006

改得好 ………………………………………… 008

怼秀才 ………………………………………… 009

来凤轩 ………………………………………… 010

程夫人教子 …………………………………… 012

改联立志 ……………………………………… 015

蟆颐观联对 …………………………………… 017

连鳌山留题 …………………………………… 020

苏东坡打赌 …………………………………… 022

东坡湖 ………………………………………… 024

通惠桥 ………………………………………… 027

松江义渡 ……………………………………… 029

智退太学士 …………………………………… 031

写招牌 ………………………………………… 033

远景楼 ………………………………………… 035

三苏祠的金鸭子 …………………………………… 037

苏小妹传说 ………………………………………… 039

修文场的来历 ……………………………………… 048

唤鱼联姻 …………………………………………… 050

木鱼口镇邪 ………………………………………… 052

巧戏牛二怪 ………………………………………… 055

猫猫石 ……………………………………………… 057

红叶联姻 …………………………………………… 059

讲字论人 …………………………………………… 062

张飞庙前对绝联 …………………………………… 063

清音亭 ……………………………………………… 064

载酒凌云游 ………………………………………… 067

大佛戏东坡 ………………………………………… 070

东坡楼与忠贤祠 …………………………………… 072

嘉州城为啥不打五更 ……………………………… 075

初试成都 …………………………………………… 080

名动京师 …………………………………………… 082

想当然耳 …………………………………………… 084

苏东坡读书 ………………………………………… 086

二 八州趣闻

三挫苏贤良 ………………………………………… 091

点金术 ……………………………………………… 094

智断铜钱案 ………………………………………… 096

苏东坡打"鬼" …………………………………… 099

谏买浙灯 …………………………………………… 101

字说说字 …………………………………………… 103

苏太守卖画 ………………………………………… 104

徐州战洪水 ………………………………………… 107

苏东坡与参寥子 …………………………………… 109

孤山开石炭 ………………………………………… 111

苏东坡坐监 ………………………………………… 114

庐山行吟 …………………………………………… 119

三会王安石 ………………………………………… 121

五日登州府 ………………………………………… 125

东坡画扇 …………………………………………… 127

苏太守讨饭 ………………………………………… 129

谜中谜 ……………………………………………… 132

安乐坊 ……………………………………………… 134

琴操 ………………………………………………… 138

判斩淫僧 …………………………………………… 141

诗斥权贵 …………………………………………… 143

东坡与佛印 ………………………………………… 146

玉带镇金山 ………………………………………… 148

颍州办水利 ………………………………………… 149

扬州罢花会 ………………………………………… 151

定州戍边防 ………………………………………… 153

三 三地逸事

十游赤壁 …………………………………………… 159

黄州耕东坡 ………………………………………… 162

东坡问稼 …………………………………………… 165

河东狮吼 …………………………………………… 167

只认衣冠不认人 …………………………………… 169

寒食帖 ……………………………………………… 170

沙湖买田 …………………………………………… 173

东坡请医 …………………………………………… 175

义侠巢谷 …………………………………………… 177

米芾来了 ……………………………………… 179

诗赠李琪 ……………………………………… 181

天远堂 ………………………………………… 183

惠州济众生 …………………………………… 185

广州引清泉 …………………………………… 188

苏东坡在海南 ………………………………… 190

始信东坡眼力长 ……………………………… 193

吉贝布 ………………………………………… 195

劝农护牛 ……………………………………… 197

设宴办学 ……………………………………… 199

东坡墨 ………………………………………… 201

四 东坡美食

东坡味道 ……………………………………… 205

东坡肘子 ……………………………………… 208

东坡豆腐 ……………………………………… 211

东坡菜羹 ……………………………………… 213

东坡鱼 ………………………………………… 215

东坡面 ………………………………………… 217

东坡米 ………………………………………… 219

东坡粽 ………………………………………… 221

东坡橘 ………………………………………… 222

东坡茶 ………………………………………… 224

东坡酒 ………………………………………… 226

二红饭 ………………………………………… 228

三白饭 ………………………………………… 229

食荔枝 ………………………………………… 231

五 心系天下

育儿会 ·· 237

秧马歌 ·· 239

养生诀 ·· 242

马券碑 ·· 244

东坡井 ·· 246

子瞻帽 ·· 249

妙对挫辽使 ·· 250

琴诗谈琴 ·· 252

苏东坡洗澡 ·· 254

求人不如求己 ·· 256

眉山为啥出三苏 ······································ 257

六 平生功业

东坡书话 ·· 265

巧堵后门 ·· 267

胸有成竹 ·· 269

观棋 ·· 271

苏东坡升天 ·· 273

苏东坡上当 ·· 275

东坡论战 ·· 277

苏东坡会做官吗 ······································ 280

苏章恩仇记 ·· 282

巨星殒常州 ·· 285

安葬郏县 ·· 288

参考书目 ·· 290

后记 ·· 291

一

眉山传说

苏东坡出世

眉山有一首民谣:"眉山生三苏,草木尽皆枯。"还有一句话:"蜀有彭老山,东坡生则童,东坡死复青。"说的是唐宋八大家中的三苏父子,汲尽了眉山的天地精华,成为千年泰斗、文章大家。传说虽不足信,却饱含着眉山父老乡亲对三苏的夸耀和赞美。

宋仁宗景祐三年腊月十九,苏东坡诞生于四川眉州眉山县纱縠行苏宅。据说出生时背上有七颗黑痣,状若北斗七星,可惜世人无由得见。后来,苏东坡在杭州当官,常去寿星院游玩。每到夏天,苏东坡一进寺院,就要脱衣除帽,"般礴"一番。何为"般礴"?就是像个小孩一样释放天性,或四仰八叉躺地上,或随心所欲翻跳打滚,想怎么玩就怎么玩。据《春渚纪闻》载:寿星院有个僧人叫则廉,年轻时伺候过苏东坡。他曾亲见祖胸露背的苏东坡,后背上有七颗黑痣,排列如北斗七星。北斗七星的第四星即文曲星,主管智慧和人间文运。所以后代文人称赞苏东坡:"文星旷世,曜耀寰中。"

苏东坡活了多少岁呢?如果按公元计年,从1037年至1101年,苏东坡活了64岁;如果按中国传统农历计算,苏东坡生于1036年腊月十九,至1101年逝世,苏东坡活了65岁;如果按民间"虚岁"的算法,娘肚子里算一年,苏东坡活了66岁。

天 石 砚

西蜀眉山，是少年苏东坡的天堂。眉山城不大，穿城三里三，围城九里九，九条街十八条巷。东门便是滔滔岷江，江鸥点点，帆挂云天。江对岸是"锦江南来第一道观"——蟆颐观。西门有苏家的田，骑牛放羊，"我卧读书牛不知"。南门有"小桃源"，天晴时可看见峨眉山。北门有桑树果树，苏东坡常常跟着大孩子，"狂走从人觅梨栗"。

苏家在专卖丝绸布匹和蚕具的纱縠行，有一座五亩大的宅院。苏东坡经常和小伙伴们在园子里疯玩。

有一天，苏东坡正和小伙伴追逐打闹，突然被绊了一跤。起身一看，原来是一块埋了半截的石头。苏东坡把石头刨出来，那石头像一条浅碧色的鱼，通体缀满细小的银星。一敲，铿然有声。石头的一面有凹槽，很像一方砚台。苏东坡取来墨锭，试研了几下，竟然十分发墨。苏东坡很高兴，带上石头去见父亲苏洵。

苏洵接过石头，端详了半天，告诉苏东坡说："这是一块天石，预示着文字之祥，就叫它天石砚吧！"苏东坡却说："这块石头好是好，可惜没有蓄水的水窝。"苏洵摸摸苏东坡的头，说："孩儿啊，天地万物有阳就有阴，有长就有短，有利就有弊，切不可事事求全啊！"苏东坡似有所悟，轻轻点了点头。

苏洵特地为天石砚做了一只木盒，并刻上铭文：

> 一受其成，而不可更。
> 或主于德，或全于形。
> 均是二者，顾予安取。
> 仰唇俯足，世固多有。

苏东坡很喜欢天石砚，一直带在身边。"乌台诗案"，苏东坡被流放黄州时，在家人带来的行李中遍寻不得天石砚。几年后，苏东坡被调往汝州，乘船过当涂时，突然在书箱里发现了天石砚。苏东坡喜不自胜。装砚的木盒虽然陈旧粗糙，但那是父亲当年亲手制作的，非常珍贵。苏东坡把天石砚赠送给了儿子苏迨、苏过，向他们讲起天石砚的故事。

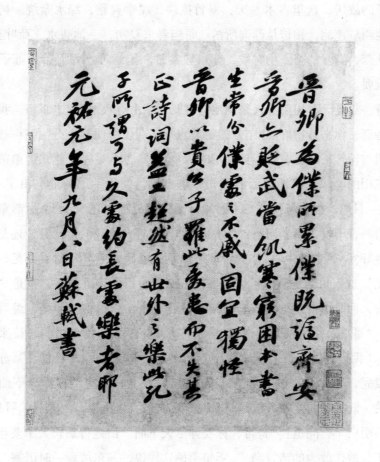

瑞 莲 池

在四川省眉山市纱縠行，有一座闻名天下的宅院，即被誉为"南州胜迹古祠堂"的"三苏祠"。三苏祠是我国北宋大文学家苏洵、苏轼、苏辙三父子的故居，这里古木参天，翠竹掩映，屋宇典雅，绿水萦绕。祠内有一莲池叫瑞莲池，相传是苏洵所凿。每当春末夏初，一池碧水，荷叶盈盈，芙蕖吐蕊，满园清香。小时候，苏东坡常常和姐姐苏八娘、弟弟苏子由在池边玩耍。

有一年夏天，姐弟三人来到池畔赏花。子由对八娘说："姐姐，我给你出个诗谜，你来猜猜好吗？"八娘笑着点点头。子由便吟道："我有一间房，半间租与轮转王，平时看不见，用时闪金光。"苏八娘一听就知道弟弟说的是木工用的墨斗，但她嫌后面两句不够准确，便用弟弟的谜底出了一谜："我有一只船，摇橹又拉纤。去时拉纤去，回时摇橹还。"子由见苏东坡站在旁边一言不发，不禁问道："哥哥，你来评评，是我的诗谜好，还是姐姐的诗谜好？"苏东坡说："你的诗谜虽然不够准确，但'平时看不见，用时闪金光'这一句倒是说出了你的性格特点。姐姐的诗谜虽好，只是'去时拉纤去，回时摇橹还'，怕是个苦命人呢！"子由听得似懂非懂，缠着苏东坡说："哥哥，你也来个诗谜嘛。"苏东坡说："好，我也用四句诗来猜这个谜：'我有一张琴，琴弦藏腹中。为君马上弹，弹尽天下曲。'"苏东坡刚一说完，苏八娘就拍手叫绝，连声说："好，好！这'弹尽天下曲'一语双关，既是谣曲之曲，也是是非曲直之曲，引人深思，耐人寻味呀！"子由有些明白了，问道："哥哥，你要弹尽天下曲，怕是将来长大了要当个忠直刚正、敢作敢为的清官哟。"听姐弟俩这样说，苏东坡竟一时语塞。

原来，前些天母亲程夫人读《后汉书·范滂传》时，潸然泪下。苏东坡在一旁看见，惊问其故。程夫人便把范滂为官清正、疾恶如仇、刚正不阿，最后受到奸臣陷害被杀的故事告诉苏东坡。苏东坡问母亲："将来长大

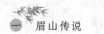

了，我也要做范滂那样的人，母亲答应吗？"程夫人高兴地说："你能做范滂那样的人，我就不能做范滂母亲那样的人吗？"听了母亲的赞扬，苏东坡立下志向："奋厉有当世志。"

说来也怪，那年苏老泉带着两个儿子进京赶考，瑞莲池里的荷花竟突然并蒂开放。到了八月，兄弟二人皆中举。第二年，两兄弟又同科进士及第。眉山人纷纷传说，瑞莲池的荷花并蒂开放是吉兆，"奇池荷极盛，并蒂兆科甲"。再后来，人们越传越神，说瑞莲池里的荷花是"灵荷"，开一朵便要中一个进士，开两朵就要中两个进士，开多少朵就要中多少个进士。要不然，两宋三百年间，眉山怎么会出九百零九个进士呢？

改 得 好

　　苏东坡八岁那年，到眉山城内天庆观北极院的乡校读书。老师是个极有学问的道士，叫张易简。有一天，从京城来了一个人，给张易简带来一本《庆历盛德诗》，他们议论着欧阳修、韩琦、富弼、范仲淹等人，显得异常兴奋。苏东坡在旁边听了半天，弄不清楚这些人是干什么的，就问张老师："这些人是什么人哪？"张易简回答说："小孩子何必多嘴！"苏东坡说："如果这几个人是天上的神仙，我就没什么可问的了。如果他们是世上的人，我问一问又何妨呢？"张易简原本就喜欢苏东坡，这一问又问得很有道理，便耐心地把这几个人向苏东坡一一作了介绍，然后感慨道："这几个人都是当今天下治国安邦的人才，他们为国为民，披肝沥胆，外抗强权，内治忧患，真是人中豪杰啊！"苏东坡听了老师的介绍，决心以他们为榜样。从此，苏东坡读书更加刻苦用功。

　　不久，苏东坡和弟弟转到眉山城西寿昌书院读书。书院的老师叫刘微之，平时很喜欢作诗。有一天，刘微之写了一首名为《鹭鸶》的诗，心里非常高兴，就很得意地念给学生们听。这首诗的最后两句是："渔人忽惊起，雪片逐风斜。"刘微之念完后，学生们都拍手称好，只有苏东坡站起来对刘微之说："老师，你写的这首诗的确不错，但我想，那些被渔人惊起的鹭鸶，后来又飞到何处去了呢？依我看，不如将最后一句改为'雪片落蒹葭'。"刘微之听了，觉得苏东坡改的诗句更贴切，更传神，不禁为自己有这样聪明的学生感到骄傲，连声称赞道："改得好，改得好！"

怼秀才

有一天，苏东坡正在瑞莲池边洗墨砚时，门外来了一位号称饱学之士的秀才，要找苏东坡的父亲苏洵对对联，好显显自己的学问。苏东坡的父亲苏洵，就是《三字经》中提到的"二十七，始发愤，读书籍"的苏老泉，那天恰巧不在家。秀才心里很不高兴，看见池边有个娃儿在洗墨砚，便走过去说："苏家的人都死到哪里去了？鬼花花都看不到一个！"苏东坡没答话，只拿眼睛瞟了他一眼。秀才更加生气了，指着苏东坡的鼻子眼睛说："鼻孔子，眼蒙子，蒙子反居孔子上。"秀才想，苏老泉不在，找个娃娃出出气也好。谁知苏东坡站起身，指着秀才的眉毛胡子说："眉先生，须后生，后生更比先生长。"秀才听了，大吃一惊，本来想在苏家露一手的，哪晓得连个毛头娃儿都惹不起，只得红着脸灰溜溜地走了。

来 凤 轩

眉山三苏祠有一幢建筑叫"来凤轩",相传是苏东坡苏子由两兄弟小时候的书房。来凤轩在早叫"南轩",后来改名叫"来凤轩",苏轼兄弟双双考上进士后,再改名叫"来凤轩",这是怎么回事呢?

我们先来看看苏东坡元祐年间写于京师的一篇短文《梦南轩》:

> 元祐八年八月十一日将朝,尚早,假寐。梦归毂行宅,遍历蔬园中。已而坐于南轩,见庄客数人方运土塞小池,土中得两芦菔根,客喜食之。予取笔作一篇文,有数句云:"坐于南轩,对修竹数百,野鸟数千。"既觉,惘然怀思久之。南轩,先君名之曰"来凤"者也。

从这篇短文中,可知当年眉山纱毂行苏宅修竹茂林,野鸟翔集。东坡兄弟坐在南轩中读书学习,透过窗户,看见有几位庄客正运土填埋一个小水池。庄客们挖土时挖出了两根萝卜,高兴地分享。在文章的结尾,苏东坡补了一笔:"南轩,先君名之曰'来凤'者也。"先君即父亲苏洵,苏洵为何要把"南轩"改名为"来凤"呢?

苏洵出身布衣,靠勤奋学习,成为一代经学大师。他把"南轩"改为"来凤",其实别有深意。"来凤"二字取自八卦"巽"卦。《易·说卦》言:"巽为木,为风。位东南,吉。"《易·蒙》又说:"童蒙之吉,顺以巽也。""巽"从二巳,巳即子,二巳即二子。"巳巳与共"表示二子同心,恭顺谦让。弄清楚"来凤"的本意,就不难理解苏洵的良苦用心了。尽管苏洵对两个儿子"轼""辙"的命名,写了《名二子说》,坦陈了做父亲的期许和担忧,但他更愿意从苏门优秀家风家教传承的高度,让两个儿子做到兄友弟恭,祸福相随,患难与共。东坡兄弟一生的行止,践行了父亲的凤愿，同进退，共荣辱，逝世后也埋在一处。

嘉祐二年，苏轼、苏辙进士及第。嘉祐六年参加制科考试，苏轼入三等，苏辙入四等，兄弟名震京师。大诗人梅尧臣兴奋地给苏洵写下一首诗《题老人泉寄苏明允》，赞扬苏轼苏辙："日月不知老，家有雏凤凰。百鸟戢羽翼，不敢呈文章。"意思是苏家出了两只凤凰，成为国家栋梁。后来，人们就把"来风轩"改成了"来凤轩"。

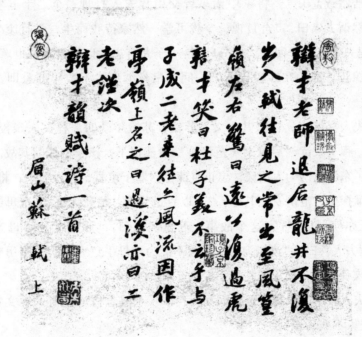

程夫人教子

程夫人，即《眉州通志》载"苏程氏"，四川眉州眉山人。程夫人家族声名显赫，富甲一方。其祖父程仁霸，苏东坡录逸事云："公讳仁霸，眉山人，以仁厚信于乡里，摄录参军。"其父程文应，任职光禄寺丞。程夫人十八岁嫁给苏洵，孝敬公婆，和睦邻里。苏洵年轻时壮游天下，"山川看不厌，浩然遂忘还"，将家中诸事皆交由程夫人打理，至二十五岁始醒悟，慨然谓夫人曰："吾自视，今犹可学，然家待我而生，学且废生，奈何？"程夫人见浪子回头，十分欣慰："子苟有志，以身累我可也。"程夫人变卖嫁妆首饰，在纱縠行开了一间布帛丝绸店，不数年苏家即富裕起来了。

程夫人喜读书，皆识其大义。苏轼、苏辙年幼时，程夫人亲授以书。有一天，程夫人读《后汉书·范滂传》潸然泪下，孩子们惊问其故。程夫人便讲了东汉范滂为人清廉，忠正直谏，得罪了宦官，逮入死牢，将被杀。范母入狱探望，范滂安慰其母："儿以直道受诛，虽死无憾。"范母鼓励儿子："死亦何恨！"听完这个故事，苏轼跪请曰："轼若为滂，母亲许之否？"程夫人喜曰："汝能为滂，吾顾不能为滂母乎！"从此，"奋厉有当世志"的宏伟抱负，便深深扎根于少年苏东坡的心中。

程夫人教子，以身为范，润物无声。《东坡志林》里有一篇文章，叫《记先夫人不残鸟雀》：

> 吾昔少年时，所居书室前，有竹柏杂花，丛生满庭，众鸟巢其上。武阳君恶杀生，儿童婢仆，皆不得捕取鸟雀。数年间，皆巢于低枝，其鷇可俯而窥也。……异时鸟雀巢不敢近人者，以人为甚于蛇、鼠之类也。"苛政猛于虎"，信哉！

苏东坡以母亲"不残鸟雀"的故事,"言政刺过",讥讽"苛政猛于虎"的时政,让我们看到了一位以仁爱之心对待世间一切生灵的慈母。

苏东坡的另一篇文章《记先夫人不发宿藏》,可以看作苏东坡自我批判的"忏悔录",发人深思,令人警醒。

> 先夫人僦居于眉之纱縠行。一日,二婢子熨帛,足陷于地。视之,深数尺,有一瓮,覆以乌木板。夫人命以土塞之……其后吾官于岐下,所居古柳下,雪,方尺不积雪;晴,地坟起数寸。吾疑是古人藏丹处,欲发之,亡妻崇德君曰:"使先姑在,必不发也。"吾愧而止。

苏东坡在文章中讲了两件事:一是在眉山老家纱縠行发现了窖藏,程夫人命"塞之"。二是苏东坡在凤翔做官时,于雪后发现古柳树下有异象,欲掘之。妻子王弗搬出程夫人的教诲:天不助恶,非义不取。母爱如细雨和风,时时陪伴着远行的苏东坡。后来,苏东坡谪贬黄州,写下著名的《赤壁赋》,言语之间隐约可闻程夫人的教诲:

> 且夫天地之间,物各有主。苟非吾之所有,虽一毫而莫取。惟江上之清风与山间之明月,耳得之而为声,目遇之而成色,取之无禁,用之不竭,是造物者之无尽藏也。

程夫人用她无私的大爱,造就了空前绝后的"一门三苏"。嘉祐二年(1057),正当三苏父子名震京师之际,程夫人在眉山纱縠行老宅因病而逝,终年四十八岁。苏洵葬妻于彭山县安镇乡可龙里(今眉山市东坡区富牛镇永光村)。

苏洵在《祭亡妻程氏文》中写道:"昔予少年,游荡不学。子虽不言,耿耿不乐。我知子心,忧我泯没。感叹折节,以至今日。"后来,朝廷感念程夫人的贤惠节操,追封其为"武阳县君""成国太夫人"。宋代大儒司马光赞曰:"贫不以污其夫之名,富不以为其子之累。知力学可以显其门;而直道可以荣于世。勉夫教子，底于光大。"从那以后，我们的生活中就多了一个成语：勉夫教子或相夫教子。

　　有人说，孟母、苏母、岳母为中国古代三大贤母，你认为呢？

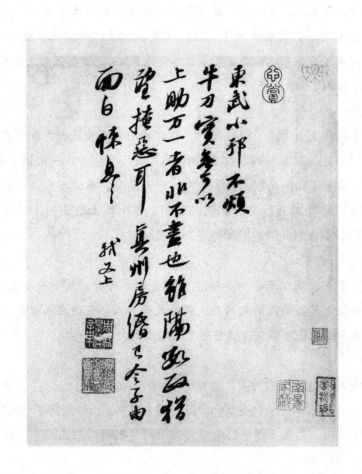

改联立志

苏东坡八岁入眉山天庆观，拜道士张易简为师。后来到城西寿昌院读书，成为眉州教授刘巨（刘微之）的弟子。十一岁写下脍炙人口的《却鼠刀铭》，一时轰动眉州城。少年苏东坡暴得大名，不免有些飘飘然。

有一年除夕，苏东坡在大门上贴了一副对联："识尽人间字，读遍天下书。"这副对联尽显恃才傲物、无知无畏的少年霸气。

大年初一一大早，苏家宅院外围满了观联的人。有的说这副对联写得好，豪气冲天，立意高远；有的说小小年纪，口出狂言，太不知天高地厚了。一时间众说纷纭，莫衷一是。

人群中有个白胡子老大爷，拄着一根拐杖，肩上斜挎着一个黄色书袋。他把对联反反复复读了好几遍，对旁边的人说："老朽好想见见撰联的人。"有那腿快的，一溜烟钻进苏宅，通报了苏东坡。

苏东坡昨夜守岁，睡得晚了点，被人从床上叫醒，一边打着呵欠一边来到门口，问："谁找我啊？"那白胡子老大爷趋身上前，拱手致意，说："敢问这位小先生就是撰联的神童了？"苏东坡答道："神童嘛，还称不上，不过这副对联倒是我写的，老先生有何见教？"老大爷从黄色书袋里掏出一本书，递给苏东坡，说："小先生既然识尽人间字，读遍天下书，老朽这里有一本书，耗尽毕生精力，也才识得一半，敢请小先生为老朽指点一二。"

苏东坡接过老大爷的书，心想：我读遍了"四书""五经"，还有什么不识的字？可他翻开书一看，立马就愣住了。原来那书上的文字曲里拐弯，像极了蛇行蚓迹，简直就是"鬼画桃符"。苏东坡一页页翻看，竟然一字不识！苏东坡看看手中的书，又看看门上的对联，一时间窘得脸红筋涨，恨不得挖个地缝钻进去。"我虽然读了不少书，识了不少字，但怎能夸下海口，认为把天下的字都识完，把人间的书都读过呢？"想到这里，他赶紧向老大爷道歉："小子浅薄，口出狂言，还望老人家鉴谅！"苏东坡把书递还给老大爷，恭敬地说："老先生，您书上的字，学生的确一字不识，受教了。"老大爷哈哈一笑，说："莫道潮涨潮落，学海勤奋作舟哪。"

苏东坡赶紧回家取来笔砚，在上、下联前面分别加上"发愤""立志"二字，那副对联就变成了"发愤识尽人间字，立志读遍天下书"。

这时候，围观的人群中爆发出一阵热烈的掌声，都为苏东坡知错即改的勇气鼓掌。苏东坡回头一看，那白胡子老大爷早已不见了踪影。

蟆颐观联对

出眉山城东门八里，滔滔岷江边有一座小山，因山形酷似蛤蟆，故叫蟆颐山，山中有一道观，叫蟆颐观。相传轩辕黄帝曾在此炼丹，道教上清派宗师、南天师道的创立者陆修静在此披茅开山，其双目有四瞳，世人尊称其为"四目仙翁""四目老人"，因此蟆颐观又叫"重瞳古观"。唐代尔朱真人、杨太虚皆在此得道，历来为眉山人踏青游玩、登山望水的好去处。

有一年春天，苏东坡和弟弟苏子由及学友们相约同游蟆颐观。一路上，麦苗青青菜花黄，桃花灼灼江水蓝，大家诗兴大发。苏子由开口吟道：

> 江上冰消岸草青，三三五五踏青行。
> 浮桥没水不胜重，野店压糟无复清。

大家听了，连声夸奖。苏东坡也随即吟道：

> 东风陌上惊微尘，游人初乐岁华新。
> 人闲正好路旁饮，麦短未怕游车轮。

大家说说笑笑，不觉来到蟆颐观。众人正要进观，只见从里面出来一位道长，伸手拦住去路，说："你们可知道进观的规矩？"大家都摇摇头。道长又说："要想进观，必须对我三副对联，否则，只好请各位在观外观瞻了。"苏东坡上前拱拱手，说："我们是城内的后生学子，过去也常来观内游玩，从未见过这位道长，也不知什么时候有了这条规矩？"道长拿眼睛一横，厉声说："少见多怪！我是新来的道长，规矩就是我定下的。莫说你几个小毛头，就是眉山城里知州、师爷来了，也得过我这关！"

苏东坡笑笑，谦恭地说："既然道长有这条规矩，我等理当遵守，那就请道长出联吧!"

那道长也不客气,开口便说:"蜘蛛有网难捕雀。"

苏东坡一听,明白道长是看不起他们这帮毛头后生,便不慌不忙地吟出下联:"蚯蚓无鳞也成龙。"

道长听了,心中暗暗吃惊!咦,这小子还蛮有志向的嘛。他略一沉思,又出一联:"蟆颐观山清水秀盛德者居之。"苏东坡随口接道:"眉州城人杰地灵折桂人在此。"

道长在心里暗暗叫好,把手一抬,指着远处的大旺寺白塔说:"金塔巍巍七层四面八方。"苏东坡右手一挥,道:"玉手摇摇五指三长两短。"说完,招呼大家进观去。

输在一个小娃娃手里,道长实在有些不甘心,便要赖说:"你再对我三联,我就放你们进去!"苏东坡心想:休要恃才逞强,欺我眉州无人。也好,今天就让这个老道长见识见识!主意一定,苏东坡上前一揖道:"承蒙道长相让,道长既然还要学生对对联,学生就不吝讨教了!"

道长将将被山风吹乱的胡须,指着观门前放生池里的荷花说:"出水芙蓉朱笔点天文。""入泥莲藕玉管通地理。"对这些稀松平常俗不可耐的对联,苏东坡简直不假思索。

这时候,一阵山风送来观内悠扬的钟声。道长眉头一皱,计上心来,一句一顿地吐出上联:"昨夜本道卜卦,八卦六爻,六爻八卦,八八六十四卦,卦卦皆准。"

这上联的确有些难度,苏东坡嘴唇动了几下,终嫌不太贴切,一时竟被难住了。道长有些得意,哈哈一笑说:"晓得厉害了吧!还是回去抱着'四书''五经'多读几遍,再上山来拜师吧!"众人都很着急,暗暗为苏东坡捏了一把汗。

苏东坡踱了几步,定定神,转身对道长朗声吟道:"今晨学生听点,五点三更,三更五点,五五二十五点,点点不差。"

道长大吃一惊,没想到如此难的对联,竟叫这小子对上了,便有些愠怒,出语不免重了:"昙花一现,怜尔花开妍不常。"苏东坡指着观内的一株大榕树,针锋相对道:"榕树百年,愧你树大木难雕。"这回答的语气也不大客气。

道长恼羞成怒，正要发作。苏子由、家定国等人忙劝道："道长，你也不问问跟你对对联的人是谁？他就是'信手拈来皆成对，随口吟出也是诗'的苏轼啊！"

道长一听，心中怒气消了一半，忙问："莫非就是手书'连鳌山'三个大字的苏家大公子？"

苏东坡躬身一揖，说："后生不才，请道长赐教！"

道长赶忙扶起苏东坡，连声说："对不起，对不起，苏公子果然名不虚传，老朽失礼了！"说完，道长挽着苏东坡的手，招呼众人一起进观喝茶叙谈去了。

后来，道长经常请苏东坡兄弟到蟆颐观游玩。苏东坡也从这位道长身上学到了不少学问。

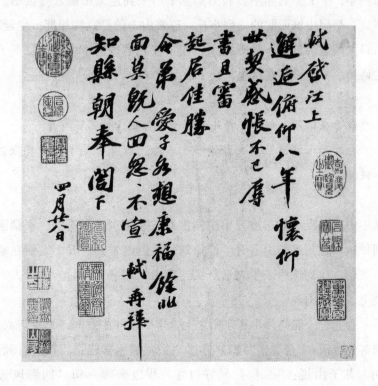

连鳌山留题

南宋有个大诗人，叫陆游。他曾多次到眉山拜谒三苏故居，写下了"孕奇蓄秀当此地，郁然千载诗书城"的美好诗句来赞美眉山。的确，眉山是个钟灵毓秀、人杰地灵、文化底蕴深厚的诗书古城。南望天下名山峨眉山，西去道教圣地瓦屋山，东有岷江第一道观蟆颐观，北有苏东坡兄弟青年时代读书的连鳌山。宋代有一本书叫《修谯楼记》，称赞眉山"其民以诗书为业，以故家文献为重"，"释耜而笔砚者十室而九"。连皇帝都惊叹："天下好学之士多出于眉山。"

那一年，十七岁的苏东坡和弟弟苏子由来到连鳌山栖云寺读书。连鳌山并不高，是眉山城西北的一列小丘。连鳌山奇的是六峰相拥，绵延对峙，恰似六只大鳌遨游云海。功课之余，苏东坡兄弟寄情于山水，写下了不少动人的诗篇。苏东坡还在这里学会了放牛牧羊。

　　我昔在田间，但知羊与牛。川平牛背稳，如驾百斛舟。
　　舟行无人岸自移，我卧读书牛不知。前有百尾羊，听我鞭声如鼓鼙。

这年中秋之夜，苏东坡兄弟邀同窗好友家定国、家安国、家勤国三兄弟及刘仲达一起到连鳌山赏月。谁知刘仲达迟迟未到，五个人便在栖云寺里留下条子，让刘仲达来了之后赶到连鳌山上相会。随后，五个人兴致勃勃地登上了连鳌山。

不一会儿，一轮皓月出于东山之上，徘徊于斗牛之间，大家诗兴大发。家定国首先吟道："登鳌望月蟾宫近。""寂寞嫦娥喜迎宾。"家安国赶紧接了一句。苏子由说："二位仁兄好口才，我也来续一句'四海风云会琼宇'。"苏东坡最后说："你们都把好的说完了，我来句实在点的，'苏家轼辙安定勤'。"大家拊掌而笑。

这时候，刘仲达气喘吁吁地赶来了。听了大家写的诗，不觉感慨道："写得好，写得好！只可惜我再也插不进一句了，那我就提个建议吧。我们六弟兄恰似这连鳌六峰，今后必当高中。今夜赏月吟诗，也算得一件雅事，就请子瞻兄在此手书'连鳌山'三个大字，以作纪念，如何？"大家一阵欢呼，苏东坡却说："此地无纸无笔无墨，怎么写呢？"一直在旁边插不上话的家勤国叫道："好办，好办，就以这山坡为纸，旁边冬水田里的泥浆为墨，我们再弄些竹枝来扎成一只大扫帚作笔，不就什么都有了吗？"大家点头称是。不一会儿，一切准备停当。苏东坡双手握笔，饱蘸泥浆，凝神运气，一挥而就。只见那一亩多大的山坡上，顷刻间留下了"连鳌山"三个大字。那字笔力遒劲，神采飞扬，字字大如屋宇。众人连声喝彩。

后来呢，说来也怪，北宋嘉祐二年，"二苏""三家"果然同科考中礼部进士。连鳌山上有位老石匠，听说山坡上的"连鳌山"三个大字是苏东坡亲笔写的，就带了铁钻、铁锤等一应家什，把这三个大字依原样刻在了山坡上。

如果你不信，就请到四川省眉山市东坡区三苏乡连鳌村去看看，这三个大字至今还躺在连鳌山的山坡上，字的周围砌了红石栏杆，上面还盖了长廊，保存得完好无损。

苏东坡打赌

眉山有座五里山，山上有座大庙子，叫华藏寺。华藏寺的庙宇巍峨宏伟，山门又高又大。奇怪的是那两扇大门远看光光生生，近看皮皮翻翻，原来是刨花做成的。华藏寺的大门为啥用刨花做呢？

有一次，苏东坡到华藏寺游玩，正遇到华藏寺重修山门。华藏寺的方丈晓得苏东坡的名气，就陪他在寺内到处观赏。苏东坡看到一个老木匠在一块木头上慢悠悠地划墨线，便问他："老师傅，恁大一个山门你要修好久才完得了工呢？"老木匠一边划墨线一边说："慢呢要三五个月，快呢只需一顿酒饭工夫。"苏东坡笑着说："老师傅真会说笑。"老木匠抬起头来说："你不信，我们可以打个赌，你从嘉州割回肉，成都买回酒，我就能把山门修好。"苏东坡说："要是没修好呢？"老木匠说："我的徒子徒孙都改行，永世不当木匠。要是我修好后，你还没跨进山门呢？"苏东坡脱口而出："眉山永世不出状元！"

按理说，骑马上成都下嘉州，再快也得两三天。两三天时间老木匠早就把门做好了，苏东坡非输不可。但苏东坡是何许聪明的人，他敢与老木匠打赌，是因为他有一颗宝珠。这颗宝珠是苏东坡在嘉州教龙王三太子读书的时候，三太子送给他的。三太子说过，遇到急难的时候就把它拿出来，找他帮忙。

苏东坡与老木匠击了掌，请华藏寺的方丈做证人，然后从华藏寺走下山来。转过山脚，找个没人的地方，苏东坡掏出宝珠朝地下一摔，只听"轰"的一声，平地现出一口井来，只见井水"咕咚咕咚"翻腾不已。不一会儿，龙王三太子从水里冒了出来。苏东坡把打赌的事一说，三太子便把苏东坡拉到旁边一座石桥旁，叫他在那儿等着。接着，三太子双手一拍，只听一阵风响，飘来一朵祥云，三太子急匆匆登上祥云去了。这座石桥后来就改名叫"登云桥"，这口井就叫"太子井"。

不到晌午的时候，三太子已把酒、肉买了回来，还有成都酒铺、嘉州屠户的字条做证。苏东坡谢过龙王三太子，拿着酒、肉和字条向华藏寺走去。苏东坡心想：那老木匠慢慢腾腾的，恐怕连墨线都还没划完呢，这个赌我是赢定了。

　　这时候，老木匠刚刨完木头，伸起腰杆正想歇口气，突然看到苏东坡一手提酒一手提肉，兴冲冲地向山上快步走来。老木匠大吃一惊！哎呀，这个苏东坡来去这么快，一定有神仙帮忙！老木匠急忙上好门枋，但已经来不及做大门了。眼看就要输了，老木匠赶紧三刨两爪把地上的刨花收拢来，一堆、一捧、一拍、一抹，眨眼工夫做成了两扇刨花门。

　　苏东坡提着酒肉，走得正起劲。不料，树枝勾住帽子上的飘带，把帽子挂落了。等他把帽子捡起来，戴巴适，走到山门，老木匠已把那两扇刨花门上好了。

　　苏东坡打赌打输了，后来他才晓得老木匠就是木匠的祖师爷鲁班。因为苏东坡是天上的文曲星下凡，说的话是要兑现的。所以，自那以后，眉山就再也没有出过状元了。

东 坡 湖

眉山城外有条江，叫岷江，江对面有个湖，过去叫月亮湖，苏东坡常在月亮湖边读书游玩。每当皓月当空，苏东坡就提着酒，带着琴，来到水波潋滟的月亮湖边抚琴。优雅的琴声，引来了湖中的荷花、红蓼、青蛙、鲤鱼诸仙子。她们连袂而出，舒展裙袖，在明净的湖面上翩翩起舞，东坡常常乐而忘返。

有一年中秋，明月高悬，山河素裹，苏东坡乘兴提酒携琴向月亮湖走去。他来到湖边，却大吃一惊。水中的明月不见了，湖水泛起阵阵恶臭。苏东坡正在纳闷，众仙子从黑黑的湖水中钻了出来。东坡定睛一看，只见她们身上昔日五光十色的衣裙，全都染成了黑色。东坡正要细问原因，荷花仙子哭着说："苏大公子啊，昨夜不知从哪里跑来个蛤蟆，它恶狠狠地对我们说，月是它的月，湖是它的湖，还说要把我们赶走。"

红蓼仙子接着说："我们不走，它就施放毒气，把满湖水都染黑了。"青蛙仙子、鲤鱼仙子也说："苏大公子，你行行好，快救救我们吧！"

东坡听了，心中大怒，对诸位仙子说："此等怪物，真是无法无天。诸位仙子请放心，让我来收拾这只蛤蟆。"

东坡回到眉山城里，把月亮湖的事儿向乡亲们说了。乡亲们立即行动起来，有的挑桶，有的拿瓢，担的担，舀的舀，忙了整整三天，硬是把满湖的水舀干了。大家在湖里找来找去，却怎么也找不到什么蛤蟆，无奈之下只得重新放水。谁知水刚放满，满湖清水又变成了黑水，弄得苏东坡无可奈何。

于是，荷花仙子走了，红蓼仙子走了，青蛙仙子走了，鲤鱼仙子走了，只剩下一湖发黑的臭水……

原来，月亮湖不是一般的湖，是嫦娥仙子放在人间照月的一面镜子。当年，嫦娥离开人间飞升月宫后，不能像在人间那样快活地赏月，因此郁闷不乐。王母娘娘知道后，特地送她一面宝镜，对她说："你把它扔到人间去，就可以看到月亮了。"嫦娥在月宫中把宝镜抛向人间，恰好落在眉山的岷江边上，宝镜就变成月亮湖了。月亮湖水映照着月亮，嫦娥在月宫中看到月亮在水中荡漾，心里非常高兴。月宫又叫蟾宫，为什么叫蟾宫呢？因为月亮上住着一只蛤蟆。这只蛤蟆非常顽皮，经常到处捣乱。这天，它往人间一瞧，发现人间还有一个更美的月亮，于是，趁嫦娥不注意，偷偷溜出月宫，窜到月亮湖来了。它一来到月亮湖，就施展法术，弄黑了湖水，赶走了众仙子。

第二年中秋节，苏东坡独自来到月亮湖边喝闷酒。喝着喝着，荷花仙子来了，她指着湖边枯死的荷花对东坡说："苏大公子啊，蛤蟆逼走了我们，你看，这些荷花死得好惨啊！"

东坡深为自己不能帮助众仙子而难过，他愤怒地把携来的桂花酒一杯一杯地往湖中倒去。荷花仙子见东坡醉醺醺地把酒往湖里倒，赶忙上前拦住他说："苏大公子，你喝醉了，快回去吧。"

东坡说："我没有醉，我就是要把湖水澄清，把月亮醉出来呀！"

说也奇怪，不一会儿，湖水渐渐变清了。只见一缕缕银色的月光，抚摸着粼粼波浪，水中竟然升起一轮明月。"月亮醉出来了，月亮醉出来了！"荷花仙子乐得直叫。

话说那只蛤蟆正在黑黑的湖水中睡觉，苏东坡把酒倒入湖中后，满湖的水都变成浓香的桂花酒了。蛤蟆平日滴酒不沾，因为一沾酒它就要现出原形。如今满湖都是酒，蛤蟆很快就醉倒了，它只得东倒西歪地爬上岸来。东坡一看，知道它就是那只作祟的蛤蟆，正要一脚踩死它，不料却被一位美丽的姑娘拦住了。这位美丽的姑娘，就是嫦娥仙女。

常言道，天上一日，人间一年。这天早晨，嫦娥起床梳妆，她低头一看，却不见了人间的那枚月亮。她四处寻找蛤蟆，蛤蟆也不见踪影。她知道是蛤蟆在作怪，便急急匆匆赶下凡来。嫦娥来到月亮湖边，正好碰上苏东坡要惩治蛤蟆，嫦娥便说："苏大公子手下留情，让我来收拾这畜生吧！"说完，拂尘一扫，将蛤蟆扫过了岷江。那蛤蟆落在江边上，变成了一座小山，就是现在的蟆颐山。嫦娥向东坡深施一礼，把手一扬，冉冉向月宫飘去。

　　荷花仙子赶忙把这个喜讯告诉红蓼仙子，红蓼仙子告诉青蛙仙子，青蛙仙子告诉鲤鱼仙子。众仙子欣喜若狂，都赶回月亮湖来向东坡道谢。东坡高兴极了，取过琴来，一曲又一曲地弹奏。众仙子沐浴着银色月光，和着琴声，轻歌曼舞，尽享欢乐。

　　后来，人们为了感谢苏东坡给家乡做的好事，就把月亮湖改叫作"东坡湖"了。

通 惠 桥

出眉山老西门,行不到半里,有一条河,叫通惠河。河上有一座石拱桥,叫通惠桥。通惠桥中间向北的一面雕有龙头,向南的一面雕有龙尾。东西桥头,植有四棵蓊蓊郁郁的黄桷树,为来往的行人遮阳挡雨。通惠桥是当年连接乐山、峨眉、丹棱、洪雅的重要通道。

唐朝有个宰相,叫苏味道,因犯了事,被贬到眉州当了刺史,眉州自此有了苏氏一族。传到苏东坡的爷爷苏序这一代,已是"五世不显"的普通人家。苏序虽无意于功名,却也好读诗书,且热心地方公益,行侠仗义,急人患难。丰年常用米换稻谷,别人笑他傻,他却说,稻谷比米好保管。遇饥年,他便开仓济民。李顺军围攻眉州城时,他亲率城内青壮年,持械守城。有人修了一座茅将军庙,装神弄鬼,骗取钱财,苏序知道后,带了十几位乡民,荷锄执锹,把那神像砸了个稀烂。

通惠河上原来是没有桥的,只有一排石磴子。水浅时,人们踩着石磴子过河;发大水时,石磴子被水淹没,人们只能望河兴叹。有一年夏天,通惠河发大水,有几位乡民冒险过河,被水冲走了。苏序知道后心里很难过,决心造一座桥,让乡亲们不再为过河作难犯险。

苏序虽然有些积蓄,但那点钱造一座桥是远远不够的。于是他一边募捐,一边在心里描画着桥的模样。造石桥吧,工程浩大,资金需求也大。造木桥吧,通惠河是一条季节河,夏天涨水时,河水奔涌咆哮;冬天枯水时,几可见底。木桥很难抵御夏天的洪水。苏序犯难了。

有一天晚上,苏序喝了点酒,躺在椅子上听三个儿子念书。大儿子苏澹读《诗经》,二儿子苏涣读《汉书》,只有小儿子苏洵调皮,一边击掌一边读骆宾王的《咏鹅》:"鹅鹅鹅,曲项向天歌。白毛浮绿水,红掌拨清波。"鹅?苏序心中一亮。"白毛浮绿水",无论水大水小,鹅不都浮在水面上吗?有了,造一座浮桥,无论水涨水消,桥不都浮在水面上吗?苏序高兴地从躺椅上一蹦而起，拉着苏洵的小手，一起朗诵《咏鹅》诗："鹅鹅鹅，曲项向天歌……"

第二天，苏序到东门外买回几条旧船，请船工把船修补好。又找铁匠，打了两根又粗又长的铁链子。不久，一座浮桥就搭在了通惠河上。人们感谢苏序的义举，准备把这桥叫作"苏桥"。苏序却推辞说："我建这座桥可不是为了出名图利。桥通两岸，惠及百姓，就叫'通惠桥'吧。"

后来，苏东坡谪贬惠州，为当地百姓修建东、西新桥，其中一座就是浮桥。也许是受到爷爷苏序修浮桥的启示，苏东坡把家乡的桥修到了广东。

通惠桥历经风雨，历年均有维修，一直到明朝末年，被张献忠的队伍一把火烧了。康熙年间，眉州知州金一凤鸠工重建，这才有了石拱桥。为了镇压水患，人们迎着通惠河的来水在桥北面塑了个龙头，桥南面塑了龙尾，祈求风调雨顺，百姓安康。

2000 年以后，随着眉山城市建设的需要，古老的"通惠桥"完成了历史使命，被宽阔的水泥平桥取代。人们在桥头立下一块石碑，上书"通惠桥"三个大字，留下了一个美好的故事。

松江义渡

明朝时，眉山有个州官，叫许仁。他为"眉山八景"写过诗，其中一首是写"松江野渡"的，其诗如下：

> 郡城南下路悠悠，行尽烟村水漫流。
> 寄语莫愁前去晚，柳荫深处有虚舟。

此诗颇有些唐代诗人韦应物"春潮带雨晚来急，野渡无人舟自横"的韵味。其实许仁的诗另有所指，诗中的"虚舟"和苏东坡还有一段故事。

话说苏东坡和弟弟苏子由、父亲苏老泉名震京师之际，母亲程夫人却在老家逝世了。父子三人急急忙忙赶回眉山料理后事。按宋朝的规矩，家中老人去世，要丁忧（守孝）三年，苏东坡当然不能例外。守孝期间，苏东坡每天在家读书，偶尔也外出游玩放松一下。

这一天，苏东坡和弟弟苏子由信步出南门，不知不觉走到了松江。但见远山耸翠，江水漫流，村墟渔家，繁花似锦。苏东坡想起小时候听母亲讲过松江的故事：古时候松江一带并无江河，而是一片松树林。有一年山洪暴发，将松树林冲出一条江来。江水卷着松枝、松针翻滚，泛着松脂的香味，人们便把这条江叫作松江。松江风景虽美，却苦了老百姓，为什么呢？因为有了这道江水，百姓来往不方便，涉水过江常常淹死人，百姓怨声载道。这事被天上的玉皇大帝知道了，便让太白金星在天宫的蟠桃园摘下一片桃叶，抛在松江上，变作一只灵舟，每天搭载百姓过江，这"松江野渡"就成为"眉山八景"之一了。

苏东坡一边和弟弟苏子由闲聊，一边走向松江渡口。不知什么时候，灵舟却不灵了。但见过去的老船已经朽坏，船板散落在河滩上，旁边倒是还有一只船，是当地一何姓财主的，过河每人要收三文钱。当时三文钱可不算少，可以买半斤米。有位老奶奶带着孙女要过河，身上只有三文钱，船家却说两个人必须交六文钱，一文不能少，否则不准上船。老奶奶哀求半天，那船家恶语相向，就是不允。苏东坡见状，从身上掏出三文钱，替老奶奶交了过河钱。

回到家中，苏东坡一直闷闷不乐。子由知道哥哥是在为松江渡口的事生气，便对东坡说："哥哥不必忧愁，我们造一条船送到松江渡口，问题不就解决了吗？"东坡说："说句话倒是容易，造船的钱在哪儿呢？"子由伸出两手，在东坡眼前晃了晃，说："钱就在你的手上。"东坡奇怪地问："我的手上？"子由说："是啊，你的字画千人求万人爱。你今晚就写些字，画些画，明天一早拿到州衙大门口一卖，钱不就有了吗？"东坡转忧为喜，笑着说："呵呵，我怎么没想到这个办法呢？不过除了造船，明天我还要向知州大人禀报，请他出面惩治高价收费的何财主，并同意我们在松江设义渡。"子由也高兴地说："还是哥哥考虑得周全，我们就照此行动起来。"

第二天一早，子由便拿着东坡的字画在州衙门口拍卖。眉州士绅见是苏东坡手迹，纷纷争相购买，十幅字画很快就卖完了，造船的钱绰绰有余。苏东坡趁弟弟卖画，也进衙与州官交涉。州官一向敬重苏东坡的人品文章，爽快地答应了苏东坡的请求。

不久，新船造好了，百姓不用交一文钱就能过河。人们奔走相告，都夸苏东坡为眉山老百姓做了一件大好事。再后来，人们便把"松江野渡"改称为"松江义渡"了。

智退太学士

苏东坡和苏子由两兄弟参加礼部考试和殿试，双双进士及第。消息传到国子监，太学士们不服气，要找东坡兄弟说"聊斋"（扯皮）。后来听说东坡兄弟的母亲去世，两兄弟跟着父亲苏洵回眉山丁忧去了。太学士们一商量，推举了一胖一瘦两位太学士，要到西蜀眉山，找东坡兄弟讲诗论文，比试个高低，分出个输赢。

欧阳修的学生，把这个消息传到眉山。苏子由有些担心，苏东坡却宽慰弟弟说：我们只需如此如此、这般这般即可。

这一天，两个太学士来到眉山。只见山明水秀，泉水潺潺，竹树成荫，风景宜人，两个太学士诗兴大发。胖子先来一句："山间流水响叮咚。"瘦子随即接上："流来流去流千年。"胖子一下卡了壳，吭哧了半天不知如何接下句。这时候，路边有个樵夫拨开树丛，对着两个太学士问了一句："来者莫非杜工部？"哎哟，眉山的樵夫都知道唐朝的大诗人杜甫杜工部，两个太学士慌了神，只得摇头晃脑地应承道："然然，然然，然然然。"

两个太学士来到岷江边，只见一个渔夫脚踩小船，头戴竹笠，身披蓑衣，正在收拾渔网钓竿。两个太学士赶紧上前，要渔夫把他们载过江去。渔夫问他们过江去干什么。胖子回答说："进城去找苏子瞻。"瘦子回答说："去找苏子瞻比试诗文。"渔夫抬头看了他们一眼，呵呵一笑说："眉山是个人杰地灵的诗书古城，随便找个大人小孩，你们恐怕都比不过，不信就试试。""试试就试试。"两个太学士不服气，指着渔夫说："我们就和你比一比，怎么样？比过了，你带我们进城。比不过，我们转身回家。"渔夫点点头说："一言为定！"两个太学士齐声答道："一诺千金！"

正在此时，一阵风袭来，天上"吧嗒吧嗒"下起了雨，两个太学士触景生情。胖子望着宽阔的江面，吟道："风吹江水千层浪。"瘦子望着江边被雨点打湿的沙滩，也吐出一句："雨打沙滩万点坑。"瘦子称赞胖子的诗写得棒，胖子称赞瘦子的诗写得妙，两个人狂笑着击掌庆贺。旁边的渔夫哑然一笑，问胖子："你看这岷江水，波连波，浪涌浪，你确定只有一千层浪吗？"接着又对瘦子说："你看这江边的沙滩，被雨水砸出了坑，你数过只有一万个坑吗？"两个太学士一下被问傻了，面面相觑，不知该如何回答。渔夫接着说："依我看得改一改。""怎么改？"两个太学士追问道。渔夫不慌不忙地说道："风吹江水层层浪，雨打沙滩点点坑。"一字之易，境界全新。祛除了原诗的迂酸气，境界更加广阔。两个太学士哑口无言，不得不承认渔夫改的诗更好。

这时候，渔夫举起篙竿，朝水中一点，问道："你们还要过江去见苏子瞻吗？""要去，要去。"两个太学士赶忙上船，谁知小船一颠簸，胖子一个趔趄，栽进江中。瘦子赶紧去拉，也滚到水里去了。两个太学士，傻傻地站在水里，活像一对落汤鸡。

渔夫跳下船，伸出篙竿把一胖一瘦拉上岸，随口吟出一首诗：

> 两个迂酸到眉山，冬瓜豇豆配得全。
>
> 哟喂吔且听不懂，哦豁一声栽下船。

吟完，渔夫说："你们读得懂诗，写得出'哟喂、吔且、哦豁'这几个字，我再来送你们过江去见苏子瞻。"说完，渔夫一撑篙竿，小船如离弦的箭，向对岸驶去。"哟喂、吔且、哦豁"都是眉山土话，两个太学士听都没听过，更不要说写了，只得灰溜溜地返回京城去了。

后来，人们才知道那个樵夫是苏子由。那个渔夫是谁呢？就不用我来揭秘了吧。

写 招 牌

苏东坡读乡小时，有个同窗叫陈济元。陈济元读书却不济，没读上两年便辍学了。有一年苏东坡回眉山，陈济元听说苏东坡当了大官，就天天来找苏东坡，要求给自己谋个差事。

苏东坡托不过同窗情，便对陈济元说："你大字不识两箩筐，怎么去当官差呀？我看你就在眉山城里寻个热闹的去处，开个点心铺，卖点包子、馒头、松子糕之类的，足以养家糊口。"陈济元说："好倒是好，可我没有本钱呀！"苏东坡说："这个好办，本钱我给你垫上。点心铺开好了，你还我本钱。开不好，就当我蚀本了，分文不还。"陈济元听苏东坡这么一说，满口答应下来，再不提当官差的事了。

不久，陈济元在眉山热闹的宝华寺天华街开了个点心铺，特地请苏东坡题写了招牌。点心铺开张这天，锣鼓喧天，宾客盈门，大家都来凑热闹。等到陈济元把搭在店门口招牌上的红布扯下来，大家这才发现，苏东坡题写的点心铺的"心"字少了一点，众人议论纷纷："哟喂，苏大学士咋个写白字哟！""人家咋个会写白字嘛？这是草书，你娃娃不懂！"苏东坡写白字的消息一传十，十传百，十里八乡的人都争着到陈济元的点心铺来一辨真伪。争一会儿，辩一会儿，肚皮整饿了，就买点心铺的点心吃，生意好惨了。

小本生意投资少，见效快，不到三个月，点心铺就赚了不少钱。还了苏东坡垫的本钱，陈济元还有节余。街上来来往往的行人，每当经过点心铺，都会对着苏东坡题写的"白字"招牌指指点点。时间长了，陈济元心里犯起了嘀咕：好歹我是苏东坡的同学，好歹也读过几天书，算得上半个文化人。既然大家都说那个少了一点的"心"字是白字，哪天找苏东坡把那一点补上。

陈济元去找苏东坡，苏东坡却忙得很，不是今天会客，就是明天郊游。

陈济元好不容易找个机会把改字的事向苏东坡说了，苏东坡却笑眯眯地盯着他不说话。既不说改，也不说不改。陈济元等了半天，苏东坡才轻轻叹了口气，取来笔砚，跟着陈济元来到点心铺。

陈济元磨得墨浓，苏东坡拿起毛笔饱蘸一笔，在那少了一点的"心"字上戳了一笔。

说来也怪，招牌上的字写周正了，点心铺的生意却没有以前好了。

远 景 楼

　　眉山东坡岛湿地公园西岸有一座楼，叫远景楼。楼高八十四米，十三层，飞檐翘角，端庄典雅，是眉山地标性建筑。登临远眺，湖光山色尽收眼底，令人心旷神怡。说起远景楼还与苏东坡有一段渊源呢。

　　北宋神宗年间，眉州来了一位太守，叫黎錞。黎錞字希声，广安人。黎太守"知州事，仁明不苛"，重农桑，减税赋，公平正直，深受眉州百姓拥戴。宋朝官制，"三年一磨勘"，即三年期满就要调离。这样的好太守要离开眉州，眉州老百姓不干了，万人签名要留下黎太守。此事报到朝廷，朝廷派人调查后，破例让黎錞又做了三年眉州太守。

　　眉州府衙后门有一湖，叫环湖。环湖不大，却充满诗情画意。春天杨柳依依，夏季荷花吐艳，金秋丹桂飘香，冬来薄雾生烟。黎太守公干之余，常在湖边游玩。这年重阳节，黎太守在湖边散步，突然发现这如画的风景中少了一处登高望远的楼阁。如果在这湖边修一座楼台，既为环湖添了一景，又为百姓登临提供了方便，岂不是一举两得的好事么？于是，黎太守拿出自己的积蓄，又号召军民士绅捐助，很快筹齐了建楼的银两。不久，一座二楼三层挑檐的精致木楼就矗立在了环湖边上。楼是修好了，可是取什么名字，请谁来题记呢？黎太守颇费思量。想来想去，他想到一个人——苏东坡。原来，黎錞与苏东坡的父亲苏洵是好朋友，年轻时常在一起游玩，吟诗作赋，探讨文章。苏东坡虽是晚辈，却与黎錞同朝为官，有忘年之谊。苏东坡名满天下，又是眉山人，请他题名作记再合适不过了。黎太守当即修书一封，差人送往徐州太守苏东坡府上。谁知一等再等，一催再催，竟无片言只语寄回。原来苏东坡正带领徐州军民抗洪赈灾，哪有时间写文章呢？直到第二年夏天，苏东坡才将亲笔书写的楼名和文章《眉州远景楼记》，派人送回了眉州。

　　苏东坡不愧为宋代四大书法家之首，题写的楼名圆润饱满，妩媚多姿，风姿龙章。再看题记，更是把家乡眉州的民情风俗、人文渊源写了个淋漓尽致。文章一开头是这样写的："吾州之俗，有近古者三：其士大夫贵经术而重氏族，其民尊吏而畏法，其农夫合耦以相助。盖有三代、汉、唐之遗风，而他郡之所莫及也。"苏东坡详细介绍了眉州"以西汉文词为宗师"，乐学善思的文风；"尊吏而畏法"，虽薄刑小罪终身不敢犯的纯厚民风；"农夫合耦相助"，团结互助的乡风。"故其民皆聪明才智，务本而力作，易治而难服。"在文章的结尾，苏东坡由衷感叹道：

> 若夫登临览观之乐，山川风物之美。轼将归老于故丘，布衣幅巾，从邦君于其上，酒酣乐作，援笔而赋之，以颂黎侯之遗爱，尚未晚也。

苏东坡想回眉山，想和黎太守同登远景楼，可惜夙愿未了。《眉山远景楼记》是苏东坡写给家乡唯一的一篇散文，给我们留下了了解宋代眉山历史人文、民情风俗不可多得的翔实而珍贵的史料。

三苏祠的金鸭子

苏东坡小时候曾经用过一方墨砚，砚台上刻有一对鸳鸯，因此叫作鸳鸯砚。有一天，他把鸳鸯砚拿到瑞莲池去洗，一不小心把墨砚掉到池里去了，捞了很久都没有捞起来。苏东坡去世后，这鸳鸯砚化成了一对鸳鸯，每当有月亮的晚上，这对鸳鸯便在瑞莲池中游来游去。不少人看到后认不得是鸳鸯，只说是三苏祠里有一对金鸭子，还说这金鸭子是苏东坡和他的弟弟苏子由变的。

话说清朝年间，河北省出了一个有名的大人物，叫张之洞，字文襄。张之洞才学过人，考上状元后选入翰林院任编修。翰林院中供奉着一尊沉香木雕刻的苏东坡像。张之洞十分崇拜苏东坡，每天都要到东坡像前朝拜一番。后来张之洞到四川任提学使，他费了不少力，淘了不少神，把这尊沉香木雕像从翰林院运到了四川。

张之洞到四川不久便到眉州担任乡试主考官，考棚正好在三苏祠隔壁（后来的苏祠中学，现为三苏祠东园）。张之洞恭恭敬敬地把那尊苏东坡沉香木雕像送到三苏祠供奉起来，还出面主持修建了云屿楼和抱月亭。

一天晚上，月亮又大又圆。张之洞推开窗子，坐在窗前观赏明月，而窗外就是三苏祠的荷花池。忽然，从池里飞起一对水鸟，飞进花窗，落在了张之洞的书案上。张之洞仔细一看，认得是一对鸳鸯。说也奇怪，那对鸳鸯一落到书案上，就颈项缠着颈项地躺下来了，不一会儿竟然变成了一块鸳鸯砚，砚台上还有一首诗：

> 好个张文襄，送我回故乡。
> 惜我无钱财，赠尔双鸳鸯。

下面的落款是"眉州苏轼"。张之洞揉揉眼睛，真不敢相信眼前发生的事。他拿起鸳鸯砚端详，只见那对鸳鸯雕刻得十分精细，鸳鸯的嘴与蓄水盘相通，一摸鸳鸯的背，鸳鸯嘴里竟喷出水来，正好落在砚窝里。那砚窝已被磨得很深。张之洞取出一块上好的墨锭，轻轻磨了几下，墨汁又黑又浓，屋子里很快便有淡淡的墨香弥散开来。张之洞心生欢喜，情知是苏东坡苏大学士所赠，对天祝告后，便把这块鸳鸯砚留下了，后来带回了京城。

从此，瑞莲池里再没有金鸭子了。人们纷纷传说，张之洞偷走了三苏祠的宝贝——金鸭子。

苏小妹传说

苏洵和程夫人生有三男三女六个子女，大的两个女儿早夭，大儿子苏景先也在三岁时离世，只剩下苏八娘和苏轼苏辙姐弟三人。苏辙有诗云："兄弟本三人，怀抱丧其一。"苏八娘因在家族中排行老八，故称"八娘"，野史又称"苏轸"。眉山风俗，凡姑娘皆可加姓称小妹，如"张小妹、王小妹"，至今相沿。因此，苏八娘也可称为"苏小妹"。

苏小妹比苏轼大两岁，从小聪明颖慧，善良娴雅。苏洵夸其"女幼而好学，慷慨有过人之节，为文亦往往有可喜""读书未省事华饰，下笔亹亹能属文""俨然正直好礼让，才敏明辩超无伦"。司马光亦赞曰："幼女有夫人之风，能属文，年十九既嫁而卒。"

苏小妹16岁时遵程夫人命，嫁给了舅舅程浚的儿子程之才。谁知出嫁以后，经常受舅舅舅妈虐待，两年后即病亡，令人唏嘘不已。苏洵悔恨交加，写下《自尤诗》："乡人婚嫁重母族，虽我不肯将安云。生年十六亦已嫁，日负忧责无欢欣。归宁见我悲且泣，告我家事不可陈。"从此与程家反目，割袍断交。

苏小妹遭遇不幸，被眉山人寄予深深的同情。千百年来，苏小妹聪明善良、贤惠美丽的才女形象，在百姓口中世代流传，留下了一个个亲切动人的故事。

一、姐弟猜谜

苏小妹善良美丽，聪慧机敏，从小熟读诗书，堪称才女。

有一天，姐弟三人在瑞莲池边猜谜语。苏子由先出谜："我有一间房，租与轮转王。平时看不见，用时闪金光。"苏东坡说："我用一个谜破你的谜。'我有一张琴，琴弦藏腹中。为君马上弹，弹尽天下曲。'"苏小妹想了想，说："我有一只船，摇橹又拉纤。去时拉纤去，回时摇橹回。"苏东坡听了苏小妹的谜，一边摇头一边说："去时拉纤，回时摇橹，你这也太辛苦了点吧。"苏东坡一语成谶，苏小妹后来果遭不测。

三姐弟的谜底你猜到了吗？

原来是木匠师傅用的墨斗。

二、小妹抚琴

苏家有一张古琴，名叫雷琴。父亲苏洵抚弄琴弦时，姐弟三人常常听得如痴如醉。有一天，苏东坡正在南轩读书，忽听一阵悠扬的琴声从竹林深处传来。苏东坡放下书本，循声而去。

只见晨雾缭绕的翠竹下，苏小妹正凝神抚琴。她忽而轻拨，忽而快弄，琴声如山泉淙淙流淌，又如云雀欢快鸣唱。一曲终了，苏东坡拍手叫好。苏小妹见是弟弟，不好意思地说："弹得不好，请多指教。"苏东坡说："小妹弹琴已得父亲神韵，今天我要考你一下。"苏小妹说："且听弟弟道来。"苏东坡指指雷琴又挥挥手说："若言琴上有琴声，放在匣中何不鸣？若言声在指头上，何不于君指上听？"苏东坡的这话有些刁钻，如果说琴声是从琴上发出来的，放在匣中为什么没有声音？如果说琴声是从手指上发出来的，为什么不在你的手指上听呢？

其实琴能发声，全因琴与指的互动，缺一不可。不过，即使琴与指互动，也不一定能弹奏出美妙的乐曲。好个冰雪聪明的苏小妹，指指琴指指心，直截了当地回答说："弹琴之妙，存乎一心啊！"

苏东坡连声赞道："佩服，佩服！"

三、巧制毛笔

苏家是眉州城内著名的书香世家，所谓"门前万竿竹，堂上四库书"。三姐弟从小在母亲程夫人指导下学习书法。他们先学颜真卿，后学王羲之，书法技艺与日俱增。

练字多了，用坏的毛笔也就多了。为了减轻家里的负担，三姐弟各自想法寻找替代品。苏子由用羊毛做成羊毫笔，苏东坡用鼠须做成鼠毫笔，苏小妹则用公鸡毛做成鸡毫笔。程夫人用三姐弟制的毛笔试写后，评价道："羊毛软，鼠须刚，鸡毛巧，各有千秋。羊毫适合初学者用，鼠须不易得到，冷硬不易掌握，而鸡毛濡墨多，稍不慎就会写成墨猪，非有深厚功力者，不敢用。"程夫人把苏小妹的鸡毫笔评为第一，苏东坡、苏子由都很服气。

后来，苏东坡用鸡毫笔写出了许多锦绣文章。

四、弈棋之道

苏家三姐弟都很喜欢下棋，他们常常在学习之余，在纵横十九格的棋盘上手谈。最初他们用黄豆、黑豆替代棋子，这样的棋子轻而小，下起棋来很不方便。

有一次，三姐弟去郊外的蟆颐山踏青。在岷江边等渡船的时候，苏小妹看见河滩上有许多美丽的小石子。她想：这些小石子不正好可以用来作棋子吗？她把这想法告诉了东坡、子由，大家都说好。于是，他们挑选胡豆大小的石子，白色的作白子，青色的作黑子，不一会儿就捡了满满一布袋。

回到家里，三姐弟在棋盘上摆开阵式，你来我往地杀开了。苏小妹最爱和苏子由对弈，苏东坡则做裁判。苏小妹每有难处，求救于苏东坡，苏东坡都笑笑说："观棋不语真君子。"下到最后，苏小妹胜了，一脸得意。苏子由悻悻地说："胜固欣然。"伶牙俐齿的苏小妹还了一句："败亦可喜。"站在一旁的苏东坡高兴地说："你们两个说出了弈棋之道，这就是胜固欣然，败亦可喜，优哉游哉，聊复尔耳啊！"

五、端午联对

眉山端午节时，门上挂艾草、菖蒲，包粽子，煮盐蛋，喝雄黄酒。这一年端午节，苏小妹帮母亲收拾好午饭，一家人围坐吃饭。

苏东坡拿起一个盐蛋就要吃，苏小妹拦住说："莫忙、莫忙，今天是端午节，饭桌上的好东西多，有盐蛋、粽子，还有石榴。我来出个上联，对起了的吃，对不起的……那就对不起了，饿肚皮！"苏小妹从苏东坡手中夺过盐蛋，一刀切成两半，放到桌上，说："我的上联是'盐蛋剖开舟两叶，满载黄金白玉。'"

苏东坡没想到苏小妹在饭桌上来这一手，一时沉吟无语。性急的苏辙肚子饿了，伸手去抓粽子。苏小妹把苏辙的手挡开，说："去去去，你对不上也别想吃。"苏辙不好意思地收回手，说："姐姐，我也勉强对一个吧。'粽子剥叶白生生，内藏腊肉花生。'"苏小妹说："你这个下联太差劲了，念你年纪小，算你过关。"苏辙高兴地剥开粽子吃起来。

苏东坡看看盘中的石榴，忽然有了主意。只见他拿起一颗大石榴，一拳砸下去。石榴应声而破，露出红红的石榴籽。苏东坡不说话，拿起盐蛋就开吃了。

苏辙在一旁叫道："姐姐，哥哥还没有对出来，你咋让他吃呢？"

苏小妹笑笑说："你哥哥太聪明了，他把石榴砸开，我就知道他用哑谜对出了下联。这下联是'石榴打破坛一个，全是玛瑙珍珠'。"

六、巧对佛印

佛印大和尚是苏东坡的好朋友，常在一起讲经说法，吟诗作赋。佛印听说苏小妹聪明伶俐，便存心要考她一考。

有一天，佛印来到苏东坡家，见到苏小妹开口就说："我想请你帮我做三件事，不知你能办到不？"

苏小妹淡淡一笑，说："禅师只管道来。"

佛印打个稽首，开口说道："阿弥陀佛，我要你做的三件事是：一要小妹成双对，二要小妹共枕眠，三要小妹偕百年。"

话音刚落，坐在一旁的苏东坡就急了，大声嚷道："佛印，你这个花和尚，这样的话都说得出口？你是安心来臊我家小妹的皮吗？这事万万不可!"谁知苏小妹却笑嘻嘻地对佛印说:"禅师,你的三个要求,小妹我答应了。"

佛印谢过苏小妹,转身走了。

苏东坡拉着小妹,责备说:"你是大姑娘了,也不仔细想想就答应了那和尚,这可是伤风败俗的事呀!"谁知苏小妹却哈哈大笑,说:"我的好弟弟,看你想到哪里去了。大师要我'成双对'是让我给他做一双僧鞋,'共枕眠'是要我绣一张枕巾,'偕百年'是抄写一部经书。你说,这样的要求我能不答应吗?"

苏东坡听苏小妹这样一说,悬着的心才放了下来,直夸苏小妹善解人意,聪明绝顶。

七、姐弟谐谑

苏东坡和苏小妹学习之余,经常开玩笑。

因为苏小妹额头较高,苏东坡调笑说:"未出庭前三五步,额头先到画堂前。"

苏小妹毫不示弱,立刻反击:"口角隐隐无觅处,萋萋芳草掩洞天。"讥笑苏东坡胡须多,遮住了口。

苏小妹眼窝较深,苏东坡接着调笑道:"几回擦泪深难到,却留汪汪两道泉。"

苏东坡脸形较长,苏小妹抓住这一特点怼了回去:"去年一滴相思泪,至今尚未到腮边。"

苏东坡说不过苏小妹,只好认输。

八、小妹续诗

眉州纱縠行苏宅花园里,有一株绣球花,花形硕大,花色艳丽,花香袭人。这一天,苏洵在花园里赏花,心中诗意氤氲,吩咐仆人摆案铺纸,要为绣球花赋诗一首。

只见苏洵挥笔写道：

天巧玲珑玉一丘，迎眸烂漫总清幽。

白云疑向花间挂，明月应从此处留。

恰在此时，仆人来报："门外有客到！"苏洵只得扔下写了一半的诗，前去迎客。

正在花园扑蝴蝶的苏小妹见爹爹匆匆离开，好奇地走到书案前。她读了读书案上的诗，知道爹爹还没写完。于是突发奇想，要为爹爹续诗。她略一沉思，提笔写道：

瓣瓣折开蝴蝶翅，团团围就水晶球。

假若借得东风送，何羡梅花在枝头。

苏小妹写完，把笔一扔，转身又扑蝴蝶去了。

苏洵送走客人，想起未写完的诗，赶紧回到书案前。只见八句已足，诗已完成。续诗格调高雅，内蕴精巧，特别是最后一句"何羡梅花在枝头"，更有特立独行的人格追求。苏洵细看笔迹，知道是小妹所为，不禁叹道："可惜是个女子，若是个男儿，我老苏家岂不又多个进士！"

后来，三苏祠依照苏小妹的诗意，在消寒馆后面修了一座小桥，桥名就叫"蝴蝶桥"。

九、诗谜成语

有一天，苏东坡请黄庭坚和佛印和尚来家里玩。这三位老朋友相聚，少不了吟诗作赋、诗酒唱酬。苏小妹端茶上来。黄庭坚知道苏小妹才情甚高，于是请小妹坐下，要她参加聚会。

苏小妹笑笑说："作诗我比不上子瞻，写字我比不过山谷道人，念经我比不赢佛印法师。要我参加你们的聚会可以，就当小妹我为各位捧个场。

不过，要由我来出题。"大家都一致同意。

苏小妹不慌不忙地说："今天我们四人合作一首诗谜，猜一个成语。每人一句，每句猜一个字，但不能说出这个字。同时要按谜底的先后字序来猜，最后把我们猜中的字连起来，就是一个成语，大家看行吗？"

"行！""好啊！"众人摩拳擦掌，等着小妹出题。

苏小妹先来第一句："月伴三星弯如镰。"

话音刚落，苏东坡抢先接道："日映召陵似火燃。"

黄庭坚有些慌了，他知道越往后难度越大，也顾不上斟字酌句了，赶紧续上第三句："丕儿一去不复还。"

只剩下最后一句了，大家都把目光聚焦到佛印身上。好个大法师，脸不红心不跳，取下头上的僧帽放到桌上，旋即将僧帽戴到头上。佛印不说话，笑眯眯地看着众人。

苏小妹拍着手，高兴地叫道："大师不愧是大师，他一个哑谜就把最后一句补齐了！"黄庭坚还有些迷糊，问："大和尚的最后一句到底是什么哟？"小妹说："他的最后一句是'一顶帽儿戴一天'。"

苏小妹宣布比赛结果，人人都是第一名，奖励香茶一杯。

原来，苏小妹的诗谜是"心"，苏东坡的诗谜是"照"，黄庭坚的诗谜是"不"，佛印和尚的诗谜是"宣"，四个字连起来，正好是成语"心照不宣"。

十、眉州才女

有一天傍晚，苏东坡和苏小妹在瑞莲亭上赏荷。苏东坡见瑞莲湖中白鹤翻飞起落，随口来了一联："藕断鹭鸶飞。"苏小妹苦思不得时，恰好程夫人送来一盘糖炒板栗。只见那板栗炒得裂开了，露出里面黄澄澄的栗肉。苏小妹马上对出了下联："栗破凤凰见。"

苏东坡拍手称妙，又出一联："水仙子持碧玉簪，风前吹出声声慢。"苏小妹一听，心中暗暗叫苦。原来这上联中用了"水仙子""碧玉簪""声声慢"三个词牌名，要对出下联，也须得三个词牌名，太难了。这时候，夕阳西下，月亮东升，有个丫鬟给姐弟俩送来香茶。苏小妹见状，愁眉顿解，脱口而出："虞美人穿红绣鞋，月下引来步步娇。""虞美人""红绣鞋""步步娇"正好也是三个词牌名，且与上联十分契合。苏东坡连声夸奖说："我家小妹不愧为眉州才女！"

十一、苏小妹三难新郎

苏小妹16岁遵母命，嫁给了舅舅的儿子程之才，两年后病亡。人们感叹苏小妹的不幸婚姻，便将"苏门四学士"之一的秦观秦少游扯到一块儿，让他俩做了一对"故事中的夫妻"。

明朝有个文学家叫冯梦龙，他整理编撰宋元话本，辑成三本书，即《喻世明言》《警世通言》《醒世恒言》，其中一篇叫《苏小妹三难新郎》。讲的是苏小妹洞房花烛夜，三难新郎秦少游的故事。

话说秦少游金榜题名，经苏东坡做媒，与苏小妹喜结良缘。新婚之夜，苏小妹却关了房门，要秦少游对三副对联，对上了才能进新房。

苏小妹的第一联是："东厢房，西厢房，旧房新人入洞房，终身伴郎。"

秦少游本是饱学之士，又是苏东坡的学生，对一般稀松平常的对联根本不在话下，张口就来："南求学，北求学，小学大试授太学，今娶新娘。"

苏小妹在新房里听秦少游对得如此之快，第二联就加了些难度："小妹虽小，小手小脚小嘴，小巧不小气，你要小心。"一口气来了八个"小"，看你秦少游怎么出对。

秦少游满腹经纶，本非等闲之辈，但要一口气对八个"小"也非易事。沉吟良久，缓缓答道："少游年少，少家少室少妻，少见且少有，愿娶少女。"秦少游用八个"少"，巧妙地对上了苏小妹的八个"小"，表达了心中深爱苏小妹的真挚之情。

新房里的苏小妹听了连连点头，最后一联怎么出题呢？苏小妹踱到窗前，推开窗户，看见一轮圆月高挂夜空。苏小妹望着窗外美景，第三联脱口而出："双手推开窗前月。"

这副联看似平常，但因涉及数量词、动词，更要符合眼前景色，难度不小。况且这又是最后一联，弄不好前功尽弃，还要被小妹笑话。因此，秦少游十分谨慎。左思右想，总没有合适的绝佳下联。

眼看月亮偏西，三更鼓响，秦少游还在瑞莲池边徘徊。躲在暗处的苏东坡想要上前为秦少游解难，又怕坏了人家两个小夫妻的约定，于是悄悄捡了一块石头，"咚"的一声扔到秦少游旁边的水池中。随着水花四溅，一圈一圈涟漪荡起，秦少游猛地醒悟过来："我对起了，对起了。苏小妹，快开门来。我的下联是：一石击破水中天！"

"吱呀"一声，苏小妹把新房的门打开了。

真个是有诗为证：

> 文章自古说三苏，小妹聪明胜丈夫。
> 三难新郎真异事，一门秀气世间无。

修文场的来历

眉山有个冬瓜场，后来改称修文场。说起修文场的改名，和三苏父子还有一段渊源呢。

话说宋朝年间，当地有个蒋婆婆，她种的冬瓜又大又"面"，久搁不坏，可以存放对年（一年），大家都爱吃蒋婆婆的冬瓜。每到收获季节，眉山、乐山、成都的客商蜂拥而至，纷纷抢购。蒋婆婆的冬瓜卖得好，街坊地邻都很羡慕，都想种冬瓜，于是都来买种子，讨教种冬瓜的诀窍。蒋婆婆不厌其烦，耐心向乡亲们传授种冬瓜的技术。一来二去，这里的冬瓜出了名，大家就把这个场镇叫作了冬瓜场。

眉山城里的苏家，是唐朝大宰相苏味道的后代，苏家的祖坟就在冬瓜场的十字卡村。苏家到了苏洵这一代，已经是五世不显的耕读人家。《三字经》里说"苏老泉，二十七，始发愤，读书籍"。这个苏老泉，就是苏洵。其实苏洵并不是二十七岁才开始读书的，他从小就读诗书，只是不太用功。在此之前，参加过两次科场考试，可惜名落孙山，铩羽而归。于是把"读万卷书"的兴趣，转向了"行万里路"。

那一年，苏洵的父亲苏序逝世，苏洵从外地赶回眉山。料理完丧事，二哥苏涣对苏洵说："你也老大不小了！你在外面混，家中全靠你夫人一力支撑。你再这样东混西混的，这辈子也不会有大出息。况且苏轼苏辙长大了，你得担起当丈夫、当父亲的责任呀！"苏洵的二哥苏涣早就考中进士，在阆中做官。他批评苏洵，苏洵心悦诚服。痛定思痛，苏洵取出几百篇过去写的应试文章，一把火烧了。然后带着两个儿子，来到祖坟所在地的冬瓜场，潜心攻读。冬瓜场的乡亲们听说三苏父子在此读书，纷纷上门看望，送米送肉，蒋婆婆还送来了冬瓜。苏洵一边教儿子读书，一边精研百家之说、稽考古今成败之理。他还写了"修文"两个大字，挂在书房的墙上，时时警醒自己，训诫两个儿子。

"修文"二字可不简单，语出《国语·周语上》，意思是修治典章制度，提倡礼乐教化。孔子曰："夫如是，故远人不服，则修文德以来之。既来之，则安之。"俗话说，浪子回头金不换！苏洵这次是真的"安心"了，安心地撰写《苏氏族谱》，安心地教导两个儿子学习，安心地撰写《权书》《衡论》等文章。嘉祐元年，苏洵领着儿子上京应试。第二年，苏轼、苏辙高中进士，苏洵的文章也受到朝廷的赞赏，父子三人名震京师。

　　后来，苏洵以霸州文安县主簿的身份，撰修宋朝自开国以来的史书《太常因革礼》100卷，书成即卒。冬瓜场的乡亲们知道后，都非常难过，纷纷来到三苏父子的书房，仰望苏洵亲笔题写的"修文"匾，怀念这位布衣大儒。为了纪念"唐宋八大家"中唯一没有科考功名的苏洵苏老泉，人们就把冬瓜场改名叫作修文场了。

唤鱼联姻

出眉山城，沿岷江南去六十里，有一座山，叫中岩山。山上有一个书院，叫中岩书院，书院的主讲是青神乡贡王方。王方是个品德高尚、学识渊博、严格要求学生的老师。那一年，苏东坡拜在王方门下，在中岩书院读书。

这中岩山号称"西川林泉绝佳处"，山上林木翁郁，溪流潺潺，风光秀美。山间有一泓清池，澄澈见底。中岩寺的老和尚想为这池子取一个名字，便找到王方，请他为水池命名。王方想，这倒是个考考学生的好机会，于是把学生们带到池边，让每个学生都为水池取一个名字，写在纸条上交上来。

不一刻，一个个学生都已交上纸条，只有苏东坡还站在池边独自徘徊。他望着一池清水，若有所思，双手击掌，喟然长叹道："可惜啊可惜，如此碧水，竟无游鱼！"

谁知这一拍，水池的石缝间竟然有鱼儿闻声出洞，来来往往，穿梭戏水，静静的水池一下变得生动而热闹。苏东坡心中一动，赶忙提笔写下几个字交给了老师王方。

王方将学生们交上来的纸条一一打开，只见有写"观鱼池"的，有写"看鱼池"的，有写"钓鱼池"的，有写"戏鱼池"的。王方摇摇头，打开苏东坡写的纸条，只见上面写着"唤鱼池"三个字，王方觉得这个名字生动、传神，韵味十足，准备宣布结果。这时候，只见一个丫鬟从山脚下匆匆赶来，将一张纸条交给王方。王方打开一看，竟然也是"唤鱼池"三个字。原来王方有个女儿叫王弗，长得如花似玉，聪颖过人。她听说父亲召集学生们为水池取名字，自己在家里也取了个名字，叫丫鬟送来，不料竟与苏东坡不谋而合。王方看着手中的两张纸条，非常高兴，心中隐然一动。

中岩寺的老和尚为水池征得美名后，又请王方为水池题字，以便将池名镌刻于池边石壁上。王方仍然如法炮制，让每个学生都写一张"唤鱼池"的墨笔大字交上来，再择期请眉山、青神的五老七贤、文人雅士来评审。到了这一天，群贤毕至，少长咸集，看热闹的老百姓把唤鱼池围了个水泄不通。王弗也带着丫鬟，在人群中观赏。唤鱼池边早已挂出了几十幅书法作品，行草隶篆，各显神通。一群人左挑右选，反复品评，都认为苏东坡写的"唤鱼池"三个字形神兼备，无论用笔、结体、气韵都推第一。

苏东坡两次夺魁，王方心中暗暗高兴。女儿王弗与苏东坡的命名不期而合，莫非天赐良缘？于是托人向老朋友苏洵提亲，苏洵也很满意这门婚事，苏王两家遂成姻亲。

这段"唤鱼联姻"的故事一直在眉山、青神一带流传，你如果有机会到青神中岩寺游玩，在唤鱼池边你可以看到青年苏东坡和王弗的塑像，还可以看到池边岩壁上潇洒俊逸的"唤鱼池"三个大字呢！

苏东坡和王弗结婚后，生活十分美满幸福。王弗孝敬公婆，抚养孩子，闲暇时夫妻俩抚琴吟诗，好不快乐。王弗是个才女，有时候苏东坡读书偶有遗忘，王弗便从旁提醒。苏东坡任凤翔签判时，王弗常以父亲苏洵的话来告诫苏东坡，"去亲远，不可不慎"。可惜这样一位贤内助，同苏东坡结婚十年后，因病逝于开封。第二年，苏东坡亲自把她的灵柩送回家乡眉山苏坟山安葬。十年后，苏东坡在密州（今山东诸城）做太守时，写下一首荡气回肠、哀婉凄美的千古绝唱《江城子·十年生死两茫茫》，来表达对爱妻王弗深深的怀念：

十年生死两茫茫！不思量，自难忘。千里孤坟，无处话凄凉。
纵使相逢应不识，尘满面，鬓如霜。
夜来幽梦忽还乡，小轩窗，正梳妆。相顾无言，惟有泪千行。
料得年年肠断处，明月夜，短松冈。

木鱼口镇邪

苏东坡在青神中岩书院读书时，听人说离中岩书院不远的岷江上，有一个滩口，那里滩险水急，波涛汹涌，漩涡一个接一个，不晓得打烂过多少条船。因为这个滩口水流湍急，浪击江岸，不停地发出"箜箜"的声响，从远处听起来好像敲打木鱼的声音，所以人们就管这个地方叫"木鱼口"。这木鱼口白天已经够凶险的了，一到晚上更加邪门，江面上阴风惨惨，时常有鬼哭狼嚎之声传来。只要太阳一落山，来往的船只就不敢从这里经过了。

苏东坡不信邪，偏要去探探这个阴森诡秘的地方。在一个月明星稀的夜晚，他借了蓑衣斗笠，带上鱼竿笆笼，便下山向木鱼口走去。到达木鱼口时，已是二更时分。苏东坡放眼一看，心里暗暗吃惊，只见四野茫茫，江岸陡峭，月照江流，波涛翻滚。苏东坡抽了一口冷气，不由得叹道："果然好个险滩，难怪人们谈滩色变！"为了一探究竟，苏东坡搬了一块大青石坐下，取出鱼竿，抛出了鱼线。

没过多久，江潮之声突然大了起来，如千万匹脱缰的野马，以排山倒海之势冲来。随即，一股黄桶大小的黑雾从滩口冲天而起，呈蘑菇状向四周翻卷开来。一条时隐时现的白影在那黑雾里飘浮游动，一阵撕心裂肺的哭喊声之后，传来嘶哑的诵诗之声："鳝长鳅短鱼有腮，鳝长鳅短鱼有腮……"念了三五遍后，又是一阵哭号。那白影就这么周而复始地在江面上哭了诵，诵了哭。

苏东坡先是感到惊惧，继而又觉得疑惑，心想：为什么那个白影老是念诵这么一句呢？莫非他念的不是诗而是一副上联？想着想着不觉心里一动，"忽"地一下站起来，将衣袖一挥，昂首临江，对着白影高声吟诵道："龟扁鳖圆蟹无头。"苏东坡刚一念完，雾中的白影桀桀桀一阵怪笑，幽幽地说："抱愧九泉二十春，今夜有幸遇高人。"随着声音渐远渐弱，那黑雾也慢慢散去，不一刻江面上风平浪静，仿佛什么事情也没有发生过。

第二天一早，苏东坡带着满腹疑团，去拜访中岩寺的方丈。苏东坡把昨夜的事向方丈叙述了一遍，问道："方丈身居灵山多年，本地的事情一定经历不少，这到底是怎么回事呢？"

方丈闻言，眼睛微闭，双手合十说道："阿弥陀佛！造孽啊造孽。"

原来二十年前，江南有个名叫江淹才的白衣秀士，自恃有潘安之貌，江淹之才，加上家资富豪，狂傲轻浮，目空一切。那年游历蜀中，来到青神中岩。他在岷江边上，看见一个美丽的渔家少女，顿时心旌摇曳，神魂颠倒。江淹才上前挑逗戏弄，向少女炫耀万贯家财和满腹才华。少女抬头把江淹才打量了一番，并不嗔怒，只柔声说道："小女子虽然只是个渔家女，身份低下，但却是蚕丛故里青衣神的后代。万贯家财乃身外之物，有何稀罕？公子既称才高八斗，我就出一上联，你对得上，我便答应你的要求。"那江淹才一听欣喜若狂，心想："我学富五车，才高八斗，还怕你一个渔女村姑不成？"于是他随口答道："一言为定，对上了，你立即同我成亲。对不上，我便羞死在这岷江中。"

少女款款说道："公子，你若对得上，小女子就照你说的办。对不上呢，权当戏言，公子也不必太认真。"

江淹才以为渔家少女害怕了，口气更加强硬，说："君子一言，驷马难追！"

少女微微一笑，扫视了一眼小船的鱼舱，随口说出上联："鳝长鳅短鱼有腮。"说罢，向江淹才施了一礼，说："请公子对来！"

江淹才晃着脑袋连声说："这有何难，好对，好对……"可是嘴巴一张，却又闭上了，几次欲出口，自己又摇摇头否定了，憋得满脸通红。

少女笑道："为人不可太轻浮，学无止境如江水。"说完，摇着小船，慢慢消失在烟波浩渺的岷江上。

江淹才又羞又急，从此不饮不食，不歇不睡。他不停地在江边徘徊，从上游走到下游，从下游走到上游，口中不停地念叨那句"鳝长鳅短鱼有腮"。三个月后江淹才突然不见了，有人看见他在木鱼口投了江……中岩寺方丈感慨地说："二十年了，阴魂不散，不料苏相公夜闯木鱼口，为他续对解难，使之瞑目九泉，也算做了一件好事，善哉，善哉！"

说来也怪，从那以后木鱼口再也听不到鬼哭狼嚎之声，也再没有来往
的船只被打烂了。

巧戏牛二怪

青神中岩寺对门有个瑞丰场，场上有一家馆子，老板叫牛玉才，排行老二，人称牛老二。牛老二做生意指甲深（宰人狠），对人又刻薄。买主刚进门，牛老二嘴巴甜蜜蜜的，只要一算账，那棒棒才敲得你心尖尖儿疼哩。尤其是对小买主更刻毒，汤不给你喝一口，板凳不等你坐热，只要你筷子一搁，他就要抽板凳。你就是在他屋檐边边上站一下，他也要指桑骂槐，骂"花鸡公"（不点名的谩骂），说"刺耳话"。

有一天，一个去朝拜中岩寺的居士婆婆走到镇上，正好遇到下雨，便侧身跨进了牛老二的馆子。牛老二问她吃啥子，居士婆婆说不吃啥子，只是躲一会儿雨。牛老二马上垮下脸来说："这儿又不是土地庙，我要做生意，走走走！"居士婆婆见他不安逸，只好说："那就买碗饭来吃嘛。"牛老二问吃啥子荤菜。居士婆婆是吃长素的，赶忙说不吃荤菜，只要一盘泡萝卜。牛老二一听，那脸顿时黑来挤得出水，饭才端上桌就催居士婆婆快点吃，居士婆婆一碗饭才吃了几口，牛老二就抽了板凳，把居士婆婆赶出了店门。

这时正好有个书生路过，看到此情此景，便大摇大摆地走进店堂，上八位一坐，"叭"地一下在桌上搁了一锭银子说："先来一杯好酒，再来你店里最贵的菜！"牛老二笑眯了，忙问吃啥子菜。书生说："一盘炸龙须，一碗炖凤肝。"牛老二一听，眼睛都鼓圆了。书生说："怎么？没有吗？你的店这些菜都没有，还开啥子饭馆哟？"说完，随身摸出几颗花生米，吃起"土地酒"（寡酒）来。牛老二莫奈何，又不好撵他走。过了一会儿，牛老二走过去催他："相公，雨下大了不好走噢！"书生说："不好走，我就不走了。"又过了一会儿，牛老二又去催："相公，雨都停了。"书生说："好呀，雨都停了，我还慌啥子嘛！"又过了好一会儿，牛老二再催："相公相公，天都要黑了！"书生说："既然天都黑了，我还走哪儿去呢？"牛老二说："我要关店子了。"书生说："我偏偏要照顾你，点的菜端不上桌，我今天就不走了！"牛老二哭丧着脸，说："你点的啥子龙呀凤呀，我看都没有看到过，上哪儿去找嘛！"书生说："那我就点你看到过的嘛。听着，来一份红烧土狗子（蝼蛄），一份清炖曲蟮子（蚯蚓），一份粉蒸推屎爬（屎克郎），一份油炸苍蝇子。"牛老二一听，知道遇到"对红星"（对手）了，魂都吓落了，哭兮兮的作揖告饶说："相公高抬贵手，不要为难我们买卖人嘛。"书生哈哈一笑说："既是买卖人，和气把财生，大小是买主，待客要公平。"说完站起来，扔下酒钱走了。

后来牛老二一打听，才知道这个书生就是青神乡贡王方的女婿，远近闻名的苏东坡。

猫　猫　石

　　青神县中岩寺千佛长廊的路边上，静静地卧着一只头朝山下的石虎，人们管它叫"猫猫石"，也叫"下山虎"。

　　北宋年间，中岩山一带林木蓊郁，常有虎豹出没。有一年，下寺的和尚抓住了一只小老虎，中寺的和尚也抓住了一只小老虎。小老虎虎头虎脑的，像猫咪一样乖巧，两座寺院的和尚都当宠物养着，爱得不得了。

　　小老虎一天天长大，渐渐地不听管束。下寺的老虎总往中寺跑，中寺的老虎也常往下寺跑。两只老虎一见面，总有一番撕咬。晚上各自回到寺院，身上伤痕累累，血迹斑斑，和尚们见了都很心疼。

　　下寺和中寺本是佛家清静之地，却让两只老虎闹得冤冤不解。闹来闹去，闹到了青神县衙门。县太爷倒是很清醒，接过状子一看，提笔批道："二虎相争必有伤，放归深山把迹藏。"县太爷的意思很明确，老虎大了，不宜再养，赶紧放虎归山。和尚们和老虎处久了，处出感情了，找借口说："老虎不愿走，我们也没法。"县太爷一听不乐意了，批下令签："放虎归山，宜早宜速。如若不从，手丁伺候。"什么叫"手丁"？"手丁"就是个"打"字。县太爷让和尚们打也要把老虎赶回山林去。

　　和尚们没辙了，只好拿起棍棍棒棒，打起了老虎。打谁的虎？打对方的虎。中寺的和尚涌下山，把下寺的老虎打死了。下寺的和尚不干，提刀携棒冲上中寺，要为死去的老虎报仇。

　　苏东坡本来在上寺的中岩书院清清静静地读书，听到山下喊打喊杀的嘈杂声，便放下书本，走下山来。他拨开围着老虎的僧人，劝说道："各位大师且住手，佛家戒律不杀生，你们何苦要取老虎的性命啊？"和尚们都认识苏东坡，知道他是个大才子，便放下了手中的刀棒。偏那下寺有个黑蛮和尚，高声叫道："中寺的和尚杀了我下寺的老虎，这个仇必须报！"说罢，横撇撇一刀，竟然砍掉了老虎的屁股。苏东坡见势不妙，一个翻身跨上虎背，对那黑蛮和尚吼道："要杀要剐，冲我来吧！"

说时迟那时快，只见一道金光闪过，苏东坡骑着的老虎变成了一只石虎，低眉顺眼地匍匐在路边的草丛中。

从那以后，人们把这只没有屁股的老虎视作神虎，设了香案，四时供奉。上山下山的游客经过石虎，总爱用手去摸摸石虎那没有屁股的屁股。再后来，青神民间就流传出这样一句俗话："老虎的屁股摸不得，中岩的老虎没得屁股摸。"

红叶联姻

苏东坡三十一岁那年最倒霉，父亲去世，妻子病故，他扶着两具棺木，悲悲切切地从京城回到家乡眉山。

苏东坡将丧事办理完毕，长居家中守孝。有一天，岳父王方从青神过来看他，让他带着不满六岁的儿子苏迈去游象耳山。

出眉山县城不远，就是醴泉河。跨过醴泉河，便是象耳山了。"象耳秋岚"，是著名的"眉山八景"之一。正值深秋，天气晴朗，阳光照得满山枫林像着了火一般，远远的山岚在天边抹上层层暗绿，让人心旷神怡。苏东坡被这美丽的景色迷住了，他坐在石级上，情不自禁地吟起诗句"停车坐爱枫林晚"。看着眼前的美景，苏东坡不禁又思念起爱妻王弗来，要是与王弗一起带着孩子来游玩，那该有多好啊……

苏东坡正在沉思，忽然听见苏迈在喊："娘，娘！"苏东坡抬头一望，只见从山坡上走来一位如花似玉的姑娘，身边还带着一个丫鬟。这姑娘体态面容与王弗十分相像，难怪儿子认错。苏东坡心里好惊讶，世上竟有长得如此相似的人。这时，苏迈又在喊娘，并且向那姑娘伸出两只手，说："我要娘抱。"苏迈一边叫一边向那姑娘跑去。苏东坡忙把孩子拉回来，顺手在他屁股上拍了两下。苏迈倒在地上又哭又叫："我要娘，我要娘！"苏东坡听到孩子的哭声，心里暗暗伤心，不觉掉下泪来。

那姑娘走到苏东坡父子身边，见这么一个聪明可爱的孩子，滚得满身是泥，心中不忍，便把苏迈抱起来。谁知刚抱起来，苏迈立即止住了哭声，双手抱着那姑娘，撒娇地说："你就是我的娘。"苏东坡感到十分尴尬，那姑娘却红着脸把苏迈抱到山下河边洗手去了。一路上，苏迈与那姑娘说个不停，真像是一对亲热的母子。

苏东坡走到泉边，见姑娘洗净了苏迈手上的黄泥，心里很是感动。他抱过苏迈，正要向姑娘道谢，那姑娘却头也不回地走了。苏东坡紧走几步，见姑娘手中掉下一片枫叶，上面似有墨迹。苏东坡拾起一看，红叶上有一行娟秀的小字：一片红叶传真情。落款是：青神王闰之。

望着姑娘远去的背影，苏东坡想：这姑娘既与爱妻王弗同乡同姓，何不问问岳父呢？回到家中，苏东坡取出那片红叶，把游象耳山巧遇姑娘的事向岳父王方一讲，才知王闰之乃是王方的侄女。苏东坡心里十分高兴，就请王方代为说亲。谁知王方坐在椅子上，哈哈大笑起来，东坡一时摸不着头脑，以为是笑他性急，顿时脸上红一阵，白一阵，心里悬吊吊的。

王方笑了一阵，才不慌不忙地说："其实这位闰之姑娘，贤婿早已见过。只是女大十八变，越变越好看，变来变去变得你都认不出来了。你仔细想想，当年你和我女儿王弗成亲时，是不是有个小丫头曾经为你破解过难题？"苏东坡想啊想啊，终于想起来了。

原来苏东坡和王弗成亲后，第三天送王弗回门。岳父王方指着堂屋前的一面破鼓，给苏东坡出了一副上联："鼓锤锤鼓，陈皮半下。"苏东坡开始还不以为然，仔细一推敲才觉得这上联出得绝。既指实物破鼓，又暗指两味中药：陈皮、半夏。苏东坡左思右想对不上来。这时候，有个小丫头笑嘻嘻地在堂屋门口探头探脑地偷看新姑爷。见他被难住了，便转身到后园找了几根竹篾条，扎了个灯笼，糊上白纸，提进堂屋，大大方方地对苏东坡说："新姑爷，你看我糊的这个灯笼好看不好看？"苏东坡抬头一看，一下就明白了小丫头的用意，随即对王方说："这下联该是'灯笼笼灯，白纸才糊'。"苏东坡的下联也暗含两味中药：白芷、柴胡。谁知几年不见，这小丫头竟长成大姑娘了。

王方对苏东坡说："要我做月老不难，但你要把闰之姑娘的上联对起呀。"原来象耳山与闰之姑娘相遇，是王方暗中安排的。王方见女儿死后，苏东坡整天闷闷不乐，怕他气坏身体，影响功名前程，况且自己的外孙苏迈还小，也的确需要娘亲照顾，所以才想出把侄女王闰之许配给苏东坡的主意。苏东坡虽然才高八斗，学富五车，但因事情来得太突然，一时半刻竟想不出合适的下联来。

望着那片红叶，苏东坡一直想到三更天，还是没有想出下联。渐渐眼睛模糊起来，他仿佛又来到了象耳山，又看到那火一样的枫林，那清清的醴泉河，闰之姑娘那飘飘的衣裙和映在泉水中的笑脸……一幕幕情景，触动了苏东坡的诗情，他竟在梦中吟出声来：两颗爱心共永生。

苏东坡和王闰之结婚后，夫唱妇随，十分恩爱。

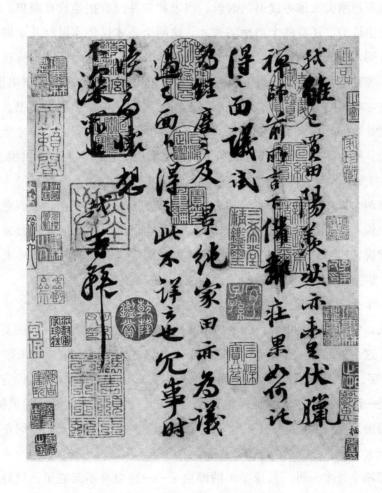

讲字论人

　　苏东坡刚去大佛寺读书的时候，当家和尚并没有把他放在眼里。当时在寺里借读的，还有两个当地的秀才。这两个秀才仗势家里有几个钱，平时吆五喝六，酸不溜秋的。这一天，当家和尚又摆了一桌筵席招待这两个秀才，唯独不请苏东坡。最气人的是，筵席偏偏就摆在苏东坡的读书楼上。两个秀才嘻嘻哈哈来赴宴，又是唱又是叫，闹得苏东坡读不下去书，这一下可把苏东坡整冒火了。他眉头一皱，想了个主意。等那两个秀才坐在桌子两边，刚要动筷子时，苏东坡打开房门，大摇大摆地走上前，拱拱手说："二位书友，久仰久仰。"说完，一屁股就坐在了上八位上。

　　那两个秀才本想发作，又怕失了斯文人的身份，互相递了个眼色，也拱拱手说："失礼，失礼！听方丈师父说先生是位高才，正想领教领教。"苏东坡说："岂敢，岂敢。"秀才说："大家都是读书人，何不以'人'字为题，讲字论人？"苏东坡说："愿听二位书友高论。"

　　一个秀才抢着说："我先来，我先来。我说一个'坐'字，坐字两边都是人，中间粪土臭难闻。粪土何用哉！"这分明是指桑骂槐，当面奚落苏东坡。这个秀才说完，哈哈大笑。另一个秀才也接着说："我来说一个'來'字，來字两边都是人，中间一根朽木头。朽木不可雕也！"说完两个人又是一阵大笑。苏东坡晓得他们挖苦自己，也不冒火，等他们笑够了，才慢腾腾地说："我也来说一个'夾'字，夾字两边乃小人，中间正坐一大人。大人岂见小人之过乎！"

　　那两个秀才一听，就像冬天的懒虫子——再也开不起腔了，只好脸红筋涨地向苏东坡道歉。从那以后，当家和尚再也不敢怠慢苏东坡了。

张飞庙前对绝联

　　有一次，苏东坡到乐山去，路过夹江，便溯青衣江而上，去观赏气势恢宏的千佛岩。走啊走啊，苏东坡不觉来到一座临江的小山前。小山上有座庙，叫张飞庙。庙里塑着英武刚烈、手提丈八蛇矛的张飞像。张飞庙前有一副对联，但只有上联却没有下联。苏东坡仔细一看，那上联写的是：孤山独庙匹马单枪一猛将。

　　苏东坡觉得这对联很稀奇，见江边有个钓鱼的渔翁，就走过去问这副对联为啥没有下联。渔翁看苏东坡是个文人，便告诉他说："这庙子修起不久，不知从何方来了一个云游和尚。那和尚提笔写了这副上联后，啥子话都没说就走了。几十年过去了，好多人都想对下联，可是都对不起，大家都说这是一副天下绝联呢。"

　　苏东坡听了，跃跃欲试。可是想来想去，这上联中的孤、独、匹、单、一，太绝了，硬是不好对。这时候，青衣江对岸远远走来一位钓鱼的渔翁，只见他举起鱼竿，抛出钓丝。苏东坡看看这边岸上的渔翁，又看看那边岸上的渔翁，忽然两手一拍，高声叫道："有了，有了！这副对联我对起了！"

　　那渔翁一听，急忙放下鱼竿，问苏东坡的下联是什么。苏东坡指着他和对岸的渔翁说："我的下联是：夹江两岸双钩对举二钓翁。"

　　渔翁一听，拍手叫好。这下联中的夹、两、双、对、二不仅与上联对得工工稳稳，而且动静结合，意境优雅，堪称佳对。渔翁连鱼也不钓了，扔下鱼竿就往村里跑，逢人便说："对上啰，对上啰！"等到人们来看这位对上绝联的文人时，苏东坡早已走远了。

　　至今，青衣江两岸还流传着这个故事呢。

清 音 亭

  乐山凌云山上有座翘角飞檐的小亭,叫临江亭,后来这亭却改名叫清音亭了。说起这座小亭改名的原因,还有一段美丽动人的故事。

  话说苏东坡年轻时,曾在凌云山上读书。凌云山林木葱茏,杂树生花,一群群黄莺飞来飞去,啼叫鸣唱。苏东坡读书读累了,就拿些食物去临江亭喂黄莺。那鸟儿也通人性,从不躲避,日子长了,竟与东坡十分亲热。

  一天中午,一群黄莺正在繁花杂树间婉转鸣唱。突然一阵暴雨袭来,有三只幼小的黄莺没来得及躲避,被暴雨刮下树来,扑扑簌簌滚下岩去了。东坡见了十分心痛,急忙冒着暴雨,攀藤缘萝,溜下岩去,救起哀叫长鸣的小黄莺。鸟儿们浑身羽毛湿透,瑟瑟缩缩,十分可怜。东坡把三只鸟儿抱回屋,烧了一堆柴火,烤干了小黄莺濡湿的羽毛。雨过天晴,东坡将小黄莺放出屋去。三只小黄莺依依不舍地瞅着东坡,点了三下头,鸣叫了三声,展翅飞上了蓝天。

  谁知东坡冒雨救鸟却受了凉,第二天就病倒了。凌云寺的老和尚前来探视,见东坡面色苍白,形容憔悴,赶忙到乐山城里请了最好的大夫来诊治。无奈连服了几帖药,病情却不见好转。

  这一天,苏东坡正在床上昏睡,突然从门外进来两个黄衣女童,她们轻言细语地禀告东坡说:"伯劳娘娘将前来为恩公疗疾。"

  东坡本想翻身起床,却只觉浑身瘫软,动也动不了。黄衣女童急忙拦阻道:"伯劳娘娘早已吩咐,你有病在身,只宜卧床静养,千万不可乱动,娘娘亲临病榻诊治就是。"

  "伯劳娘娘是何人,学生从不认识呀?"东坡觉得好生奇怪。

  女童道:"伯劳娘娘是我们金衣国的女王,待会儿一见面,你就知道了。"

苏东坡听那女童说话，声音清脆秀雅，如临溪抚琴，潺潺淙淙，十分动听，心中觉得十分宽慰。过了片刻，忽闻环佩叮当，异香馥郁，一群美丽的姑娘簇拥着一位粉红花冠、金缕绿裙的贵夫人进来了，想来那就是伯劳娘娘了。她身后还跟着三位黄衣少女，人人窈窕多姿，个个犹如天仙。

苏东坡见这么多年轻姑娘来到卧房，自己躺着有失体面，便挣扎着要起床。伯劳娘娘急忙上前止住，然后对一位怀抱锦囊的姑娘说："红素，还不快给恩公取药来！"那姑娘从锦囊中取出一颗白丸和一颗红丸，送入东坡口中，说："恩公呀，你为救我们姐妹三人，身染沉疴，我姐妹深感不安，今天特地来向恩公请安！"说完，拉着身穿粉红衣裙和绛紫衣裙的两个姑娘，一齐向东坡跪拜。

东坡见状，忙请她们坐下说话。这时，只听伯劳娘娘吩咐道："红素，你同姐妹们唱一支金缕曲给恩公解闷吧！"

于是，三位姑娘婉转歌喉，翩翩起舞：

自织春风金缕衣，穿红着绿凌云西。

柳堤轻卷丝千尺，花坞暗抛锦万匹。

东坡听着姑娘们的吟唱，心情豁然开朗，病竟然好了一半，一翻身坐了起来。

红素三姐妹见东坡坐了起来，便停了歌舞，倒身再拜道："恩公病体康复，深慰我姐妹之心。我等羽仙不便久留，后会有期。"说完，簇拥着伯劳娘娘，径直出门而去。

东坡赶忙上前问道："娘娘，众姐妹，我还不认识你们哩！"伯劳娘娘回头说："我们天天见面，哪有不认识之理。恩公请留步，好生调养身体要紧。"东坡追出门去，却不见娘娘和众姑娘的身影，只见一群黄莺在临江亭边的树林间翻飞鸣啼，清音袅袅，不绝如缕。

东坡如梦初醒，想那伯劳、红素、金衣等名字，不都是古人给黄莺起的美名么？鸟兽虫鱼尚且知道受人之恩，涌泉相报，人哪，又该怎么做人呢？想到这里，苏东坡心里生出无限感慨。

苏东坡病愈后，便常到临江亭读书。翠竹绿树间，一群群黄莺嘤嘤鸣啭，音韵幽绝，如清泉滴石，清风穿林。东坡身临如此美境，有感而发，便挥笔写下"清音亭"三个字。从此，临江亭就改叫"清音亭"了。

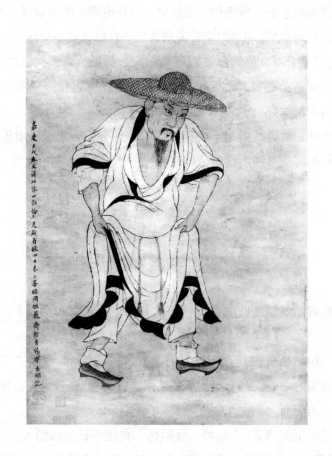

载酒凌云游

从乐山凌云山的山门拾级而上，左边是陡峭险峻的石壁，右边是汹涌澎湃的大江。上行数百步，有一座"载酒亭"。载酒亭斜对面山岩上刻有"苏东坡载酒时游处"八个大字，字迹工整端庄，运笔流畅凝重，据说是明代崇祯年间嘉州知州郭卫宸所书。

明朝末年，奸臣当道，政治腐败。郭卫宸虽有整饬朝纲之心，但由于受到奸臣排挤，无法施展自己的政治才能。他在嘉州任职时，为排遣心中郁闷，常去凌云山、乌尤寺游览散心，将自己沉醉于山水之间。

有一天，郭卫宸带着一群州吏僚佐，又来到凌云山。只见凌云九峰拥翠，景色清幽，茂密的树林掩映着重重楼宇，朱梁画栋隐没在绿荫丛中。香风阵阵，鸟语嘤嘤，山水之乐，使郭卫宸开怀忘情。一时兴起，他将乌纱帽摘下，把官带也扔在一边，叫衙役们在岩前林荫下摆起酒来。这时候也不分什么上下尊卑了，大家席地而坐，临风把盏，大呼小叫，一个个喝得酩酊大醉。

郭卫宸似醉非醉似醒非醒，蒙眬中见岷江上漂来一叶扁舟。舟中立着一位长髯老人，头戴斗笠，身披蓑衣，手捻长须，高声唱道：

少年不愿万户侯，亦不愿识韩荆州。
颇愿身为汉嘉守，载酒时作凌云游。

郭卫宸一听，心中暗想：这不是东坡先生的诗句么？再看船上老翁，正是飘然笠翁苏东坡。郭卫宸连忙起身，偏偏倒倒地向岷江一揖："东坡仙翁无恙！晚生有幸，得会先生于此。待我移酒船上，痛饮三樽如何？"说完，他就向临江的峭壁走去。衙役们大惊，急忙把他拉住，指着江面上那叶小舟说："老爷，哪里有苏东坡嘛，那是只打鱼的小船。"

郭卫宸听了，猛地一怔，如梦方醒，难道刚才是南柯一梦？此时郭卫宸也顾不得细想，大声叫道："拿笔墨来！"衙役们不敢怠慢，立即呈上文房四宝。郭卫宸乘着酒兴，提笔写下八个二尺见方的大字："苏东坡载酒时游处"，随即对衙役们说："找个刻石的高手，给我刻到石壁上去。"

谁知榜文贴出去三个月，却无人应招。这天，有个瞎老头让小孩牵着，将榜文撕了下来。衙役们见了，立即把瞎老头带进了知府衙门。

郭卫宸见是一个瞎子，生气了，说："你这个老头儿也老糊涂了吧，怎么撕起榜文来了？"瞎老头昂首道："大人不是在找刻石的吗？"郭卫宸见这瞎老头口气不小，便问："姓甚名谁？家住哪里？"老头摆摆手说："山野之人，何须留名？只因景仰东坡先生为人，特地前来献艺。"郭卫宸心想：没有金刚钻，哪个敢揽瓷器活？看这老头也不是吹牛说大话的人，姑且让他试一试吧。于是，命瞎老头百日之内必须完工。

原来，那瞎老头是方圆百里有名的石匠。三年前，因双目失明，只得放下手锤铁钻。他听说知府张榜为东坡先生刻石，三个月无人揭榜，就忍不住让小孙子牵着来到府衙，撕下榜文，应承下这刻石重任。

老石匠让徒弟们搭好脚手架，将知府的亲笔字在岩壁上勾出印迹，就叮叮当当凿起来。他凿一阵，摸一阵；摸一阵，又凿一阵。烈日晒着他的脸膛，江风吹乱他的须发，只见老石匠不动不摇，像一棵老松树一样扎在石岩上。到底是人老眼瞎，不如当年了。他凿呀刻呀，刻呀凿呀，凿了整整九九八十一天，才刻出"苏东坡"三个字。

老石匠扳起指头一算，不禁着了慌，还剩下十九天了，可还有五个字没有刻出来。他恨自己双眼看不见，痛苦地用拳头猛击双眼。突然，他眼前直冒金星，"苏东坡"三个字竟然在他眼前放出了金光。他不相信，揉揉眼睛，这才明白自己的双眼复明了。看眼前，山是那样清秀，水是那样澄碧，鸟儿是那样欢快，天空是那样蔚蓝。老石匠高兴得流下眼泪，扑倒在"苏东坡"三个大字上。

眼睛复明的老石匠精神振奋，浑身是劲，挥起手锤铁钻，叮叮当当凿打起来。他不分白天黑夜，渴了，喝口江水；累了，靠在岩壁上歇口气。

一口气凿了十天，提前九天将"苏东坡载酒时游处"镌刻在了高高的岩壁上。

郭卫宸听衙役禀告，说老石匠刻"苏东坡"三字时双眼复明，现已镌刻完工，心中十分惊喜，亲自带上银子来到凌云山。他站在岩石下，见老石匠的雕刻果然功力非凡，与自己的书法相得益彰，真是锦上添花。郭卫宸十分高兴，正准备拿银子酬谢老石匠，这才发现老石匠早已不知去向。

如今，凌云山上的"苏东坡载酒时游处"八个字仍清晰可见。它不仅留下了隽永雄健的书法，留下了东坡对故乡山水的热爱，也留下了老百姓对东坡深深的怀念之情。

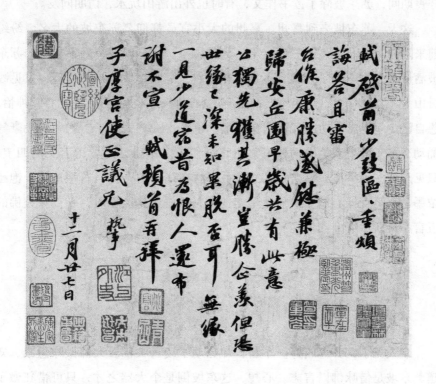

大佛戏东坡

北宋嘉祐元年，苏老泉带着两个儿子苏东坡和苏子由进京应试。第二年兄弟俩同登进士，苏老泉的文章也深受朝廷喜爱，三苏父子名震京城，许多读书人都争相传诵他们的文章。当时，京城流传着这样的民谣："苏文生，吃菜羹；苏文熟，吃羊肉。"年轻的苏东坡不禁有些飘飘然了。

不久，苏东坡的母亲程夫人去世。三苏父子匆匆从京城赶回眉山守丧。守丧期间，苏东坡除了读书作文，有时也外出游山玩水，访朋问友。

这天，苏东坡来到嘉州。嘉州的大小官员都仰慕苏东坡的大名，纷纷前来陪同。他们泛舟于三江之上、大佛脚下，饮酒吟诗，好不热闹。苏东坡酒量不大，连喝了三杯，不觉耳热心跳，醉眼迷蒙。抬头远望，只见凌云山上，大佛端坐，法相庄严；山下江水奔腾，烟波浩渺，不觉心旷神怡。想自己少年得志，功成名就，在文坛上也算得一尊大佛了。胸中一股豪气涌动，苏东坡高喊笔墨伺候。嘉州官员们求之不得，连忙送上文房四宝。只见东坡左手举杯，一饮而尽，随手把酒杯往江中一抛，右手执笔，饱蘸浓墨，奋笔直抒心臆。果然是笔走龙蛇，铁画银钩。霎时，一首咏大佛的五言小诗跃然纸上：

> 出手天外天，佛光照大千。
>
> 八风吹不动，端坐紫金莲。

众人见了，齐声叫好。不料，却惊动了凌云大佛。大佛微睁慧眼，知道苏东坡是借咏佛以言志。心想，这东坡倒是个大器之才，只可惜狂傲了一些，需给他一点教训。于是，化作一个疯僧，踢踢踏踏地走下莲台。

这时候，江面上突然刮起一阵大风，将船吹到江边。疯和尚靸拉着一双破鞋，轻轻一跃，跳到船上。众人都被风吹得站不稳脚跟，呕吐的呕吐，眩晕的眩晕。唯有疯和尚抓起酒壶，乜斜着眼高声吟道：

> 众人皆醉我独醒，何不共饮酒中樽？
> 你我同是醉八仙，酒后胡言莫寻根。

　　说完，嘴对着酒壶，仰起脖子咕噜咕噜喝了个够。然后拿起苏东坡的那首诗读起来，一边读，一边打哈哈："八风、哈哈，八风都……吹不动，哈哈哈！"笑够了，提起笔在诗的末尾写了几个字，就偏偏倒倒地飘下船去了。

　　疯和尚走后，风定船稳。人们这才从眩晕中清醒过来，急忙去桌前看那疯和尚写了些什么。大家围拢来，只见那诗尾连批着"放屁，放屁，放屁！"几个字。众人无不惊诧。苏东坡好不气恼，非要去找疯和尚问个明白不可。于是，大家把船停靠在山脚下，来到凌云山大佛寺。

　　清清静静的山门前，只见一个和尚正在扫地。那和尚见东坡一行人过来，竟用扫帚拦住去路。众人一看，正是刚才上船胡闹的疯和尚。苏东坡强压心头怒火，上前揖手道："请教长老，苏轼酒后游戏文字，引录了几句《金刚经》的话偶成四句小诗，但不知谬在何处，屁从何来？"那疯和尚直愣愣瞪了东坡半天，反问道："咦，苏学士，你不是八风都吹不动的大人物么，怎么倒叫三个'屁'给吹上山来了呢？"苏东坡一听，脑子一下清醒了，知道是自己口出狂言，得罪了有识之士，急忙倒身向疯和尚拜了三拜，说："承蒙师父教诲，学生茅塞顿开，今后再也不敢妄自尊大了。"疯和尚却只顾扫地，说："去去去！拜我何来，干我甚事？寺中方丈已等候多时，快进去说话吧。"

　　苏东坡同众人走进寺内，请出方丈，问起山门前扫地的疯和尚。方丈大惊道："我寺中从无此僧，莫非学士弄错了？"于是方丈陪东坡步出寺门，找了半天也不见疯和尚踪影。唯见大佛端坐，慧眼半睁，似笑非笑地望着三江流水，芸芸众生。

　　望着巍巍大佛，苏东坡猛然醒悟，刚才一定是大佛显灵，指点迷津，警醒自己啊！从此，他再也不敢狂妄自大，而是更加谦虚谨慎，严谨治学，终于成为博学多才的大文豪。

东坡楼与忠贤祠

苏东坡是宋代大文豪，他写的诗词文章，开一代雄风，千古流传。他一生刚直不阿，政治上曲折多难，人民十分同情他。他去世后，嘉州百姓在他读过书的凌云山上，修了一座东坡读书楼作为纪念。

然而，这东坡楼在明代却被拆毁过一次，事情的由来是这样的。

明朝有个宦官叫魏忠贤，因为保护过天启皇帝的父亲光宗皇帝，受到天启皇帝的恩宠，被封为"九千岁上公"。年轻的天启皇帝整天沉溺于酒色，不问国事，将朝廷一应政务全都交给魏忠贤打理。

谁知这魏忠贤是个溜须拍马、谄上欺下、心怀不轨、野心勃勃的家伙。他当了千岁想万岁，两只眼睛盯着皇位，妄图有朝一日黄袍加身。为了搜罗党羽，扩充实力，他养了十个干儿子。这些干儿子为虎作伥，欺压黎民，老百姓都管他们叫"十狗"。

那时，嘉州的织造业十分发达，织出的嘉州大绸薄如蝉翼，富丽堂皇，专供皇室享用。魏忠贤总揽全国织造，便派了十狗之一田尔耕的儿子田小狗到嘉州管理织造。物以类聚，人以群分。这田小狗也是个极会阿谀奉承的小人，他早就摸透了魏忠贤的脾气，一直在等待巴结献媚的机会。田小狗一到嘉州，就想出了一个以机户的名义为魏忠贤修生祠的歪点子，以期得到九千岁上公的青睐。

不久，田小狗回京向父亲田尔耕禀报说："嘉州织锦机户为感谢上公恩德，准备为上公修生祠。"田尔耕将这话禀告魏忠贤，魏忠贤大喜，说："难得干孙子一番孝心，就封他为嘉州知州吧，另奖给黄金白银各五千两。"

田尔耕受宠若惊，忙叫田小狗前去向干爷爷谢恩。魏忠贤对田小狗说："命尔即刻赴任，该干的事情抓紧干，不得迟延。难得那些机户一片孝心，一切课税就都免了吧。"

田小狗这次算舔了个大肥：一顶官帽，五千两金子，五千两银子，还有那免去的机户课税可以收进自己的腰包，真是一箭三雕。田小狗好不得意，喜滋滋地到嘉州上任来了。

这田小狗不学无术，大字识不了几个，当起官来颐指气使，蛮不讲理。他一到任，就以给九千岁魏忠贤修生祠的名义，搜刮民脂民膏，搞得嘉州上下鸡犬不宁，家家户户粮钱净馨。

有一天，田小狗来到凌云山，见东坡楼居高临下，气势雄伟，就向身旁一个僚佐问道："这东皮楼是什么鸟楼？"

"回大人，那不是东皮楼，是东坡楼，是眉州苏轼苏大学士……"那个僚佐纠正说。

"放肆！"田小狗眼睛一瞪说，"这是嘉州，我是州官，我说了算！这座楼，就叫东皮楼！"

"是，大人。"僚佐不敢不依。

田小狗绕东坡楼走了一圈，心想：这东皮楼地势不错，若将我干爷爷的生祠修在这里，一来气势壮，二来省工料，不日建成就可以献楼了。于是对左右说："尔等听着，本官决定将这东皮楼拆了，在此处修建当今千岁魏上公的生祠，事不宜迟，明天动工！"

众人一听吃了一惊。这时，一位正直的官员站出来说："大人，这东坡楼可……"

"东皮楼！"田小狗瞪他一眼。

"是，大人！"那官员说，"这东皮楼千万拆不得，这是大文豪苏东坡苏学士少年时的读书楼，历代州官都十分景仰，倍加修缮保护呀！"

田小狗袖子一拂，说："什么苏学士，鸟学士！我问你，苏学士与本朝魏上公相比，谁个官大？"

官员道："上公官大，苏学士官小。"

田小狗冷笑一声说："这就对了嘛，那还不赶快拆了给魏上公修生祠，还等什么！谁敢再阻拦，立斩！"

众人听了，有的目瞪口呆，有的摇头叹息，也有的见风使舵，随声附和。

于是，东坡楼给拆掉了。

然而，奇怪得很，这魏忠贤的生祠因大殿的梁上不起，整整两年工夫竟未落成。那大梁本是两根，分别叫上梁和下梁，却挂起上梁镶不进下梁，镶进下梁又挂不起上梁，总有一根是歪斜的。若只挂一根梁，整个大殿就要垮。柱子换过一根又一根，大梁做了一次又一次，量尺寸倒是没问题，可一挂上去就是不合榫口。两年来，魏忠贤派人催促了许多回，田小狗有苦说不出，急得团团转。

　　这事儿被嘉州百姓看在眼里，乐在心里。一时间，嘉州城内茶楼酒肆，街头巷尾，人们议论纷纷。

　　有的说："苏学士一身正气，魏阉狗满脑壳歪经，歪脑壳怎么能装在正身子上呢，怪不得上不起梁哟！"

　　有的说："那魏阉狗在上面陷害忠良，鱼肉百姓，田小狗在下面仗势欺人，横行霸道，这就叫上梁不正下梁歪，怎么修得起祠堂啊！"

　　于是，老百姓编了首民谣：

> 田小狗，恶崽崽，又升官来又发财。
> 上梁不正下梁歪，看你龟儿咋下台？

　　果然是善有善报，恶有恶报。生祠尚未修起，崇祯皇帝登基，将魏忠贤及其党羽以及他的干儿子干孙子们统统诛灭。田小狗属魏阉党羽，也被砍了脑壳。嘉州百姓们高兴之余，想起为官清正、体恤民情的苏东坡。于是，自发组织起来，有钱的出钱，有力的出力，重修了东坡楼。

　　如今，东坡楼屹立在凌云山上，飞阁流丹，十分壮观。楼内塑有东坡像，刻有东坡手迹，来此瞻仰的游人，络绎不绝。

嘉州城为啥不打五更

乐山古称嘉州，相传是苏东坡向东海龙王敖广借来的"菜园地"，你说稀奇不稀奇？要知故事始末，听我慢慢讲来。

话说嘉州有尊世界闻名的大佛，大佛身后有座山叫凌云山，山上有座寺院叫凌云寺。这凌云寺右靠乌尤，左倚龙泓，前有三江汇流，后有九峰相拥。站在山头，西望峨眉金顶，南眺浩渺江波，令人心旷神怡，向来是个读书的好地方。

那年，苏东坡征得父亲苏洵、母亲程夫人同意，离开家乡眉山，到凌云山上去攻读。他在眉山东门登船，六十里水路到中岩，别汉阳，入清溪，过平羌，不到一日，便来到嘉州地界。苏东坡举目一望，这三江汇流之地，果然气势不凡，不禁吟起诗来：

> 朝发鼓阗阗，西风猎画旃。
>
> 故乡飘已远，往意浩无边。
>
> 锦水细不见，蛮江清可怜。
>
> 奔腾过佛脚，旷荡造平川。
>
> 野市有禅客，钓台寻暮烟。
>
> 相期定先到，久立水溅溅。

艄公将船泊在保平渡口，苏东坡下得船来，挑着书箱经龙泓寺，过关子门，拾级而上直抵凌云寺。当时读书人到寺庙借房读书是常有的事，庙里的住持也乐意与文人骚客来往。因此，东坡并未多费口舌，就在小沙弥的带领下住进了客房。

安顿好后，苏东坡每日黎明即起，或挥毫作画，或奋笔书写，到夜晚挑灯研读，直到鸡叫二遍才歇息。不消几日，那一只和他朝夕相处的天石砚上，就已结上厚厚一层墨垢。这天，苏东坡拿着天石砚跨出山门，顺着九曲栈道来到大佛脚下，把天石砚往水里一泡，轻轻洗将起来。洗着洗着，墨水晕染开来，不一刻竟将半江碧水都染成了一片墨色。

且说这乐山大佛脚下原是一只海眼，是东海龙王敖广在嘉州的行宫。这日敖广正在大宴宾客，一群歌姬轻歌曼舞，笙歌悠扬。敖广正看得高兴。突然，一片乌云把水晶宫罩得严严实实的，伸手不见五指。霎时间，喊爹的，叫娘的，行宫里顿时乱作一团。敖广气得哇哇怪叫："虾兵蟹将何在？赶快与我打听明白，速速报来！"话音未了，巡河夜叉早已来到面前，躬身禀道："启禀大王，不好了，我等正在巡河，不料岸上来了一个书生，高高的个子，长长的脸庞，手持方砚一块，浸入水中一阵冲洗，江水顿时发浑变黑。这墨水香味甚浓，小的们哪闻过这般异香，忍不住一阵狂饮。谁知饮过之后，三千水族尽成墨色，此事如何是好？"说话间，乌云渐渐散去，敖广定睛一看，果见所报不谬，不由得怒气冲天，往桌上"咚"地一拳，叫道："气死我也！何处狂生，胆敢如此妄为！来人呀，快快与我抓来！"

这时，只见乌龟丞相脑壳几伸几伸，跨前一步毕恭毕敬地奏道："大王呀，万万使不得！据小臣算来，这洗砚者并非别人，乃天上文曲星，当今名士苏东坡是也。前不久大王不是说过，要延师教太子敖郁读书么？如此良机岂能错过？不如让太子拜其门下，过不了多久，太子文章学问必将大进。"一席话说得敖广脸上的乌云散了，瞪得圆鼓鼓的眼睛眯成了一条缝。敖广将着灰白的胡须嘿嘿笑了几声，说道："高见高见，就劳烦丞相辛苦一趟，去与我将苏东坡请来吧。"乌龟丞相把颈项一缩，两手拍了拍身上的八卦衣，绿豆般的眼睛滴溜溜一阵乱转，说："好事不在忙上。大王，你想想，要是我现在去请，岂不惊吓了他？"说着伸长脑壳在敖广耳边悄悄说了几句，敖广不禁哈哈大笑起来，伸手一拍龟头，说："嗨嗨，鬼精灵，真不枉你这家伙身上背着八卦图呢！"

两天后的一个晚上，皓月当空，星光闪烁，夜深人静，苏东坡还在灯下读书。正在这时，房门"笃笃笃"地敲了三下。深更半夜谁会来敲门呢？未必是凌云禅院的住持觉圆禅师吗？不，他是不会深夜来访的。那么会是谁呢？难道是山精野怪、女鬼狐妖？想到这里，苏东坡的汗毛陡地竖了起来，心也突突地乱跳开了。直到第三次门响，苏东坡才鼓起勇气去开了房门。咦，门外站着一个十来岁的少年，眉清目秀，举止儒雅。那少年笑容满面，朝东坡深深一拜，说道："小子深夜造访，万望先生恕罪。"东坡先是一惊，后是一喜，见少年恭恭敬敬、彬彬有礼，赶忙还礼说："哪里哪里，请坐请坐。"二人寒暄落座，那少年直截了当地说："小子乃先生近邻，立志求学，苦于找不到名师指点。近闻先生在此读书，特来求教，不知先生肯否点拨愚顽？"少年说话非常客气，言谈举止绝无半点世俗之气。东坡满心欢喜，连姓名也没有问就应承道："好说好说，只要不嫌鄙俗，共同研读也是一件好事。"自此，那少年每晚必来，鸡鸣即去，谁也不知道厢房里多了一个少年书生。

光阴似箭，不觉一晃半年过去。一天晚上，那少年进得门来，闷闷不乐地坐在书桌旁，不断地唉声叹气。东坡觉得奇怪，抬头一望，见他双眉紧锁，面带愁容，欲言又止，便忍不住问道："有何心事只管明说，我苏某定当助你一臂之力。"那少年长长地叹口气说："先生，我们不得不分别了。"东坡松了口气，说："大丈夫志在四方，又何必拘于一隅。分手权当小别，我们后会有期！"那少年结结巴巴地答道："不是，我……""哦，一定是囊中羞涩，没关系，我这里还有纹银二十两，你尽管拿去作盘缠。"说着，苏东坡起身走到书箱前，掏出钥匙就要开锁。少年走上前，抓住东坡的手，眼里滚下晶莹的泪珠，说道："先生有所不知，小子并非凡人，乃东海龙王敖广之子敖郁是也。先前不敢明言，怕先生闻之惊吓。敖郁就读于先生门下，时逾半载，文思大进，实是铭感于怀，无以回报。今日午间，听父王说三日后嘉州城有地覆还海之难，因此特来相告，请先生及早离开，以免葬身海底。父王为谢先生大德，特让我敬献金如意一对，以表寸心。先生，你我师生即将分离，叫我怎的不愁，怎的不悲呀！"

敖郁说完，从怀里掏出一对黄澄澄亮晶晶的金如意，双手递给东坡。东坡没有接那金如意，却在房中踱起步来。此刻，苏东坡心中如波涛翻滚，他仿佛看见嘉州城正缓缓沉入水底，水面上、房顶上数不清的老人孩子，正拼命挣扎……一转眼，他看见敖郁手中的金如意，不禁自问，难道这就是万千生灵生命的代价吗？但又有什么办法能救嘉州百姓呢？东坡望着敖郁，心急如焚地说："敖郁呀敖郁，难道就没有别的办法了吗？"敖郁想了想，说："我也不知道，只有去问父王了。"听了这话，东坡看到了一线希望，伸手把敖郁拽住，说："走吧，我和你一起去见你父王！"

敖郁在前，东坡在后，二人来到大佛脚下的岷江边。只见敖郁对着滔滔江水用手一指，那水"哗"地朝两边分开，现出一条又平又直的路来。不一会儿，他们来到水晶宫前。只见透明的宫墙里，穿红着绿的人影晃动着，门前虾兵蟹将手持刀斧，威风凛凛地守卫着。这时，鼓乐齐鸣，东海龙王敖广和乌龟丞相带领一班水族迎上前来。敖广笑眯眯地说："东坡先生，我想敖郁已把要说的话对你说了吧。他走之后，我猜先生一定会来，因此，一直在宫门等候，想必先生有什么话说？"东坡看敖广面目青绿，头上两只龙角闪着金光，言语得体，待人和善，便答道："话是说了，苏某却有一言相告，不知大王能采纳否？"敖广见东坡气度不凡，风流俊秀，心里十分喜欢，于是爽快地回答："说吧说吧，有话尽管直说，不必隐讳，能办的我一定照办。"东坡想了想，说："听太子说，三日后嘉州有覆城之难，让我赶快离开。苏某一人事小，嘉州万千百姓事大，因此，冒昧前来，寻求解救之法。"敖广听罢皱紧眉头，摸着胡须沉默了好一会儿，说："此乃天意，非我之力能够挽回。除此之外，先生要金有金，要银有银，要啥宝贝，尽管任意挑选，我敖广绝不吝惜。"

门关死了，苏东坡的心一阵狂跳，眼前又映出美丽的嘉州城和那即将在水中挣扎的万千生灵。脸皮一向很薄的东坡也顾不了许多了，缠着敖广说："大王，金银宝贝乃身外之物，要它做甚，我东坡要的是嘉州城。大王若是为难，权且借我做个菜园地可好？"敖广当然明白东坡的意思，但一时间又难于答复，只是沉吟着："这个……这个……"东坡见状，知道敖广的心思已开始活泛了，便站起来，深深一揖说道："与其让大王为难，我不如就此告辞，来日与嘉州共沉海底罢了！"说罢，转身就走。敖广见状，赶紧叫敖郁将东坡拦住，说："先生且慢，非敖广不给方便，嘉州城地底空虚，一直由鳌鱼支撑着，鳌鱼眨眼，地覆天翻，此乃天意，我敖广也无可奈何啊！"这时，敖郁上前说道："孩儿有一办法，不知可否？"敖广挥挥手说："讲吧。"敖郁扫视了在场的众人一眼，说道："嘉州城地底空虚有何难，龙宫后园有那么多金竹，只消派虾兵蟹将砍些金竹去把城撑起来，不就万无一失了吗？鳌鱼负城，此乃天谴，一天敲打三次把它警醒，不准它眨眼不就行啦！"乌龟丞相听敖郁这么一说，也想顺手拍个马屁，立即把拇指一翘，伸长脑袋对敖广说："大王，这是个好主意。你看太子跟着苏东坡学了几天变得多聪明，这办法妙极啦，嘿嘿，妙极啦！"敖广心里很不是滋味，他怨太子泄露了天机，恨乌龟丞相帮了倒忙，但事已至此，只好强忍心中不快，问道："借给先生可以，请问好久还呢？"东坡闻言，哈哈一笑，脱口说道："五更五点还吧。"

且说苏东坡从龙宫归来，立即将此事说与凌云寺住持觉圆和尚，让觉圆派人将此事火速传告嘉州。一传十，十传百，嘉州城轰动了，无不感谢东坡救了一城百姓。谁知有一个更夫没有听到这个消息，三天后将五更鼓打响了。顷刻间暴雨倾盆，江水猛涨，滚滚洪涛向嘉州城袭来，更夫吓得来不及打五点，丢下铜锣逃命去了。东海龙王敖广在龙宫听见五更响起之后却没有敲五点，心中暗暗着急，但因与苏东坡有约在先，只好哑巴吃黄连——有苦难言，不得已只好把洪水收了回去。所以，从那时起嘉州城都只打四更不打五更。后人感念苏东坡爱民救民的义举，有诗赞曰：

好个苏东坡，龙宫借嘉州。
一心为百姓，美名传千秋。

初试成都

宋仁宗嘉祐元年的春天，苏老泉带着苏东坡、苏子由两兄弟进京赶考。三苏父子路过益州（今成都）时，去拜会益州太守、西川节度使张方平。苏老泉和张方平是好朋友，张方平曾是苏老泉应试时的考官。尽管苏老泉几十年勤学苦读，满腹经纶，次次应考却次次落榜，到头来连个举人也没有考上，对此，张方平深表同情。苏老泉不想让自己的悲剧在两个儿子身上重演，因此来找张方平，看能否写封推荐信，找找门路。

张方平早就听说苏老泉的两个儿子才华横溢，只是没有读过他们的诗词文章，不好贸然写推荐信。苏老泉看出了老朋友的心思，就说："我知道我的要求让张公为难了。此番进京赶考，两个犬子平日所作文章也没有带。你看这样行不行？请张公出几道题，就在这里考考他们兄弟俩，只是让张公见笑了。"张方平听苏老泉这么一说，正中下怀，微微一笑说："如此甚好。"不一会儿，张方平拟了六道题，交给两兄弟。他和苏老泉则到隔壁房间，一边说话，一边暗中看两兄弟答题。

东坡、子由分坐两张书案，聚精会神地答着题。不久，子由面带疑惑，伸出两个指头向东坡示意。东坡一言不发，举起笔管在书案上轻轻敲了两下。子由一看，心领神会，埋下头奋笔疾书。又过了一会儿，子由伸出手掌，向东坡招了招手。东坡仍不答话，举起笔来在空中画了个大叉。

这时候，苏老泉有些坐不住了，连声说"惭愧，惭愧！犬子在张公面前献丑了。"张方平却摆摆手，说："难得小子灵犀相通，让我看看他们的答卷再说。"

不一刻，兄弟俩把答卷交到张方平手上。张方平看了后，高兴地对苏老泉道："老泉兄，恭喜你呀，二位令郎都是济世经国之才啊！"苏老泉还在为刚才两兄弟考试时的比比画画感到不安，张方平却说："老泉兄，你有所不知，刚才我出的六道题中，故意把第二道题的出处隐去，谁知东坡一眼就看出来了。子由没弄清楚出处，因此不敢下笔，伸出两根指头问东坡第二题的出处。东坡用笔管敲两下书案，子由立即悟出出处是《管子注》。第五题是我杜撰的，根本没有出处。子由伸出手掌，意为第五题，东坡用笔在空中画个叉，表示题目是错的，可以不做。"苏老泉听张方平这样一说，一颗心才放了下来。张方平接着说："今天这场考试，我不仅考了他们的学问，还考了他们的性格和为人。哥哥才思敏捷，文笔雄劲，将来必将驰骋文坛。弟弟沉着稳健，文笔冲雅，为文虽不及哥哥，为官怕比哥哥还要高一等呢！"

苏老泉听张方平如此夸奖两兄弟，便乘机请张方平为两个儿子写封推荐信。张方平哈哈大笑道："何劳我写推荐信，他们自身就是推荐信。不过，我倒是要为你写一封信给欧阳修，让他荐拔荐拔你这个头发胡子都考白了的老生员呢，哈哈！"

名动京师

嘉祐元年，三苏父子离开成都，经阆中，出褒斜谷，发横渠镇，入凤翔驿，过长安。经过两个多月的艰难跋涉，于五月到达京城汴梁，住进了兴国寺。

当年九月，东坡兄弟顺利通过了举人考试。转眼到了第二年春天，招考进士的考试开始了。仁宗皇帝任命德高望重、学识渊博的礼部侍郎兼翰林侍读学士欧阳修为主考官，龙图阁学士梅挚、翰林学士王珪、起居舍人范镇、知制诰韩绛为副主考官，欧阳修还举荐了国子监直讲梅尧臣具体负责编排、详定等考务事宜。

到了考试这一天，试院前红灯高挂，御林军守卫森严。到了巳时，钟鼓齐鸣，举子们一个个鱼贯而入，各自奔向考位。高高的试台上，竖着一块木牌，上面写着七个斗方大字——"刑赏忠厚之至论"，这就是礼部的春闱试题。

苏东坡一见试题，便深深体会到当今天子的良苦用心和古文革新运动的主将，即主考官欧阳修的深刻用意，很快便形成了"广恩""慎刑""仁政治国"的主题，仅用八百字便阐明了"以君子长者之道待天下，使天下相率而归于君子长者之道"的主题。

阅卷时，当梅尧臣读到这篇立论宏远，颇有孟轲之风的文章时，大喜过望，立即专卷转呈欧阳修。欧阳修一口气读完后，不禁拍案叫绝："雄辩滔滔，言简意赅，好久没有读到这样的好文章了。"欧阳修本想把此卷列为第一，又怕是自己的门生曾巩所为，为了避嫌，屈取为第二名。后来阅卷完毕后启封，才发现这篇妙文不是曾巩写的，而是来自偏远的四川眉州一个叫苏轼的写的，欧阳修懊悔不已。接下来的复试中，苏东坡以"春秋对义"获得第一名。到了三月，仁宗皇帝出了三道题："民监赋""鸾刀诗""重申巽命论"，对同科进士亲自进行殿试。苏东坡的表现可圈可点，子由也顺利通过了殿试。

年轻的苏东坡和弟弟苏子由在进士考试中，显示了不同凡响的才华，轰动了整个京城，受到当朝元老重臣文彦博、富弼、韩琦、欧阳修等人的器重。与此同时，苏老泉也带着自己的《权书》《衡论》《机策》等二十二篇文章和张方平的推荐信，拜见了欧阳修。欧阳修对苏老泉的文章十分喜爱，推荐给韩琦、富弼等人。他们读完后赞叹不已，决定向朝廷举荐，破格起用苏老泉。

一时之间，京城盛传"苏文生，吃菜羹；苏文熟，吃羊肉"的民谣，文人学士争相传诵三苏父子的文章，"士大夫不能诵坡诗者，自觉气索"。

后来，苏老泉在回忆父子科考的不同命运时，不由得仰天长叹：

莫道登科难，两儿如拾芥。
莫道登科易，老夫如登天。

想当然耳

苏东坡一生喜欢读书，善于读书。他对书本知识决不死搬硬套，而是融会贯通，为其所用。

那年东坡去考进士，考题是"刑赏忠厚之至论"。苏东坡的答卷中有"皋陶为士，将杀人；皋陶曰：'杀之'三；尧曰：'宥之'三"。考官梅尧臣读后，觉得文章见解独到，写得非常好，就呈送给主考官欧阳修。欧阳修读后，便问梅尧臣，上面那段话出于何处？梅尧臣也不知道，只好搪塞说："记不起了。"欧阳修想了半天，也想不起典出何处，只怪自己年龄大了脑子笨，记性不好。

宋朝的考试，考生的名字是密封了的。欧阳修本想将这篇文章录为第一，又怕是自己的得意门生曾巩所写，所以在一字上又添了一横，把第一变成了第二。后来放了榜，欧阳修才晓得自己搞错了。尽管只得了第二名，苏东坡心里还是十分高兴。这天，苏东坡去拜谢欧阳修。欧阳修想起苏东坡答卷上的那段话，就问："子瞻，你答卷上的那段话，究竟出于何典？"东坡笑了笑，说："典出《三国志·孔融传》注。"苏东坡走后，欧阳修取来《三国志》，找了半天都没有找到这段话。

又过了几天，遇到苏东坡，欧阳修问他："你说《三国志·孔融传》注上有这段话，老夫怎么找遍了都找不到呢？"苏东坡扑哧一声笑了，说："没想到欧阳公如此认真，还真的去查了《三国志》。书上载有这样一件事，说当年曹操准备把袁熙的妻子赏赐给曹丕时，孔融说：'过去武王也曾把姐妃赏赐给周公。'曹操问：'此话怎讲？'孔融说：'以今日之事来推想，应当是这样的吧。'所以，我在答卷中写尧和皋陶之事，就借用了这个典故。想当然耳，想当然也，何必一定要有出处呢？"一席话说得欧阳修不断点头。

回家后，欧阳修对门下的学生说："苏子瞻真是善读书，善用书。三十

眉山传说

年后，他的文章将会独步天下，无人可比！到那时，恐怕再也没有人会提起我的文章了。老夫当助他一臂之力，让他出人头地，成就功名，也不枉我是他的老师啊！"

后来，欧阳修、苏轼果然同登唐宋散文八大家之列，这段故事也成为脍炙人口的佳话。

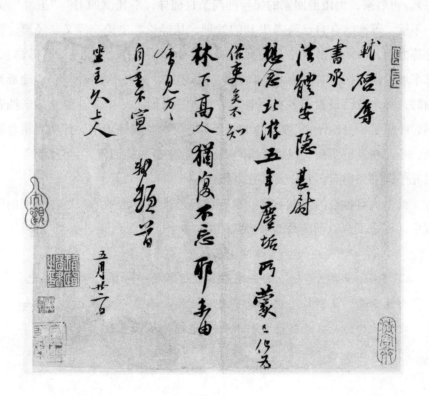

苏东坡读书

　　苏东坡出生于四川眉山一个"门前万竿竹，堂上四库书"的书香世家，从小天资聪颖，读书过目不忘。八岁入乡校，拜在道士张易简门下。后来入州学，由眉山大儒刘微之教授诗书，十二岁便写出脍炙人口的《却鼠刀铭》。再后来，由倦游回家的父亲苏洵亲自辅导，举凡"四书""五经"无一不读。苏洵结合自己科考失利的教训，从经论、史论、经义、经解、策论等方面，深入浅出地给东坡兄弟讲解，并让他们反复练习，不得懈怠。苏东坡后来回忆小时候读书"我昔家居断还往，著书不复窥园葵"。谪贬海南时，苏东坡已是六十多岁的老人了。有一天做了一个梦，梦见父亲抽背书，吓出了一身冷汗："夜梦嬉游童子如，父师检责惊走书。计功当埋春秋余，今乃初及桓庄初。怛然悸悟心不舒，起坐有如挂钓鱼。"可见当年父亲对儿子读书抓得有多紧，要求有多严格。

　　读书人有各自的读书习惯，也有各自的读书方法。苏东坡在长期的阅读中，创造了"八面受敌读书法"。

　　……少年为学者，每一书皆作数过尽之……每次作一意求之，勿生余念。又别作一次，求事迹、故实、典章、文物之类，亦如之，他皆仿此。此虽迂钝，而他日学成，八面受敌，与涉猎者不可同日而语也。

　　苏东坡的"八面受敌读书法"，其实就是读书要带着问题去读，把每篇文章分解成若干个专题来读，条分缕析，读熟读透，方有收获。所谓"旧书不厌百回读，熟读深思子自知"。

　　苏东坡任定州太守时，眉州丹棱县的小同乡唐庚专程拜望苏东坡。苏东坡问他最近在读什么书。唐庚说在读《晋书》，然后滔滔不绝地讲起书中的内容。苏东坡突然问道:"书中可有好听的亭子名吗?"这一下可把唐庚问蒙了,唐庚想了半天,也想不起有什么好听的亭子名。回家后,唐庚琢磨来琢磨去,终于领悟到这是苏东坡在教他怎么读书。他知道苏东坡肯定不止一遍读过《晋书》,肯定专门研究过书中建筑物的名称。苏东坡读书如此细致,如此专注,唐庚佩服得五体投地,心悦诚服。唐庚于绍圣元年进士及第,诗承东坡而自成一家,文章精密而长于议论,被誉为"小东坡"。

有人问苏东坡,怎样才能像你一样博学多才?苏东坡回答说:"其实很简单,只要像我一样读书就行。比如读《汉书》,每次读书专求一事,如治道、人物、地理、官制、兵法、货财之类,分门别类去读,每个专题都读通了,你就成为博学多才的人了。"

苏东坡自嘲读书的方法"迂钝",但他说他还有更"迂钝"的方法,那就是"抄书"。

苏东坡谪居黄州时,有个州学教授叫朱载上。朱载上爱写诗,最好的诗句是"官闲无一事,蝴蝶飞上阶",苏东坡大加赞赏。朱载上深受鼓舞,经常带着诗稿上门求教。

有一天,朱载上去拜访苏东坡,仆人通报后,却不见苏东坡出来,朱载上只得耐住性子在门外等候。等啊等啊,朱载上等得不耐烦了,正想转身一走了之,却见苏东坡匆匆从里屋出来。苏东坡一边拱手作揖,一边连声致歉:"对不起,对不起,刚才苏某了些日课,让你久等了。"

朱载上忍不住好奇地问:"先生还有日课吗?"

苏东坡答道:"读书不敢懈怠,刚才苏某在抄《汉书》。"

朱载上大吃一惊,说:"先生博学多才,名震天下,何苦还要手抄《汉书》呢?"

苏东坡摇摇手,说:"非也,非也,《汉书》我已经抄过三遍了。第一遍每段抄三个字为题,第二遍每段抄两个字为题,第三遍嘛,就只抄一个字了。"

朱载上听苏东坡这么一说,不觉肃然起敬,但又半信半疑,起身恭请道:"不知先生的手抄书,能否让晚辈开开眼界,长长见识?"

苏东坡呵呵一笑,转身回书房取来一个本子。朱载上接过本子,翻开一看，满篇都是工工整整的小楷。每个字朱载上都认识，就是读不成句子。

苏东坡见朱载上满脸疑惑，笑笑说："你试选一字，听我背来。"

朱载上随意选了一字，苏东坡应声背出数百言，无一字差漏。朱载上又挑了几个字，苏东坡皆滔滔背出。朱载上惊呼："先生莫非真个是天上的文曲星下凡啊！"

后来，朱载上将苏东坡抄书的故事讲给儿孙们听："天赋极高的苏东坡尚且这样认真读书，尔辈当努力呀！"

苏东坡的"抄写读书法"看起来笨拙，却能增强记忆，加深理解。苏东坡不仅身体力行，还将其作为经验加以推广。他在给王定国的信中说："君学术日益，如川之方增。幸更著鞭多读书史，仍手自抄为妙。"

苏东坡是欧阳修的学生，欧阳修曾以亲身经历传授为学之道："无他术，唯勤读书而多为之，自工。"苏东坡把读书作文当作天下最快乐的事情，他对两个侄儿千能、千乘讲："治生不求富，读书不求官。"读书人读书目的要纯粹，不要有功利心。他以自己为例："观书之乐，夜常以三鼓为率，虽大醉，归亦必披展，至倦乃寝。""某平生无快意事，唯作文章，意之所到，则笔力曲折无不尽意。自谓世间乐事，无逾此者。"

苏东坡把自己读书写作的心得，概括为两句话："博观而约取，厚积而薄发。"有朋友请教他读书写作有何"诀窍"，苏东坡毫不隐瞒，实话实说：

吾文如万斛泉源，不择地皆可出。在平地滔滔汨汨，虽一日千里无难。及其与山石曲折，随物赋形，而不可知也。所可知者，常行于所当行，常止于不可不止，如是而已矣。其他虽吾亦不能知也。

——《自评文》

二

八州趣闻

三挫苏贤良

嘉祐六年，苏东坡被派到陕西凤翔府任签判，很受知府宋选的赏识。因为苏东坡曾参加过贤良方正科的考试，列为优等，所以府衙里的人都尊称他为"苏贤良"。不久，宋选升迁调走，来了个新知府。新知府叫陈公弼，军人出身，眉州青神人，五十多岁，个子不高，对下属十分严厉。

陈公弼上任的第二天，苏东坡入衙办事，有个衙役见了他，招呼道："苏贤良早！"不料却被陈公弼听见了，斥责衙役说："小小一个签判，也敢妄称什么贤良！"命令把这个衙役责打二十大板，以儆效尤。苏东坡很不服气，争辩说："卑职这个贤良是考取的，大人何必动怒而责打衙役呢！"陈公弼一听，对苏东坡吼道："你娃娃还嫩，懂个啥！贤良虽是考来的，不过是个出身嘛。"东坡还想辩解，陈公弼厉声说："让人当着你上司的面称你为贤良，那我又该称什么呢？你是签判，典领文书是你的职责。我到任后的上报文书，急待签发，快去把文稿给我拟来。"

苏东坡心想：我这支笔就是欧阳公也要让我三分，你让我写文稿，我正好让你见识见识。因此，很快拟好文稿，交了上去。苏东坡满以为陈公弼会惊叹他的文才，殊不知陈公弼一看便指责说："写公文不是做花样文章，耍机巧，显才能，算什么本事，给我重写！"苏东坡觉得很委屈，但陈公弼是长官，自己是僚属，只得重写了送上去。陈公弼看后，提起笔来，东改一句，西改一句，改得满纸乌黑，还要苏东坡重抄一遍再送审。苏东坡很不高兴，一气之下，把文稿扔到一边，关起门来睡大觉。后来王弗知道了，耐心劝说苏东坡。苏东坡这才勉强抄了一遍，把文稿送了上去。这是陈公弼一挫苏贤良。

次日，陈公弼派苏东坡到各县去视察民情。苏东坡下到各县，了解到当时实行的新法，弊病丛生，尤其是衙前役，害得百姓倾家荡产。回到凤翔，便写成奏表，送交陈公弼转呈朝廷，希望改革衙前役。可是奏表送上去后，如石沉大海，杳无音信。苏东坡认为此乃民之所疾，刻不容缓，便去催问。开始陈公弼答复知道了，后来竟闭门不见。苏东坡憋着气登门求见，可是陈公弼就是不见他。苏东坡在门外等候，等了大半天，枯坐无聊，疲倦袭人，心愿难了，更觉烦恼。后来他曾写《假寐诗》来记述当时的情形。"谒人不得见，兀坐如枯枝"，"虽无性命忧，岂复忍须臾"，心情十分苦闷。还有一次，陈公弼召集开会，苏东坡赌气没去参加，被陈公弼罚铜八斤。苏东坡哪里受过这种气，恨死了这个陈公弼。这是陈公弼二挫苏贤良。

前次硬来，这次软拖，苏东坡觉得好憋气。不让见面也就罢了，后来府衙里开会，竟也不通知苏东坡参加。苏东坡觉得脸上无光，向当朝宰相韩琦上书，告了陈公弼一状。这是苏东坡在凤翔最难受的日子，虽有体贴入微的妻子王弗相伴，还有天真活泼的儿子苏迈承欢膝前，仍不能解除苏东坡的烦恼，常常独自携酒出门，到普门寺去散心。他一个人喝闷酒，想家乡，思亲人，还在普门寺题了一首诗：

> 花开酒美盍言归，来看南山冷翠微。
>
> 忆弟泪如云不散，望乡心与雁南飞。
>
> 明年纵健人应老，昨日追欢意正违。
>
> 不问秋风强吹帽，秦人不笑楚人讥。

这是陈公弼三挫苏贤良。

不久，陈公弼在北山上修了一座凌虚台，派人来让苏东坡写一篇《凌虚台记》。苏东坡觉得这是一个报仇泄愤的好机会，便以"物之兴废不可得而知"立论，细数历代楼台之兴废，均不足以持久。何况人事之得失，忽来忽去，更不能持久。只有为老百姓做好事、办实事，才能千古不朽！苏东坡借凌虚台，浇心中块垒，写得酣畅淋漓，十分痛快。第二天一早，便把《凌虚台记》给陈知府送去了。

凌虚台落成时，举行了隆重的典礼，陈公弼邀请地方官员和士绅参加，东坡也被邀请了。苏东坡登上凌虚台，见到陈公弼，把头扭到一边，可陈公弼却主动迎上前来，带他去看《凌虚台记》的刻石。

> 物之废兴成毁，不可得而知也。……尝试与公登台而望，其
> 东则秦穆之祈年、橐泉也，其南则汉武之长杨、五柞，而其北则
> 隋之仁寿、唐之九成也。计其一时之盛，宏杰诡丽，坚固而不可
> 动者，岂特百倍于台而已哉！……夫台犹不足恃以长久，而况于
> 人事之得丧，忽往而忽来者欤？

苏东坡见他写的原稿，竟一字未改地刻在碑上，感到十分震惊和意外。陈公弼问他："刻得怎样？"他只淡淡答了一句"好"。陈公弼便说："你以诗人的眼光，借物以讽来规劝我，身处逆境还有勇气为民请命，真是个不可多得的人才呀！"苏东坡意气未平，讥讽道："我年幼无知，懂个啥！"陈公弼笑道："我见你少年高名，恃才傲物，有意苦其心智，增益其所不能，挫你傲气。一个人不经过磨炼，是很难有成就的，你能理解我这番苦心吗？"苏东坡听了，心中的怨气消了一半，但奏表的事究竟如何了呢？便问："其实我个人的得失倒无所谓，可是百姓苦于差役法，你为什么不管呢？"陈公弼说："奏表我早已报送朝廷了。"苏东坡很是感动，他望着陈公弼真诚的面容，惭愧地说："是我过去不懂事，错怪你了！"

从那以后，苏东坡和陈公弼成了忘年好友。陈公弼死后，轻易不替人作传的苏东坡特地为他写了墓志铭：

> 轼官凤翔，实从公二年。方是时年少气盛，愚不更事，屡与
> 公争议，至形于言色，已而悔之。

可见，苏东坡是个胸怀坦荡、知错就改的人。在陈公弼的锤炼下，年轻的苏东坡变得更加成熟了。

点 金 术

苏东坡在陕西凤翔做官时，有一年冬天到山上去赏雪。在这山舞银蛇、原驰蜡象的银色世界里，苏东坡清心涤虑，吟诗作赋，好不快活。突然，他看见一棵高大的桧树下，有一块约两尺见方的地方，竟然没有一点雪迹，他觉得非常奇怪。不久以后，他又经过这里，看见那块没有雪的地方竟隆起两寸多高。苏东坡是个"打破砂锅——问到底"的人，就去问普门寺的长老和尚。和尚告诉他：这种现象说明那块地是仙人藏宝的地方，只显示给有缘的人。别人没发现，你发现了，说明仙人有意把宝赐给你，快去挖吧。苏东坡听了非常高兴，马上跑回家去拿家什，准备去挖宝。苏东坡的妻子王弗见他慌慌张张的样子，问明了原因，正色对他说："你还记得先夫人不许发宿藏的教诲吗？"东坡一听，羞得满脸通红。

原来，苏东坡小时候住在眉山城西一个叫纱縠行的地方。有一年，仆人在花园里发现了一个用石板盖着的地洞。大家都认为那下面藏着金银财宝，纷纷提议把宝藏挖出来。苏东坡的母亲程夫人知道了，赶忙拦住众人，说："非分之财，谁也不能妄取，这是做人的品德！"说罢，让仆人取土来，把洞填了，夯实，还在上面垒了一座假山，下令任何人都不准去挖。

经王弗这一提醒，苏东坡猛然清醒了过来，扔下家什，再也不提挖宝的事了。

谁知这件事传到一个道士的耳中，他便找到苏东坡，对他说："我有一个祖传的秘方叫点金术，准备传授给你。"苏东坡说："你知道我不贪财宝，为什么还要向我传授点金术呢？"道士说："贫道的点金术就是要传给像你这样不取非分之财的人。古人说，欲取者不与。如果把点金术传给贪财之辈，他们欲壑难填，有再多的金子也满足不了他们的私欲。"东坡又问："既然这样，那你把点金术传给我又有什么用呢？"道士说："我把点金术传给忠厚无欲的人，可让此术传之后代，不致失传。倘若有一天你遇到不可克服的困难，可用此术来济穷救困，保你一生清白。"

东坡听了道士的话，不由得哈哈大笑起来，说："照你这样说来，有困难就可以去取非分之财了？倘若真的如此，又怎能保持一生的清白呢？"

道士愣了，无言以对。

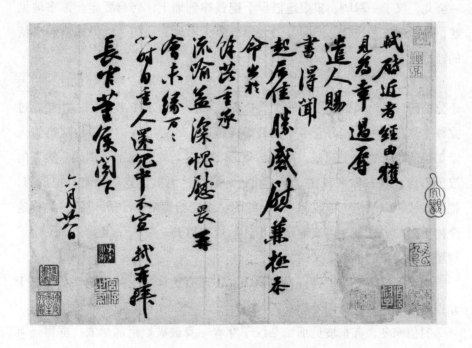

智断铜钱案

苏东坡在陕西凤翔府做判官时，经常到各州县微服私访，巡回办案。这一天，他来到太白山下一个叫清风镇的镇子。当他路过一家黑漆大门的宅院时，看见一个陕西汉子，扛着扁担绳子，正对着这家宅院痛骂。骂了一会儿，汉子一跺脚，狠狠地把半个铜钱摔到地上，转身要走。苏东坡见状，赶紧把汉子拉住，询问是怎么回事。汉子放下扁担，气愤地讲起事情的经过。

原来这黑漆大门里，住着一个姓周的员外。这周员外贪婪成性，为人十分刻薄，是清风镇出了名的"周扒皮"。这一天，周扒皮买回一担柴，过完秤一算钱，零头刚好合半个铜钱。按理说，四舍五入，周扒皮应当给人家卖柴的添上这半个铜钱。可周扒皮非要让卖柴的让他半个铜钱。卖柴的汉子不肯，双方你来我往，互不相让。后来，周扒皮竟然拿出一把砍刀，把那铜钱一刹两半。他收起一半，把另一半交给卖柴的汉子，骂道："你这个挨千刀的穷光蛋，半文铜钱都不让！这样劈开，一人一半就公平了嘛。"说罢，把卖柴的推出了大门。

卖柴的汉子气炸了肺，没想到天底下还有这样一毛不拔的铁公鸡，于是捏着半个铜钱，在门外怒骂。

时值寒冬，苏东坡见那卖柴汉子穿着一身破破烂烂的单衣，冻得怪可怜的，便要为汉子讨个公道。他俯身捡起汉子扔掉的半个铜钱看了看，心里有了主意，便问汉子："你怎么不去告状啊？"

那汉子苦笑道："不就是一枚铜钱么，我骂几句解解恨就行了，去告状么？不值当，不值当！"

苏东坡说："你如果去告状，不仅可以讨一个说法，还可以得到一身新棉衣。"

汉子觉得很奇怪，问："你怎么知道呢？"

苏东坡笑着眨了眨眼,说:"我会相面,你脸上带着这份财运。你如果不去告状,这份气就白受了,这份财呢,也就白丢啦!"苏东坡的话,把汉子的心说动了。但他还是有些担心,怯怯地说:"我平生最怕见那些当官的,见了当官的我啥话都说不出来……"

汉子的表情把苏东坡逗笑了,他连忙安慰汉子说:"不要紧,说不出来就不说,我给你写张状子,到时候把状子递上去就行了。"

那汉子把头一点,痛快地说:"好嘛,去就去!"

苏东坡把他领到县城衙门附近一个茶馆里,借来笔墨,给他写了一张状子。

苏东坡回到县衙,换上官衣官帽,叫衙役击鼓升堂,发签传人。

先传原告。那卖柴的汉子跪在地上往大堂上一望,见大堂正中威风凛凛的官怎么和刚才那位写状子的人一模一样呢?他心里就琢磨开了。

接着传被告。那周扒皮不知出了什么祸事,吓得不得了。跪在地上朝旁边一瞅,见是那个卖柴的,心里便有了底,心想:噢,没啥大不了的,不过是半文铜钱的事嘛。

苏东坡一拍惊堂木,先审被告。他捏起那半个铜钱,问周扒皮:"这铜钱是你劈的吗?"

"嗯,大老爷,是我劈的。"周扒皮承认得倒挺快。

"你为何要把这枚铜钱一劈为二呢?"

周扒皮也没隐瞒,就把纠纷经过照实一一说了一遍,末了道:"刀劈铜钱,一人一半,天公地道,合情合理!"

苏东坡摇摇头,不慌不忙地说:"不对,不对,你还没有说到问题的要害,还不快快从实招来!"

周扒皮见大老爷抓住他不放,急了,口口声声分辩说:"青天大老爷在上,事情就是这么个事情,小人一点也没隐瞒!"说完朝卖柴汉子一指,"不信,你就问问他。"

那卖柴汉子急红了脸,高声叫道:"大老爷,我不会说话,你快让他看状子。"

"好,那就请被告看看状子。"苏东坡让衙役把状子递给周扒皮。周扒皮接过状子一看，见上面写着两句诗："半文铜钱不相让，狗胆包天斩皇上。"顿时惊呆了，不就是劈了一枚铜钱么，怎么扯到斩皇上去了呢？

苏东坡问周扒皮道："你可知当朝国号是哪两个字？"

"大老爷，是'熙宁'二字。"周扒皮答道。

苏东坡眉毛一竖，一脸严肃地举起那一半铜钱，高声喝道："国号是当今圣上御口钦定的，朝廷把'熙宁'二字铸在铜钱上，即为国号。你这大胆刁民，目无大宋，因为争不到这半个铜钱，竟敢冲着当今圣上撒气，一刀把国号斩了。你可知道，你斩的是皇上，断的是大宋江山！你这个欺君枉法的狗奴才，该当何罪？"

闻听此言，周扒皮顿时吓瘫了，他满头大汗，磕头如捣蒜，苦苦哀求道："大老爷，求你老人家开恩，小人无知，小人无理，饶了我吧。"

那卖柴汉子在一旁看明白是怎么一回事了，他也趴在地上为周扒皮求情道："大老爷，求求你，千万别砍他的头呀……"

苏东坡把惊堂木一拍，故意大声叫道："他欺负你，你怎么还为他求情呢？"

"大老爷，他一杀头，我那身……就没指望了，还不如罚他好呢！"

苏东坡点点头，说："好嘛，头可以暂时寄放在他的脖子上，罚他什么，你说吧！"

"罚他给我买一身新棉衣，还要一顶帽子一双鞋。"

苏东坡转脸问周扒皮："你认罚吗？"

周扒皮当然求之不得，连忙说："要得，要得！我全给他买新的，除此之外，我再奉送一双棉袜子。"

苏东坡对那卖柴汉子使了个眼色，当庭宣布："好嘛，民不追，官不究，刀斩铜钱案就此了结。"说完把手一挥，"都给我退下去吧。"

周扒皮走出衙门，一把攥住卖柴汉子的手，连声感谢道："大兄弟啊，大兄弟，今天多亏你给我求情，否则，我的吃饭家伙就要搬家了！走，我给你买棉衣去。"

卖柴汉子回头望望大堂上的苏东坡，乐得合不拢嘴。

苏东坡打"鬼"

一

苏东坡卸任凤翔签判回京，府衙派了一队兵士护送。这天路过太白山下一座山神庙，有个老兵对苏东坡说："来往行人都要去庙里拜一拜，否则会有祸殃。"苏东坡偏不信这个邪，率领众人径直从庙前经过。

转过一个山坡，一阵狂风呼啸而至。有个小兵被困风中，不停撕扯身上的衣服，口中狂呼乱叫。老兵说："你看，山神发怒了！"苏东坡命人把小兵绑了，转身回到山神庙。他冲进大殿，指着山神像说："我来时不祈你，去时也无祷，为何施祟于我的小兵？你无非勒索几个香火钱，我今天偏就不给你买路钱！你有什么手段，尽管冲我来好了。"说罢，转身走出庙门。突然，一阵龙卷风飞沙走石，扑面而来。苏东坡拔出佩剑，对着狂风怒吼道："我命由天不由你，你这些下三滥的伎俩，休在苏某人面前乱耍。你再装精作怪，我今天就砸了你的神像，拆了你的庙堂！"

不一会儿，风停沙止，那个小兵也苏醒过来了。

二

苏东坡在京城为官时，二儿子苏迨娶了欧阳修的孙女为妻。有一天晚上，儿媳妇突然中了邪，口中胡言乱语。仔细听来，好像一个老太婆的声音，自称受虐待而死，阴魂不散。

苏东坡对这个附体的女鬼说："我苏轼从不怕鬼，况且京城有很多驱鬼除妖的端公道士，即使我不动手，他们也会施法，让你魂飞魄散，永世不得超生！"

女鬼说："早就听说苏大人是天上文曲星下凡，我本不该骚扰你的家人，无奈一直未能超度，才在阳间撒赖使泼。"

苏东坡说："这个好办，明天我会亲自向佛祖祈祷，送你轮回超生。"第二天，苏东坡果然写了祈祷文，在佛祖像前焚香祷告。从那以后，儿媳妇再也没犯过病。那个女鬼也不见了踪影，大约超生去了罢。

三

苏东坡的小儿子苏过年幼时，有一天晚上对苏东坡说，有一个黑衣黑裤又黑又瘦的贼，在屋子里跑来跑去。苏东坡带人里里外外搜了个遍，也没看见贼的影子。苏东坡正要责备苏过，旁边有个奶妈突然倒在地上，口吐白沫，浑身抽搐，指着苏东坡说："我就是那个黑衣黑裤又黑又瘦的贼，我是这家的鬼。我可不想害你家，不过你得请个仙婆子来为我诵经超度。"

苏东坡从没听说鬼还有提要求的，于是强硬地怼道："给你请仙婆子？没门！"

那鬼见苏东坡不允，只得降低声音说："苏大人不肯为我请仙婆子，那至少得给我写一篇祭文。"

苏东坡不为所动，高声答道："不行！"那鬼再一次降低条件，请求苏东坡为她烧点香蜡纸钱。苏东坡依然拒绝了。那鬼低声恳求道："那至少给我一块肉、一碗酒吧？让我做个饱死鬼。"苏东坡仍不答应。

那鬼见一点便宜都占不到，实在没辙了，请求赏她一碗水。苏东坡这才点点头，吩咐道："来人呀，给她一碗水。"那鬼喝完水，身子一歪，睡过去了。

第二天，那个奶妈醒来，对昨晚发生的事情一点都不记得，你说奇怪不奇怪。

谏买浙灯

苏东坡在陕西凤翔做了三年签判后，调回京城，不久做了开封府掌管刑狱的推官。

这天，处理完手上的公事，不觉天已黄昏。苏东坡没要官轿，换了一身便服，信步走回家去。开封是京城，自比其他地方繁华热闹。十里长街，灯火阑珊，闪闪烁烁，灿若星河。眼看元宵节将至，街两旁不少富宅早已挂起了各式各样的灯笼。走马灯、兔儿灯争奇斗巧，蟠龙灯、锦鸡灯富丽堂皇。苏东坡边走边看，不觉来到一个十字路口。路口上围了一大圈人，苏东坡挤进人群一看，原来是两个太监正在抢夺从浙江来的一老一少卖的花灯。老人白发苍苍，身旁是一个瘦弱的小姑娘，两人衣衫不整，面带菜色。那两个太监大呼小叫地说："皇上有旨，宫里要办元宵灯会，所有市售浙江花灯，一律半价收购。"老人苦苦哀求道："半价收购？连本钱都不够，我不卖，我不卖！"太监吼道："皇上圣旨，谁个敢违！今天卖也要卖，不卖也要卖！"说完，一脚踹倒老人，扔下一串小钱，提着老人的花灯扬长而去。老人和小姑娘趴在地上，恸哭不已。围观的百姓敢怒不敢言，有的摇头，有的叹息。

苏东坡扶起老人，细问缘由。老人说，浙江花灯天下闻名，每年他都要从浙江贩一批灯到开封来卖，赚几个辛苦钱养家糊口。谁知今年皇宫要办灯会，指名要用浙江的上等好灯。因此皇上降旨，要内宫太监半价采买四千只浙灯。"这哪里是买呀，简直就是抢！"老人愤怒地说。苏东坡取出二两银子，递到老人手上说："老人家莫着急，这些银子你先用着。"

回到家里，苏东坡彻夜未眠。他当过几年地方官，对老百姓的苦难十分了解。回到京城，对朝廷的腐败体会更深。天灾加上人祸，大宋王朝积贫积弱的局面已现端倪。为图后宫一开颜，哪管百姓死与活。贱买浙灯，更是坑民害民。其实这件事朝中大臣们都知道，但个个都装聋作哑，无人敢拦。"为了大宋江山，更为了老百姓的温饱，我苏东坡虽然只是个小小的推官，但不能不管啊！"想到这里，苏东坡披衣起身，提笔给皇帝写了一纸《谏买浙灯状》的奏表。他在奏表中写道："皇上应以爱民为本，怎么会为了后宫妃子们的欢乐而伤害老百姓的利益呢？你应当收回办灯会的命令，今后凡宴会、游乐等一律从简，切不可玩物丧志，骄奢误国呀！"

第二天一早，苏东坡来到府衙，府衙里关满了宫中送来的拒卖浙灯的老百姓。苏东坡觉得事情严重，再不能拖延下去了，便立即赶到宫中，越级向皇帝呈上奏表。

皇帝接到苏东坡的奏表，看了几行就扔到地上，大怒道："岂有此理，岂有此理！"过了一会儿，他冷静下来一想，觉得苏东坡说的有道理，又俯身捡起奏表，继续看下去。看完后，不由得感叹道："子瞻爱国爱民，吾不如也！"随即传旨不再买浙灯，也不办灯会了。

这段传为美谈的故事，便是北宋历史上著名的"罢市浙灯"。

字说说字

王安石变法当了丞相，曾作《字说》一书，推行天下。苏东坡认为汉字造字是有规矩的，其释义不能望字生义，牵强附会，生搬硬套，误人子弟。

有一天，苏东坡和王安石到郊外游玩。苏东坡望着波光粼粼的汴河问王安石："请问丞相，波浪的波为何左边三点水，右边一个皮字？"王安石答道："我的《字说》上有解释嘛，波字从水从皮，波者，水之皮也。"苏东坡呵呵一笑，反问道："按你这么说，我苏东坡的坡字，当从土从皮，坡为土之皮也？如果这样解释，那滑字则为水之骨乎？"这一问，问得王安石有些尴尬，但又放不下面子，只能故作轻松地答道："然也，然也。"

苏东坡继续追问："以竹鞭马为笃，不知以竹鞭犬有何可笑之处？"王安石脸色一沉，默然不答。

树上鸟儿叽叽喳喳飞来飞去，苏东坡见状又发一问："鸠字从九从鸟可有依据？"王安石答道："出自《诗经》。"苏东坡故作恍然大悟状，说："噢，我知道了。《诗经》云'鸤鸠在桑，其子七兮'原来是说有七只雏鸟，加上鸟爸鸟妈，恰是九只鸟。"王安石听得津津有味，连连点头，好半天才回过神来，原来又被苏东坡戏耍了。

苏太守卖画

你也许知道苏东坡曾在山东密州当过太守，你也许知道苏东坡在密州时写过一首非常有名的词，叫《江城子·密州出猎》。词中写道："老夫聊发少年狂，左牵黄，右擎苍。锦帽貂裘，千骑卷平冈。……会挽雕弓如满月，西北望，射天狼。"那是何等豪爽，何等气派啊！但你是否知道，苏东坡在密州时，常以野菜果腹，不得不卖画换钱的故事呢？

那一年，苏东坡到密州赴任，适逢山东大旱后又闹蝗灾。那蝗虫遮天蔽日，所过之处，一片狼藉，千顷良田，颗粒无收。老百姓叫天天不应，喊地地不灵，背井离乡，四处流浪。苏东坡看在眼里，急在心头。一面飞报朝廷，请求火速拨粮赈灾，一面组织人马四处查看灾情，安抚百姓。

这天晚上，夜已经很深了。苏东坡忙完公事，命衙役班头黑子提了灯笼，上城墙查哨巡夜。转过城墙根，苏东坡突然看见前面墙洞里，横七竖八躺着几个孩子，个个面黄肌瘦、衣不蔽体。苏东坡问："黑子，这些娃娃是咋回事啊？"黑子说："回老爷，这些娃娃都是孤儿，有的是父母熬不过灾荒，撒手西去留下的；有的是大人逃命去了，把娃儿丢下的。唉，这密州城里到处都是流浪儿，真是可怜哟！"苏东坡听罢，阵阵心痛，眼角不禁湿润了，他吩咐黑子道："快，回去把衙役们都叫起来，点上灯笼火把，把城里所有的孤儿都给我找到府衙来。"衙役们忙了大半宿，把城里的孤儿都带到府衙后院。一清点人数，竟有一百多人。苏东坡叫人烧了两大锅水，给娃娃们洗了澡，又叫厨下造饭。看着孩子们狼吞虎咽的样子，苏东坡心疼地说："莫急，莫急，慢慢吃，莫叫噎着了。"

衙门里的口粮原本就不宽裕，猛然间添了一百多张嘴，实在应付不过来。苏东坡就叫衙役们上山去挖野菜，摘榆叶，用来熬粥喝。太守带头喝粥，底下的人自然也得跟着喝。喝了几天，衙役们遭不住了，或报父母患病，或说家中有事，找个借口，一个两个都溜之乎也，只剩下班头黑子。

苏东坡只好请夫人王闰之和侍妾王朝云，来为孩子们熬粥。

有一天，苏东坡带着黑子下乡去查看灾情，顺便问起衙役们的事。黑子禀告说："老爷，衙役们说跟着你天天东跑西跑，鞋底都跑烂了，等家里老婆做好鞋，就回衙应卯。"

又过了些日子，还不见衙役们回来，苏东坡急了，把黑子叫来，问这班衙役究竟是咋回事。黑子瞒不过，只得实话实说。原来自从新太守来了以后，衙役们再不像过去那样，天天吃香的喝辣的，到下面办事捞好处了。现在天天跑乡下，鞋底都磨穿了，还捞不到一双鞋钱。自从收养了那批娃娃，天天喝野菜粥，一个个喝得嘴青面黑，走路都打偏偏，哪个还愿回来当差嘛？苏东坡听了一拍大腿，说道："咦，敢情不是说没鞋穿，原来是话里有话呢！黑子，你去告诉他们，莫说他们喝粥喝得受不了，老爷我何尝又不想吃点好的呢？朝廷的赈粮就这几天运到，到时候吃饭应当不是问题。没鞋穿嘛，这个事好办，也不消等家里老婆做了，每个人发十两银子的赏钱买鞋穿。至于哪个还要像过去那样捞好处，就请他不要回来了，我苏太守这里可没有那些好处！"

衙役班头黑子把苏东坡的话传给衙役们，衙役们都觉得苏太守的话合情合理，不几日都回到了府衙。衙役们倒是回来了，太守却躲在书房不出来，也不说赏钱的事。有的衙役透过门缝偷看，只见太守正在挥毫作画，就在私下里嘀咕开了："嗨，咱们太守老爷是一肩明月，两袖清风，除了一肚皮诗书，哪来的银子发赏钱啊？"有的说："罢了罢了，我们又遭骗了！"

第二天一早，苏东坡升堂，衙役们分站两边。苏太守说："尔等整日跟着我下乡赈灾，也着实不易，今天，老爷我给你们发点赏钱，买双鞋穿。"众衙役听说要发钱了，人人眉开眼笑，挺起胸脯，站得笔直。只见苏东坡取出一叠画来，那画上有的是几枝梅花，有的是几丛翠竹，下面都落着"眉州苏轼"的大名。衙役们领了画，个个面面相觑，不知太守葫芦里卖的什么药。苏东坡说："你们把这些画拿到街上去，找那些大户人家，就说我苏太守急等钱用。记住，每幅画不得少于二十两银子！"衙役们半信半疑，个个把画捏在手中，出了官府衙门。

不一会儿，衙役们笑眯眯地回来了。有的卖了二十两，有的卖了三十两，最多的竟然卖了五十两。

苏东坡把众人叫到堂上，收起笑容，问道："都卖了吗?"众衙役齐声回答："卖了!"

苏东坡又问："都有鞋钱了吗?"众衙役答："有了，谢老爷恩典。"

苏东坡再问；"今后还跟不跟老爷要鞋钱?"

"不啦!"

苏东坡提高了声音，厉声再问："今后谁个再想捞好处，欺压百姓咋个办?"

众衙役一迭声答道："要杀要剐，任凭老爷发落!"

苏东坡见他们个个回答得斩钉截铁，放下心来。长叹一声，语气一转，说道："好你们这班狗才，差点把老爷逼疯，害得我堂堂苏学士不得不卖画筹钱! 你们哪里是差鞋钱嘛，分明是嫌跟着老爷我没有油水可捞。也罢，灾荒年间，家家都有本难念的经。听着，卖画的钱你们每人留十两，送回家去交给一家老小度荒年，剩下的交上来，用作办孤儿院。"

众衙役叩头谢恩，高高兴兴地送银子回家去了。

不久，在苏东坡的倡导下，密州办起了孤儿院。据说，这是中国历史上第一家官办的收容孤儿的福利院呢。

徐州战洪水

苏东坡四十二岁时，由密州太守改任徐州太守。徐州比密州大，战略地位十分重要。七月中旬，黄河发大水，尽管朝廷在这之前花了五千贯来疏浚黄河，但毫无效果。奔腾的黄河在澶州曹村埽决口，如猛兽般汹涌而至的洪水顷刻间淹没了四十五个县，冲毁农田三十万顷，人畜死伤无数。幸存的百姓，饥寒交迫，号哭于野，其状惨不忍睹。

八月二十一日，洪水冲到徐州城下。水深二丈八尺，高于城中地面一丈零九寸，城墙随时都有坍塌的危险。城内居民人心大乱，有钱人家纷纷携带家眷财物，准备出城逃难。穷苦人家欲逃不能，只能坐以待毙。为了安定人心，苏东坡亲自坐镇城门，下令不准任何人出城，他郑重宣布："只要我苏轼在，决不让洪水进城。"大家看到太守都没有走，惊慌的情绪才逐渐平静下来。接着，苏东坡把全城百姓组织起来，划分地段，分区防洪。他和老百姓一起涉水蹚泥，指挥加固外堤。他还从家里搬来被褥，住在城墙顶上的窝棚内，彻夜指挥抗洪。

徐州有一支禁军，直接归皇帝调遣，即使是州官也不能调动这支军队。在此危难时刻，苏东坡也顾不了那么多。他脚蹬麻窝子草鞋，手拄木杖，赶到军营，找到统领说："徐州城危在旦夕，抗洪抢险，迫在眉睫，虽是禁军，也当出力！"统领见苏太守临危不惧，身先士卒，深为感动，立即召集军队，高声宣布道："养兵千日，用兵一时，堂堂苏太守都率先垂范，我等区区兵士又何足惜！大家全力以赴，生死与共，奋战洪水。"统领亲率上千兵士，肩扛木桩、竹篓冲出城去，在徐州城东南筑起一条坚固的千米长堤。

为了解救城外被洪水围困的百姓，苏东坡还亲自挑选了一批精通水性的兵士，用木筏载着粮食，四处进行救援，许多人得以生还。

洪水围困徐州城五十多天，水越涨，堤越高，军民抗洪的士气越加高涨。后来，苏东坡了解到城内有一个叫应言的和尚，对黄河汛情非常熟悉，便多次上门请教。应言和尚被苏东坡一片赤诚之心深深感动了，便提出了一个引水归源的好主意。苏东坡采纳了应言和尚的建议，派人凿开清泠口，把洪水引入了黄河故道。

十月十五日，洪水终于消退了。全城百姓欣喜若狂，苏东坡也高兴地吟道："入城相对如梦寐，我亦仅免为鱼鼋。"

为了防止今后洪水的侵袭，苏东坡还向皇帝写了一份奏折，请求朝廷拨人拨款，增固徐州的防洪堤坝。不久，皇帝下了一道圣旨，表彰苏东坡抗洪保城的功劳，赞扬他，"亲率官吏，驱督兵夫，救护城壁。一城生齿，并仓库庐舍，得免漂没之苦"。同时拨款三万贯，一千八百石粮米，七千二百个民工，在城南修筑加固了大堤。

为了纪念抗洪的胜利，徐州百姓在东门上修建了一座十丈高的城楼。根据金、木、水、火、土五行的相生相克，黄色代表土，黑色代表水，土能克水，这座楼用黄土涂饰。苏东坡欣然为这座楼取名为"黄楼"，"黄楼"成为徐州人民抗洪力量的象征。苏东坡请弟弟子由为黄楼写了一篇《黄楼赋》，记下了军民抗洪保城的业绩。苏东坡把这篇赋书写下来，请人勒石为碑。不幸的是，后来发生"元祐党祸"，苏东坡的政敌下令收缴焚毁他写的所有诗文碑刻。这块石碑被推入城下护城壕中，无人问津。直到苏东坡逝世三十年后，朝廷对苏东坡的"文禁"有所缓和，而达官贵人都以收藏苏东坡字画为荣。当时的徐州太守苗仲先深知苏东坡的影响及其手迹碑刻的价值，便派人悄悄将碑打捞起来，赶拓了四千张碑帖，然后下令将碑砸毁。苗仲先将东坡碑帖高价出售，发了一笔横财。此乃后话，按下不表。

黄楼落成那天，举行了盛大的庆典仪式。为此，苏东坡写了一首诗《九日黄楼作》以作纪念：

> 去年重阳不可说，南城夜半千沤发。
>
> 水穿城下作雷鸣，泥满城头飞雨滑。
>
> 黄花白酒无人问，日暮归来洗靴袜。
>
> 岂知还复有今年，把盏对花容一呷。

至今，黄楼还屹立在徐州城里，成为徐州著名的风景旅游胜地。

苏东坡与参寥子

参寥子,钱塘人,俗姓何,原名昙潜,与苏东坡结识后,苏东坡为之改名"道潜",法号妙总大师。参寥子从小喜游祠庙,不嗜荤腥,少小出家,对佛学典籍无所不读,能文善诗,被誉为"禅林神童"。

参寥子与苏东坡交往是由秦观引荐的。其时秦观举进士不中,苏东坡打趣说:"得丧秋毫久已冥,不须闻此气峥嵘。何妨却作参寥子,无数新诗咳唾成。"意思是说你秦观也是个读书人,你看看人家参寥子,写诗作文敏捷立成,咳嗽一声吐泡口水的工夫就完成了,你要向参寥子学习啊。

苏东坡十分欣赏参寥子的才华,常常与其谈禅说诗,谈空说有。对其《临平道上》赞不绝口,诗曰:"风蒲猎猎弄清柔,欲立蜻蜓不自由。五月临平山下路,藕花无数乱汀州。"

苏东坡任徐州太守时,参寥子专程从杭州来看他。苏东坡特地请了很多朋友,为参寥子接风。酒过三巡,却不见了参寥子。苏东坡乘着酒兴,对大家讲:"参寥子大和尚逃席,理当罚酒三杯。可现在人不见了,我们去找他,问个清楚,弄个明白。"众宾朋簇拥着苏东坡前往参寥子下榻的虚白堂,几位侑酒的歌伎也随同前往。

大家来到参寥子的住处,看见参寥子正在打坐。苏东坡使了个眼色,徐州名伎马盼盼便走到参寥子面前。马盼盼双目含情,轻摆腰肢,袅袅婷婷,莺喉婉转,倒让参寥子不好意思了。他赶紧起身,退到窗台边,口念"阿弥陀佛"。几位歌伎见状也拥上前去,把参寥子团团围住,且说且笑,且歌且舞。

参寥子心知肚明:一定是苏东坡使的坏,要破我戒规,看我笑话哩。参寥子略一定神,对着几位歌伎说道:"各位女施主且静静,我为大家献诗一首,可行?"听说和尚要向歌伎献诗,大家都安静下来。

参寥子略一沉思,笑眯眯地吟道:

寄语巫山窈窕娘，好将幽梦恼襄王。

禅心已作沾泥絮，不逐春风上下狂。

参寥子太急智了，一首诗既给足了马盼盼一众歌伎的面子，又表达了出家人一心向佛的禅心，还打破了苏东坡预设的圈套。

苏东坡听了参寥子的诗，大吃一惊，脱口叫道："参寥大师，我亦尝见柳絮飘落泥中，寻思可以写一首诗，不想被你占先了，可惜啊可惜！"

参寥子与苏东坡诗酒唱和，"臭味相投"，后来在"乌台诗案"中被视为东坡一伙的，被朝廷勒令还俗。可见在大宋朝，和尚也是不好当的。

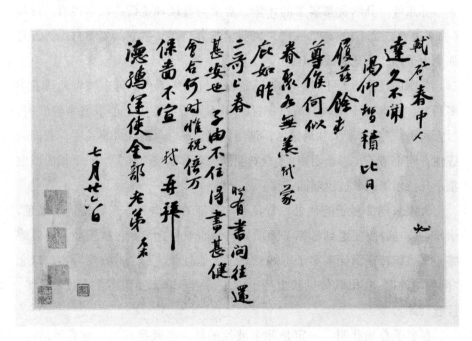

孤山开石炭

徐州附近有座孤山，山脚下有个白土镇。俗话说，靠水吃水，靠山吃山。可惜这孤山靠不住，光秃秃一座石头山，寸草不长，镇里人吃水都要跑七八里去挑，生活非常艰苦。大家找到族长，合计着打一眼水井。水井挖到三丈深，水珠珠都没有见到一颗，反而被一片黑石头挡住了。大家又急又气，拿起铁锤往黑石头上一阵乱砸。砸下的黑石头乌黑闪亮，掂在手里却比一般的石头轻。大家觉得很奇怪，便公推族长背了几块黑石头，送到徐州府衙去做鉴定，看这黑石头究竟是啥东西。

徐州知府苏东坡一见黑石头，乐得眉开眼笑，爱不释手。叫族长把经过情形说了一番后，取出银子，对打井的一干人等进行了奖赏。族长大惑不解，非让苏太守讲讲黑石头不可。苏东坡拿起一块黑石头，对族长说："你送来的黑石头叫石炭，当年我在京城见过，既可烧锅做饭，又可烤火取暖，是个宝物呢！想不到在我徐州地面，也有如此宝藏，孤山可不是穷山恶山，是座金山银山呢！"为此，苏东坡兴奋地写了一首《石炭》诗：

> 君不见前年雨雪行人断，城中居民风裂骭。
> 湿薪半束抱衾裯，日暮敲门无处换。
> 岂料山中有遗宝，磊落如磬万车炭。
> 流膏迸液无人知，阵阵腥风自吹散。
> 根苗一发浩无际，万人鼓舞千人看。
> 投泥泼水逾光明，烁玉流金见精悍。
> 南山粟林渐可息，北山顽矿何劳锻。
> 为君铸作百炼刀，要斩长鲸为万段。

据说，这是我国最早用诗歌的形式来记载采煤、用煤以及环境保护的文学作品，也是对徐州发现煤矿的最早记载。

第二天，苏东坡跟随族长一起来到孤山，亲自查看了井底石炭之后，一面紧急上报朝廷，一面抽调民工开窑挖炭。

孤山有石炭的消息，很快传遍了江淮，传到了京城。京城各大衙门、各府州都纷纷派人长驻白土镇，大肆采购石炭。一些官员还把石炭作为礼品送给京城要员，作为升官晋爵的敲门砖。一些富商也乘机囤积，抬高炭价，牟取暴利。一般老百姓根本买不起，也用不起石炭。苏东坡原本想利用石炭为当地老百姓谋些利益的，不承想却是这样一个结果。他立即向皇帝上书，一是实行矿产由国家统管，任何人任何衙门都不得私自设置小炭窑。二是对石炭的出售订下规矩，三分之一供京城，三分之一给各府州，三分之一按户分给老百姓。三是严厉打击哄抬炭价的富商炭主，一旦发现，重罚严惩。这样一来，混乱的局面开始稳定下来，孤山炭窑的生产也正常了。尽管采取了这些措施，但孤山的石炭产量不高，仍然供不应求，苏东坡决定再次到孤山视察。临行前，侍妾王朝云执意要陪苏东坡前往，说是从没看过挖石炭，一来可以长长见识，二来也可照顾苏东坡的起居，苏东坡只得答应了。

这天，一行人来到孤山，查看了炭窑。苏东坡见炭窑已经比前次来时挖得更大更深了，四壁也砌起了保护的井壁，心里稍感安慰。炭工们忙忙碌碌，有的挖，有的背，采一筐石炭，从窑底送上来，得几十个人传来转去，才能送出地面。苏东坡从心里敬佩炭工们勤勤恳恳吃苦耐劳的精神，又为这样原始落后的挖煤运煤工序深感不安。怎样才能既减轻炭工的劳作，又提高石炭产量呢？苏东坡一边看一边默默地沉思着。朝云见苏东坡忽而微笑，忽而紧皱眉头，知道他在想办法，也不打扰他，只是紧紧地跟在身后。

到了晚上，苏东坡一行在白土镇住下来。苏东坡还在为炭窑的事发愁，胡乱吃了几口饭，就到书房去了。王朝云沏了一杯热茶递到苏东坡手上，安慰说："相公大人，慢慢来，莫急坏了身子。办法总比难题多，多看看，多想想，多问问，总能解决的。"苏东坡点点头，说："其实今天我已想到了一些办法，比如再多开几个井口，比如把挖炭用的锄头改成尖头，比如在井口附近设置红炉，工具坏了可随时修理，再把民工分为三班，轮流挖炭。但现在的关键问题是怎样把挖下的炭尽快运到井上来?"王朝云说:"相公大人，你的这些办法今天我也想过，应当是可行的。至于运炭么，我倒有个办法。""什么办法，快讲!"苏东坡迫不及待地问。王朝云不慌不忙地说:"记得当年我在钱塘乡下时，村里打水都是用辘轳，取水取炭不都是一个道理么?"苏东坡拊掌笑道:"好主意，好主意啊! 明天一早我就到窑上去安排。"

第二天一早，苏东坡到孤山炭窑去了。王朝云在驿馆闲着无事，便信步来到白土镇上。转过街角，看见一位白发老奶奶正在纺棉花。王朝云看那纺车一圈一圈地旋转，不一会儿就纺出了长长的棉线。她好奇地从老奶奶手中接过棉花絮条，手摇车把学开了纺棉花。纺着纺着，王朝云心里一动，扔下絮条，一下子跳起身，来不及向老奶奶道别，就急急忙忙向炭窑跑去。

苏东坡和几个人正在商量事情，见王朝云慌忙火急地跑来，也不问缘由，劈头就说:"你昨晚说的用辘轳的办法行不通。如果是浅的直井还勉强可以，但深的斜井就不行了……"王朝云气喘吁吁地也不答话，拉住苏东坡就往镇上走。走到刚才纺棉花的老奶奶跟前，王朝云说:"相公大人，我有更好的办法了。"苏东坡问:"啥办法?"王朝云用嘴往老奶奶的纺车一呶，说:"你快看纺车……"苏东坡漫不经心地看了半晌，也没看出个名堂来，着急地问:"这小小的纺车有啥看头，到底是啥办法，你快讲。"王朝云说:"相公大人，你的脑瓜几多聪明啊，连皇帝老倌都夸你是才子，今天怎么这样不开窍哟。"苏东坡这才仔细地看那旋转的纺车，看着看着，他一拍脑袋，说:"成了，成了!"说完，满面笑容地向老奶奶作了一揖，拉着王朝云，匆匆向炭窑跑去。

不久，由苏东坡亲自监制的绞车高高地矗立在孤山炭窑井口。绞车开动起来，既省工又省力，石炭的产量硬是芝麻开花——节节高。从那时起几百年过去了，炭窑上一直都沿用这种绞车。尽管现代煤矿开采已不再使用绞车，而是使用更加先进的运输工具了，但苏东坡"孤山办矿"的故事，却一代一代地流传着。

苏东坡坐监

天下第一文人、大名鼎鼎的苏东坡，曾经被抓进御史台监狱，关押了一百三十二天，在刑讯逼供下差点被害死……你相信不相信？

中国有句老话，叫"文章憎命达"。这句话放在苏东坡身上，真是恰如其分。你想，苏东坡二十一岁名震京师，三十六岁通判杭州，三十九岁知密州，四十二岁在徐州率军民抗洪，受到神宗皇帝嘉奖。应该说，苏东坡仕途还算通达，诗词文赋的名气也越来越大。一帮嫉贤妒能的小人，早就愤愤不平，一直睁大眼睛，拈过拿错，要将苏东坡置于死地。机会终于来了！元丰二年，苏东坡调离徐州，到太湖之滨的湖州去做太守。宋朝时候的规矩，当官的到任后要向朝廷写谢表，苏东坡当然也不例外。他在给皇帝的谢表中写道：

> 臣轼言：蒙恩就移前件差遣，已于今月二十日到任上讫者。
> ……知其愚不适时，难以追陪新进；察其老不生事，或能牧养小
> 民……

谢表之类，本来就是官样文章，看看也就算了，可是那帮小人却不放过任何机会。他们字斟句酌，捕风捉影，终于从谢表中找出了所谓罪证。什么叫"新进"？分明是你苏东坡不满新政，反对变法，蔑视朝廷，讥讽新贵。在这帮小人里，跳得最凶的有这样几个人。

一个是监察御史何正臣，上表弹劾苏东坡"愚弄朝廷，妄自尊大。所到之处，一有水旱灾害，盗贼之变，就骂是推行新法的缘故。"

一个是御史中丞李定。这个人官瘾极大，连母亲死了都隐瞒不报，以避"丁忧"。苏东坡曾经斥责他不忠不孝，禽兽不如。这时候他也跳了出来，说苏东坡"起于草野垢贱之余"，"初无学术，滥得时名"，"无尊君之

议，亏大忠之节"等等，恶狠狠地要求皇帝处死苏东坡。

另一个是监察御史舒亶。此人有才，试礼部第一，但人品却十分低劣，整起人来心狠手辣。皇帝读了苏东坡的谢表，并没有读出什么问题，但舒亶却喋喋不休地在皇帝耳边说苏东坡的这篇谢表是反对朝廷，阴谋造反。舒亶还不厌其烦地在苏东坡的诗词中寻章摘句，罗织罪名。他对皇帝说："陛下发钱给贫民，苏东坡写诗说'赢得儿童语音好，一年强半在城中'；陛下明法以正官吏，苏东坡就说'读书万卷不读律，致君尧舜知无术'；陛下兴水利，苏东坡又说'东海若知明主意，应教斥卤变桑田'；陛下议禁盐，苏东坡则说'岂是闻韶解忘味，迩来三月食无盐'。应口所言，无一不以讥谤为能事。"

还有一个是副宰相王珪，此人爱摆老资格，倚老卖老，自诩文章天下第一，一贯嫉妒苏东坡的才能。他向皇帝揭发说："苏东坡有一首诗，写的是'根到九泉无曲处，世间惟有蛰龙知'，这条蛰龙就是指的皇上你呀！你想，你虽然是龙，但只是一条蛰伏的龙，连头都抬不起，怎么能呼风唤雨呢？"

最可气的是国子监的一个小官，叫李宜之，他连苏东坡都没有见过，就把苏东坡在安徽灵璧县写的一篇记叙山水园林的文章，拿到皇帝面前去检举。说苏东坡在文章里劝人不要做官，是断了宋朝的命脉，人人都不做官，那大宋江山不就完了吗？

皇帝本来是很欣赏苏东坡的才华的，可是连本奏折，连章弹劾，都说苏东坡有问题，再加上他们整天在皇帝耳边唠叨，谎言重复一千遍成了真理，皇帝最终被搞昏了头，下旨要御史台把情况调查清楚。

拿根鸡毛当令箭。皇帝发了话，这帮小人欣喜若狂，连夜派太常博士皇甫遵到湖州去抓苏东坡。

驸马王诜和苏东坡是好朋友，得知消息后，马上派人通知在河南的苏辙，苏辙急派家人飞报苏东坡。可是此刻的苏东坡已是网中之鱼，即使知道了消息，又能逃到哪儿去呢？

当皇甫遵带着人马，前呼后拥，大呼小叫地来到湖州太守府时，太守府里早已乱成一团。苏东坡甚至拿不定主意穿什么衣服，去见这个从京城来捉他的差官。皇甫遵是个势利小人，如今势利小人成了猫，而苏东坡则成了被捉的老鼠。皇甫遵见了苏东坡，也不说话，只拿眼睛盯住苏东坡。苏东坡定定神，强装笑脸，转身对着夫人王闰之和侍妾王朝云吟了一首前朝杨朴被朝廷抓走前，杨夫人吟的诗："且休落拓贪杯酒，更莫猖狂爱吟诗。今日捉将官里去，这回断送老头皮。"王闰之是个安分守己、谨小慎微的人，与苏东坡意趣相投，堪称贤妻良母。但这次被捉，一个好端端的家庭就毁在苏东坡的诗词下，王闰之有些埋怨苏东坡。

且说皇甫遵抄了太守府，一条索儿将苏东坡拴了，押了要走。湖州老百姓听说后，纷纷站在路旁，流着热泪目送苏太守渐渐远去。

当天晚上，船泊太湖。船舱外一轮明月高悬，苏东坡辗转难眠。此去京师，凶多吉少。他真想效仿李白揽月，在那清凉的世界里做一尾自由自在的鱼儿！无奈官差看押太紧，始终没有机会投水自尽。

就这样，苏东坡被押解进京，被关进被人称为"乌台"的御史台监狱，严刑拷问，昼夜不歇。

御史台那帮小人的目标当然不止一个苏东坡，他们要借机拔掉所有的眼中钉，肉中刺。他们查出了苏东坡与诸多王公大臣的来往信件和唱酬诗文，经过一番上纲上线，被牵连的大臣竟有几十人之多。

入狱前，苏东坡曾与陪同进京服侍的大儿子苏迈商定，平时的饭菜只送些米饭蔬菜，以报平安。如果有杀头消息便送鱼。谁知有一天，送来的午餐竟是鱼。苏东坡见了鱼，大惊失色，万念俱灰。自知死期将至，来日无多，便向狱卒讨来纸笔，写下两首绝命诗。

其诗一：

圣主如天万物春，小臣愚暗自亡身。
百年未满先偿债，十口无归更累人。
是处青山可埋骨，他年夜雨独伤神。
与君世世为兄弟，更结来生未了因。

其诗二：

柏台霜气夜凄凄，风动琅珰月向低。

梦绕云山心似鹿，魂飞汤火命如鸡。

眼中犀角真吾子，身后牛衣愧老妻。

百岁神游定何处？桐乡知葬浙江西。

这两首诗是写给子由的。苏东坡在诗里表达了对弟弟子由的深切怀念，愿来世仍为手足，并且委托子由代为照顾一家老小的生活。他还流露出承蒙皇恩，如今要离开人世了，实在惭愧，不能再报效国家。苏东坡写好后请狱卒代为转交，不料却被狱卒交了上去，传来传去传到神宗皇帝手里。神宗读了后，觉得哀婉凄切，悲凉感人，不觉动了恻隐之心，慨然叹道："子瞻终是忠君的。"

苏东坡入狱后，不少人为之奔走，八方营救。苏子由上书朝廷，希望用自己的官职来为哥哥赎罪。曾经推荐过三苏父子的西川节度使张方平也愤然上书。王诜、司马光、范镇、章惇等人也劝神宗放了苏东坡。王安石对皇帝讲："哪有盛世滥杀人才的呢？"太皇太后知道了这件事，也对神宗说："当年你父皇廷试后对我讲，为大宋觅得二宰相。如今，岂能在你的手中杀之？！"神宗终于发出圣旨，将苏东坡贬为黄州团练副使，本州安置，不得签书公事。受牵连的王公大臣，贬官的贬官，罚铜的罚铜。李定、舒亶等一帮小人阴谋落空，大失所望。

这就是被历史学家称为宋朝文字狱的"乌台诗案"。

苏东坡出狱后，问儿子苏迈那日为何送鱼。苏迈说："那日因匆匆赶去见叔父子由，商量援救之策，委托亲戚送饭，忘了叮嘱不要送鱼。亲戚知道平时你喜欢吃鱼，特地买了一尾鲜鱼，精心烹调，送去让你品尝，谁知差点送了父亲的性命。"父子二人相抱，唏嘘不已。

因诗起祸，是否就不写诗了？不，苏东坡出狱后又提笔写道：

平生文字为吾累，此去声名不厌低。

塞上纵归他日马，城东不斗少年鸡。

不过，如果李定、舒亶一伙读到"城东不斗少年鸡"之类的诗，恐怕又要告到皇帝那里，把苏东坡再抓回御史台。但苏东坡就是苏东坡，他写完诗，把笔一掷，哈哈笑道："鄙人真是不可救药矣！"

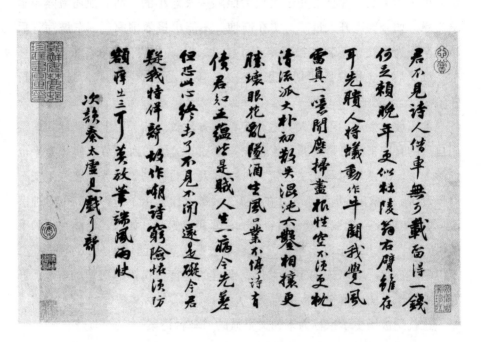

庐山行吟

天下名山庐山雄奇俊伟，景色秀丽，素来为文人墨客游玩流连之地。有一年，苏东坡和诗僧参寥子到庐山去游玩。苏东坡知道唐朝大诗人李白等先贤大哲在山中多有题咏，心想：这次上庐山要多读前辈们的诗作，多体会庐山绮丽的风光，庐山虽好不题诗，少在鲁班门前抢斧头。

谁知苏东坡到了庐山的消息，不胫而走，山上山下的游客、僧侣们都知道苏学士来了，莫不争睹为快。苏东坡所到之处，大家都站在路口恭候迎送，令苏东坡十分感动。兴之所至，苏东坡忘了自己上山前发的誓言，不知不觉写下了游庐山的第一首诗：

芒鞋青竹杖，自挂百钱游。

可怪深山里，人人识故侯。

开了头，就一发不可收了。苏东坡接连又写出了："青山若无素，偃蹇不相亲。要识庐山面，他年是故人。""自昔忆清赏，神游杳霭间。如今不是梦，真个在庐山。"

庐山上有个和尚叫释可遵，平日爱写几句诗，听说苏东坡来了，便带着诗稿来拜见苏东坡，一定要大学士给斧正斧正，指点指点。苏东坡翻阅诗稿，其中有一首赞美温泉的诗是这样写的："禅庭谁立石龙头，龙口汤泉沸不休。直待众生尘垢尽，我方清冷混常流。"苏东坡觉得"直待众生尘垢尽"一句还有些意思，不免夸奖了几句，还戏作了一绝以示鼓励。

石龙有口却无根，自在流泉谁吐吞。

若信众生本无垢，此泉何处觅寒温。

受到苏东坡的赞扬，释可遵和尚的脑壳开始发昏，人也有些飘飘然起来，自以为已经成为当代大诗人了。第二天一大早，又来缠着苏东坡，要和苏东坡吟诗作赋。刚好他前几天读了苏东坡的《三峡桥》诗，便对着东坡高声朗诵了一首头天晚上赶写的诗："君能识我汤泉句，我却爱君三峡诗。道得可晏不可漱，几多诗将竖降旗。"苏东坡正要说话，释可遵却大呼小叫要栖贤寺的住持把他的诗拿去刻碑，还大言不惭地说："把碑空一半出来，等苏学士和了我的诗再刻上去！"坐在一旁的参寥子和尚早就耐不住性子了，呵斥道："大胆头陀，无知和尚，些须雕虫小技，焉敢在大学士面前卖弄，还不快给我滚出去！"说罢，也吟诗一首："打睡祥和万万千，梦中趋利走如烟。劝君打快修禅定，老境如蚕已再眠。"众人一听，都拍手称快，释可遵和尚觉得再待下去实在无趣，只好灰溜溜地走了。

庐山住持照觉大师和参寥子和尚是老朋友，听说苏东坡来了，急忙赶上山来，陪着苏东坡游览漱玉亭、汤泉等胜景。当他们兴致勃勃地游完西林寺后，照觉大师请苏东坡题诗。苏东坡略一沉思，便在西林寺的墙壁上挥毫写下了一首千古绝唱——《题西林壁》：

横看成岭侧成峰，远近高低各不同。

不识庐山真面目，只缘身在此山中。

照觉大师和参寥子和尚看了，齐声叫好！苏东坡却连声责备自己："唉，说好不写诗的，还是管不住自己。"参寥子在一旁说："学士公本是性情中人，如果真能管住自己不写诗，那就不叫苏东坡了！"苏东坡忙问："不叫苏东坡叫啥子嘛？"参寥子哈哈一笑，说："那就叫苏东皮嘛！"

众人都一齐笑了起来。

三会王安石

北宋著名政治家、文学家王安石，主张变法图强，积极推行新法，但因变法太锐，用人不当而遭到失败，被贬去丞相，退隐金陵。

王安石在金陵赋闲时，读了不少苏东坡的诗文，越读越喜爱，不禁称赞道："不知更几百年，方有如此人物出现。"反思当年苏东坡指责新法"求治太急，听言太广，进人太锐"的话，真是一针见血，切中要害。当时苏王之间的矛盾，被吕惠卿、李定等一群小人利用，致使苏东坡被贬黄州，自己也被罢相。思前想后，王安石深感内疚。

每当有人从黄州来，王安石都要打听有关苏东坡的事情，询问有何近作。有一次，客人带来了苏东坡新作的《宝相记》，王安石立即在灯下展读，读完后长叹一声："子瞻，人中龙也！"客人问他读后感，王安石笑道："有一字未稳。"客人问哪个字未稳。王安石说："文中有'日胜日负'之句，依苏子瞻今日情形来看，不如改为'日胜日贫'！"消息传回黄州，苏东坡高兴地说："丞相一字之易，倒是幽了我一默啊，呵呵！"听说苏东坡将由黄州移往汝州安置路过金陵时，王安石不顾严重的哮喘，亲自骑驴到江边来迎接苏东坡。

苏东坡听说王安石来了，故意衣冠不整地跑到船头，讥讽道："犯官苏轼，敢以野人衣冠拜见大丞相，失礼了！"王安石宽厚地笑道："安石不过以一个老朋友的身份来看望老朋友，难道还要讲那些俗套吗？"东坡又说："大丞相门下还容得下一个苏轼么？"王安石含笑答道："当政时，失掉了你这个朋友，责任在我，不过事情已经过去了……"苏东坡不待王安石说完，便抢白道："事情虽然已经过去了，但我的这口气还没有消呢！"

王安石见苏东坡仍对过去的事情耿耿于怀，便换了个话题，问苏东坡道："听说你们西蜀有一种弩机很厉害，是吗？"苏东坡说："是啊，弩机就是用机关发箭的弩，也称弓弩。不用手拉弓，只用手扣动机关，箭就能发出去。所谓一触即发，万弩齐发啊！"王安石点点头说："可见你们西蜀人好厉害，让人近身不得，只怕是一触即发也！"苏东坡一听，知道王安石用弩机来取笑自己，于是他也问王安石："丞相是抚州人，听说抚州的杖鼓鞋很有名哩！"王安石答道："是啊，杖鼓鞋是敝地的特产。"

苏东坡说："提起杖鼓鞋，我倒想起一个故事来。抚州的杖鼓鞋声形俱佳，远近闻名。淮南有一豪绅愿出高价收购，有个抚州商人亲自把一大批杖鼓鞋送到淮南来。豪绅取来杖鼓鞋，想试试声响如何，但他从未见过杖鼓鞋，猜想是打击乐器，于是便轻轻敲了几下，却没有声音。他又重重地敲了几下，还是没有声音。横敲竖敲，就是没有声音。豪绅发怒了，说既无一点声音，买来何用，不买了。抚州商人听说不买了，气愤地把杖鼓鞋全都倒入淮河。谁知杖鼓鞋在河里被流水一激荡，发出悠扬悦耳的声音来。豪绅望着水中的杖鼓鞋感叹道，'你若早点出声，我又何至如此呢！'"

王安石听了，苦笑着对苏东坡说："你呀，还是那个老脾气，讲个故事都吃不得亏。好了，好了，往事不必再提！"说罢，让牵驴的童儿拿酒来。苏东坡虽然还有怨气，但见王安石这样说，也不得不举起酒杯，说："一杯薄酒泯恩仇。"这是苏东坡一会王安石。

苏东坡见过王安石以后，尽管口头上还有怨气，但心里也有些后悔。想到被贬黄州五年来，身处逆境，听到看到不少朝廷的弊端。王安石虽性情执拗，但为人正直，而今又放下架子来迎接犯官，可见已不是当年的"拗相公"了，况且当今朝中的执政者都是他一手提拔起来的，要纠正朝政之弊，除了王安石还能有谁呢？如果只为个人出口怨气，耽误了国家大事，岂不是因小失大吗？于是苏东坡决定到半山堂去拜见王安石。

苏东坡是个急性子，一到半山堂，见了王安石便说："苏轼有事请教相国。"王安石一听，摆摆手，站起身来，前后左右巡视了一番，这才悄悄对苏东坡说："你讲吧！"苏东坡便讲了当今执政者大兴冤狱，弄得人心惶惶；又不惜挑起对外战争，劳民伤财。国家安危，只在旦夕，丞相不能就这样蜗居金陵，要出来说话，纠正其弊啊！

不料王安石叹了口气，说："我已被罢官，现在朝廷重用吕惠卿等人，我又怎好去管呢？"苏东坡一听，深感失望，想不到当年力排众议，坚持变法革新的王安石，如今却缩手缩脚，如此谨小慎微。苏东坡想，请将不如激将，于是说："不在其位，不谋其政，这是常礼。可是皇上一直以非常之礼待相国，相国岂能以常礼来报答皇上？"这下把王安石激得跳起来了，但王安石接下去却说："今日所言，只能出自安石之口，入于子瞻之耳也！"这使苏东坡大为失望，他知道王安石受吕惠卿等人排斥打击，至今心有余悸。于是问王安石道："丞相可知道汉代有个叫虞诩的人吗？"王安石回答说知道。苏东坡说："虞诩真是个了不起的人，为了国家利益，刚正不阿。后来被诬陷入狱，进行'尸谏'，以自己的死来警醒皇帝。"王安石冷冷地说："那是古之谦谦君子，君子造反，十年不成啊。"

　　说了半天，王安石始终不愿正面回答苏东坡的问题，苏东坡心灰意冷地离开了半山堂。这是苏东坡二会王安石。

　　第二天一早，王安石派人来请苏东坡去游定林寺。苏东坡满肚子的怨气正没处发泄，便对来人大发牢骚，说王安石只图自己安逸舒服，不关心国家安危、人间疾苦。来人解释说，其实丞相是很关心国家大事的。苏东坡哪里肯信，便问："丞相既然关心国家大事，为什么总是避而不谈国家大事呢？"来人说："还不是为了东坡居士您啊！"苏东坡惊疑地问："怎么说是为了我呢？"来人反问苏东坡道："你不是说当今执政者罗织罪名，排除异己吗？"苏东坡应声说："是！"来人说："足下就是他们的异己，不然怎么会谪贬黄州呢？你以文名满天下，影响这么大，他们岂能放过你？金陵是文人汇聚之所，他们派来不少耳目和爪牙，丞相不能不防啊！丞相知道你心直口快，容易招祸，更不放心。所以，他才如此小心翼翼啊！"听了这席话，苏东坡十分感动，立即同来人前往定林寺。

　　定林寺是个十分幽静的地方。王安石早年不信佛，后来因晚年失意，才从佛学中去寻找精神寄托。在僻静的禅房，苏东坡和王安石再一次见面了。苏东坡诚恳地说："过去对丞相不理解，多有得罪，还请原谅。"王安石也说："书到用时方嫌少，事非经过不知难。你当年批评我操之过急是正确的，特别是你说的'圣人不能为时，在于不失时'，时机一到，条件一旦成熟，抓住不放，自然水到渠成。我变法失败，不怨天，不尤人，但如果当时能听你的话，'因法以便民，民赖以安'，我又何至于落到这个地步呢？"

　　一席肝胆相照的谈话，消除了隔阂，两人尽释前嫌。王安石劝苏东坡在金陵买宅住下来，以便朝夕相处，吟诗作赋，论文谈心，苏东坡高兴地答应了。午饭后，王安石把苏东坡送到江边，苏东坡又回送王安石上蒋山。望着王安石骑驴越走越远，直到转过山坡，看不见了，苏东坡才回到自己的船上。不久，苏东坡写了《次荆公韵四绝》，其中一首是这样的：

　　　　　　骑驴渺渺入荒陂，想见先生未病时。

　　　　　　劝我试求三亩宅，从公已觉十年迟。

　　第二年，王安石便与世长辞了，苏东坡伤心不已。后来，他亲笔撰写了《赠王安石太傅敕》，以表达对王安石深深的敬意和怀念之情。

五日登州府

今天山东的蓬莱，是宋朝时候的登州，辖蓬莱、黄县、牟平、文登四县。蓬莱县有座苏公祠，苏公祠门口有一副对联：五日登州府，千载苏公祠。这副对联说的是当年苏东坡在登州只当了五天知府，却给当地老百姓办了两件好事。老百姓为了感谢苏太守，就修了这座苏公祠，纪念这位爱民如子的大文豪。

苏东坡五十岁时，以"朝奉郎"被朝廷任命为登州太守。由一个被贬谪黄州、移置汝州的"罪人"，擢升为主管一方的政府官员，苏东坡深刻地感受到人生的无常与无奈。当时山东旱灾之后又是蝗灾，百姓流离失所，四处逃荒，土地荒芜，十室九空，苏东坡心里沉甸甸的。所以一到登州任所，他就紧张地忙碌起来。

登州位于渤海边上，隔海与辽国（现东北地区）相望。朝廷在这里部署了一支军队，并设立了四位指挥，日夜教习水战。辽国见宋国军队军容整齐，战舰威武，一直不敢来犯。谁知宋军官兵由此骄奢起来，四个指挥轮流回家探亲，士兵纪律松弛，也不再演习水战。有的开了小差，有的偷偷溜到营房外，酗酒闹事，强抢民女，勒索百姓……登州百姓天灾连着人祸，本已穷困的日子更是雪上加霜。

苏东坡到任后首先视察了军营。偌大一个军营内，士卒们有的在赌钱，有的在划拳喝酒，有的懒洋洋地躺在地上晒太阳。苏东坡把值班的指挥叫来，命他通知其他指挥立即归队，马上整饬部队，不准私自外出，不准骚扰百姓，凡触犯刑律的一律严惩。军营里有个叫黄二的老兵油子，根本没把苏太守的训诫放在心里。当天晚上带了几个弟兄到登州城里鬼混，还强奸了一位民女。第二天早上，苏东坡带着衙役赶到军营，把部队集合到演武场，当众宣布了黄二一伙的罪行，立即把黄二押赴刑场正法，那几个弟兄也受到杖责的惩罚。这样，谁也不敢再扰民，也不敢再胡作非为了。后来，苏东坡给皇帝写了《登州召还议水军状》的奏章，请皇上降旨，整肃军队，加强海防。皇帝批准了奏章，登州的军纪逐渐好了起来。苏东坡的这个奏章，对宋朝的海防建设具有重大意义，是中国古代水师建设的重要文献。

苏东坡贬官期间亲身体会到食盐官卖的弊端，到登州通过市场调查，更印证了自己的看法。苏东坡认为食盐官卖，一是使过去经营食盐的人失业，民心不稳；二是盐价太贵，老百姓买不上，吃不起；三是官盐堆积，流通不畅，卖不出去减少了国库收入。因此他向皇帝上表，"官无一毫之利，而民受三害"。请求停止食盐官卖。这个提议被朝廷批准后，一直实施到清代。清道光《蓬莱县志》"食货志·盐法"记载："蓬邑不食官盐，自宋代苏长公已条陈得免其累，洵所谓仁人之言，其利溥哉。"

苏东坡本想在登州好好干一番利国利民的大事，谁知上任才五天，皇帝的诏命就来了，晋升为礼部郎中，要他即刻返回京城。

登州靠海，夏天常出现"海市蜃楼"的奇观。苏东坡到登州后，一直想目睹这一盛景，可惜匆匆五天，就要回京，此番恐怕难了此夙愿了。谁知第二天早上，苏东坡正准备登程，海面上突然出现了"海市蜃楼"。苏东坡兴奋异常，随即写了一首《海市》诗：

> 东方云海空复空，群仙出没空明中，
> 荡摇浮世生万象，岂有贝阙藏珠宫？

凡是给老百姓做了好事的人，老百姓世世代代都会记住他的。直到今天，这首《海市》诗还镌刻在山东蓬莱的蓬莱阁卧碑亭内，默默地向人们讲述着苏东坡当年在登州的故事。这首诗，也当之无愧地成了蓬莱的城市宣传广告诗。

东坡画扇

苏东坡到杭州任太守后，整天忙着踏勘钱塘，疏浚西湖。这一天，日头都偏西了，才回到衙门吃午饭。谁知刚端上碗，就听衙门口有人击鼓喊冤。东坡只得放下饭碗，到前厅升堂问案。

一高一胖两个汉子，互相抓扯着走上堂来。东坡一问，高的叫吴升，胖的叫李洪，两人原是好朋友。春天，吴升向李洪借了二十两银子，讲好过了八月十五中秋就还。可如今即将立冬了，吴升还不还钱。李洪母亲有病，家里等着用钱，可吴升就是不还。因此，李洪把吴升拉到官府衙门来评理。有钱钱交涉，无钱话交涉，东坡问吴升为啥不还李洪的钱。吴升说，向李洪借银二十两是实，借来的银子全买了扇子。谁知老天不开眼，今年夏天雨水绵绵，扇子一把没卖出去，还长了不少霉点点。这次生意亏大了，血本无归，拿什么还李洪呢？

东坡问清缘由，惊堂木一拍，说："借钱还钱，自古皆然。借钱不还，实在无奈。李洪母病，急需用钱。吴升想还，无钱可还。这样吧，吴升速速回去取二十把纸扇来衙，李洪在此等候，今天就让吴升还你的钱。"

不一刻，吴升取来二十把纸扇。东坡打开一看，果然上面长满了大大小小的霉斑。苏东坡让李洪磨浓墨，让吴升把扇子收拾干净。选那霉点大的画成竹木山石，选那霉点小的画成梅花点点。苏东坡吩咐吴升，把这些扇子拿到衙门外叫卖，就说是苏太守画的扇子，一把卖一两银子。吴升半信半疑地接过扇子，心里嘀咕道："眼下已到冬天了，谁还来买扇子呢？"谁知刚刚走出衙门口，还没来得及吆喝，就被围在衙门口看闹热的人一抢而空了。大家你一把，我两把，果然卖了二十两银子。

吴升回到大堂，把银子交给苏东坡，佩服地说："苏太守，怎么这扇子经你轻描淡写地勾画几笔，大家就争着抢着买去了呢？"苏东坡哈哈一笑，说："他们哪里是在买扇子，他们买的是我苏某人的名气啊！"苏东坡让吴

127

升把银子还给李洪，嘱咐他快快回家侍奉母亲。

一场官司就此了断，苏东坡回后堂继续吃饭。谁知饭没吃完，衙门口又有人击鼓。苏东坡升堂一看，原来是吴升挑着剩下的扇子闯上大堂，请求苏东坡把剩下的扇子全画了，好拿去卖。苏东坡心想："这个吴升也太不知趣了，怎么又拿来这么多纸扇，让我画了去卖钱呢？"苏东坡不禁怒从心头起，大声喝道："大胆吴升，本官念你穷困潦倒，无钱还债，已为你画扇还钱，你为何还来纠缠本官为你再画呢？"吴升一边磕头一边说："苏大人为小民还债，小民感恩不尽，岂敢再来打扰大人？只因小民还剩下这么多扇子，不卖了也只能当废物。小民大胆揣想，苏大人疏浚西湖，急需银两，小民愿将这些扇子捐了，请苏大人作画后，小民沿街叫卖，所得银两全部交公，用来疏浚西湖，这岂不是一大善举么？"

苏东坡听吴升这么一说，转怒为喜道："好个吴升，心存善念，苏大爷就成全你吧。"

后来吴升卖完扇子，捐了银子，就到治理西湖的工地上当民工去了。留下这段佳话，至今在美丽的西子湖畔流传。

苏太守讨饭

杭州西湖上有座苏堤，如玉带蜿蜒，长虹卧波。堤上杨柳依依，鸟语花香，把西湖装扮得分外妖娆。说起苏堤，当地至今流传着苏东坡讨饭的故事。

那年，苏东坡在杭州当太守。当时的西湖因年久失修，早没了"水光潋滟晴方好，山色空蒙雨亦奇"的美景。腐土淤塞，葑草疯长，旱不能供水，涝不能泄洪，杭州百姓苦不堪言。苏东坡决心治理西湖，为老百姓办一件好事。但治湖工程浩大，没有钱怎么办？苏东坡通过调查，决定以工代赈。此议一出，深得百姓拥护。

这一天，苏东坡带着户曹上堤巡查。所到之处，苏东坡都认真检查工程质量，询问施工情况，关心修堤民工的衣食住行。百姓们见苏太守亲临工地嘘寒问暖，修堤热情更加高涨。苏东坡一边检查一边往前走，不觉来到一条民工运送湖泥的小路。小路很窄，只容一人通过。眼看前面来了一位挑着泥土的村姑，苏东坡准备让到一边，让村姑先走。那村姑并不急着走，望着苏东坡说："苏大人，人家都说你一肚子诗词文章，今天我倒要考考你。答上了呢，我马上让路。答不上呢，那就只好请苏大人绕道了。"苏东坡心想："看这村姑的模样，未必有多少学问，难道还考得住我么？"便点点头答应说："要得，要得。"

村姑说："我就以这担泥出题，上联是'一担重泥挡子路'，请苏大人对下联。"

苏东坡听了大吃一惊：村姑的上联里一语双关，暗指两个人。"重泥"即"仲尼"，而子路是孔子的学生，嵌在联中又指挡了我的路。苏东坡望望村姑，心中暗暗称奇，心想：我这下联里也须有两个人名才对得上呢。苏东坡一时之间想不起，心里暗暗着急。

这时，对面有两个民工挑着泥筐，有说有笑地走来。苏东坡心里一动，对村姑说："我的下联是'两个夫子笑颜回'。"

村姑一听，拍手叫绝，赞道："苏大人真是名不虚传呢！"原来，苏东坡的下联里"夫子"指孔子，"颜回"是孔子的另一位学生。上下联对仗工稳，构思巧妙，实乃佳对。

这时，村姑赶紧挑起泥筐让路。苏东坡却早已站在路边，让挑泥的村姑先走。

眼看日头偏西，苏东坡和户曹肚里唱开了"卧（饿）龙岗"，可太守府里送饭的差役却还未到。户曹就对苏东坡说："苏太守，时间不早了，我们回府吃饭吧，剩下的工程明天再来检查。"苏东坡却指着远处的一个民工窝棚，说："今天的工程今天一定要检查完，肚子饿了，就到前边讨口饭吃，走！"户曹见太守这么说，只得忍着饥饿，跟着苏东坡往前走。

走近一看，修堤的民工们正在吃午饭。苏东坡就对棚长说："我们在这里讨口饭吃，行么？"棚长一看是苏太守，非常高兴，但听说太守要在这里吃饭，又感到十分为难。棚长说："苏太守，不瞒你说，我们吃的是野菜稀饭，恐太守难以下咽呢！"苏东坡笑笑说："你们能吃我也能吃，拿饭来！"棚长就用黑瓷土碗，给苏东坡盛来一碗野菜稀饭。那稀饭黄中带绿，清得能照见人影。苏东坡一边吃一边问："你们一天吃几顿饭？"棚长答："两顿。""都是这样清汤寡水的？""嗯……"苏东坡好生奇怪，说："民工口粮每天是一斤半粮食，我是按名册下发的呀，怎么你们却没有饭吃呢？"棚长看了看苏东坡身旁的户曹，欲言又止，连声说："算了，算了，不提也罢！"苏东坡本想发怒，见棚长暗暗摆手，知道其中必有隐情，也就顺水推舟说："好吧，你不说也就罢了。"

第二天，苏东坡把棚长悄悄传到府衙，问清了情况。原来户曹和工头互相勾结，克扣民工口粮，中饱私囊。苏东坡一听大怒，传令把户曹和工头抓来，追缴了全部赃物，按律治了罪；还把克扣民工的粮食，如数发还给了修堤的民工。

杭州的老百姓听说了这件事，人人拍手称快，治理西湖的工程进展得也更加顺利。西湖治理好后，苏东坡泛舟湖上，面对碧水青山，诗兴大发，写下一首绝妙好诗，赞扬西湖美景：

> 到处相逢是偶然，梦中相对各华颠。
> 还来一醉西湖雨，不见跳珠十五年。

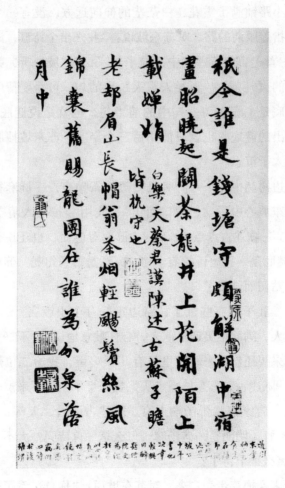

谜 中 谜

苏东坡任杭州通判时，他的上司是陈述古。两人都爱作诗，情趣相投。有一年大雪过后，苏东坡一大早邀请陈述古去断桥赏雪。

西湖边的小路铺满了雪花，白茫茫的伸向远方，没有一个行人。陈述古一时兴起，指着眼前的路，对苏东坡说："我来出个诗谜，谜面是'雪径人踪灭'，猜一首七言唐诗一句中的前半句。"苏东坡一听，就知道陈述古是依据柳宗元的《江雪》"万径人踪灭"出的句，可是要猜中谜底，难度很大。因为谜底是七言唐诗一句中的前半句，也就是说谜底是三个半字，而苏东坡要对出的谜底，也就只能用后三个半字。苏东坡搜肠索肚，竟无所得，一时陷入了沉思。

忽然，路边树丛中传来一阵叽叽喳喳的雀噪声，一群麻雀扑闪着翅膀飞上天空。苏东坡心中一动，脱口而出："我用'雀飞入晴空'来对你的'雪径人踪灭'。"陈述古点点头，说："谜面对谜面，也还说得过去。谜底呢？"是啊，谜底是一句唐诗的前半句，究竟是哪一句呢？苏东坡想了好几句，终因不太贴切而开不了口。

走了半天，肚子也有些饿了，路边正好有个小饭店，二人跨进门去。店家见来了客人，满脸堆笑迎上前来，心怀歉意地说："不好意思，这一大早的，伙计去采买还没回来。店里只有几颗鸡蛋，我给二位烧个热汤，驱驱寒，行不？"陈述古、苏东坡点点头，找张桌子坐了下来。

不一会儿，店家把鸡蛋汤端上桌。陈述古一看，大呼："好诗呀，好诗！"苏东坡不解，明明是一碗汤嘛，怎么是一首诗呢？大不了赞扬"好汤呀，好汤"，怎么扯上诗了？

陈述古让店家把鸡蛋壳拿来，对苏东坡说："你莫小看了这碗汤，正是杜甫《绝句》的大写意啊！"但凡是个读书人，都知道杜甫的这首诗。苏东坡一边在心里默念，一边观察着碗中的鸡蛋汤。突然，苏东坡欣喜地大叫一声："有了，有了！"随即指着汤碗说："你看，店家用两个蛋黄，加上几串葱丝，不就是'两个黄鹂鸣翠柳'吗？"陈述古点点头。"你再看，店家在碗边淋了一串蛋清，这就是'一行白鹭上青天'呀。剩下的蛋清搅成雪花，堆放在葱丝旁，应当是'窗含西岭千秋雪'了。"陈述古跷起拇指，问道："店家的汤里可没有第四句哟？"苏东坡不慌不忙地把鸡蛋壳一分为二，放到汤碗里，说："鸡蛋壳漂在汤面上，难道不是'门泊东吴万里船'么？"站在旁边的店家情不自禁地鼓起掌来，陈述古眼含笑意，对苏东坡说："这下你应该知道我诗谜的谜底了吧？"苏东坡连连点头，高兴地说："那句七言唐诗就是'一行白鹭上青天'，你的'雪径人踪灭'就是前面的三个半字，'一行白路'；我对的'雀飞入晴空'就是剩下的三个半字，'鸟上青天'，呵呵！"

看着手舞足蹈像小孩一样高兴的苏东坡，陈述古也哈哈大笑起来。

安 乐 坊

大家都知道苏东坡是个文学家，但说他当过医生，开办过中国历史上最早的公立医院，知道的人恐怕就不多了。

元祐四年，苏东坡实在不愿在新旧两党的夹击中耗废光阴，便自请外任，以龙图阁大学士知杭州。这是他离开杭州十五年后再次回来，心情是轻松而惬意的。杭州位于长江三角洲南端，是京杭大运河的终点，被人们誉为"人间天堂""鱼米之乡"。杭州山清水明，风光如画，商贾云集，经济发达，那时候的人口就达到了五十多万。

苏东坡到任后的第二年，杭州城里闹起了瘟疫。你传染我，我传染他，短短几天时间，竟有几千人患病。大户人家还好，还可以买些药来治治。穷家小户就惨了，无钱买药只好硬挺着，不少人奄奄一息，有的竟暴毙街头。作为地方最高行政长官，苏东坡焦急万分。他仿效在黄州的做法，把自己多年搜集整理的验方，叫师爷抄来四处张贴，让老百姓照方买药服用。谁知这一招并不奏效，老百姓即使知道了药方，仍然无钱买药，疫病的势头仍未得到有效遏制。

这天，参寥子和尚急匆匆过府衙来找苏东坡商量治病事宜。一见苏东坡，他就着急地说："学士公，快想想办法啊，我那小庙里挤满了病人，施舍治病的存药也不多了……"苏东坡连忙安慰参寥子说："莫着急，莫着急，我已奏请皇上，今年杭州税赋减免五十万石，公仓里我还准备了三十万石粮食，用于救济……""说这些管屁用！远水解不了近渴，现在是治病救人要紧啊！"参寥子和尚听得不耐烦了，打断苏东坡的话。苏东坡说："那依高僧看来，有何良策治病救人呢？"参寥子和尚略一沉思，说："眼下的情况是瘟疫来势凶猛，患病人数众多，老百姓又无钱买药。人一生病就无法讨生活，吃饭也成了问题，贫病交加，后果难料呀！"苏东坡说："你看看，我刚才讲免税赋、赈病灾，不都是治病救人之策么？！"参寥子和

134

尚不好意思地笑笑，抱歉道："我也是忙人无计啊，看起来学士公是成竹在胸，未雨绸缪呀！吃饭的问题算是解决了，那治病的事情又当如何呢？"苏东坡说："这事我也正要与你商量。为防止更多的人患病，我想开设一间医坊，把病人集中起来，施药施粥一并进行。据我的经验，这瘟疫可用'圣散子'治之。"参寥子和尚说："如此甚好，只是开设医坊的钱从何而来呢？"苏东坡说："老夫已奏请皇上恩准，赐钱两千贯，我自己拿出黄金五十两，闰之、朝云她们也各自拿出私房钱来，先办起来再说。你可立即召集杭州各大寺院住持，派僧人到各家大户化缘，共襄厄难。"参寥子和尚听完，双手合十，赞道："善哉，善哉，阿弥陀佛！"

不久，在杭州城中心的安众桥头，建起了一家医坊，叫"安乐坊"，总领治病事宜。

话说杭州城内有个大户，叫王守才，外号人称"铁公鸡"。此人生得马脸猴腮，专靠放高利贷盘剥百姓，家有万贯家产，是杭州城数一数二的富户。这天，参寥子和尚上他家去化缘。见了王守才，参寥子和尚说："目下杭州城瘟疫窜行，老僧特奉苏太守之命，前来化缘，治病救人，恳请王公捐助纹银一千两。"

"铁公鸡"一听叫他捐助偌大一笔银子，犹如剜去身上一块肉，连声说："瘟疫不瘟疫的关我什么事！来人呀，将这老和尚给我撵出去！"

参寥子和尚一看"铁公鸡"如此吝啬，知道再说也没有用，只好转身往外走，边走边说："积功德，免病灾；损阴德，鬼上身。"

谁知第二天早上，"铁公鸡"竟然真的"鬼上身"，突发恶寒起不了床，原来他也得了瘟疫。

为了治病，"铁公鸡"不惜重金，请了杭州最有名的医生来瞧病，哪晓得谁也瞧不好他的病。这一天，他正在床上呻吟，家丁告诉他，苏太守在安众桥开了个安乐坊，向穷苦百姓施舍"圣散子"，疗效十分灵验。"铁公鸡"一听，赶紧叫家丁去把药方取来。

家丁说："老爷，这'圣散子'是苏太守从同乡好友巢元修那里得来的，苏太守曾指天发誓，决不另传他人。"

"铁公鸡"听了，心里顿时打起了鼓，悔不该当初把参寥子逐出门去。

唉，如今也顾不了那么多了，治病要紧，便对家丁说："那就快给我抓几帖药来吧！"

家丁不敢怠慢，一路小跑来到安乐坊，对药房的管事说："买七帖'圣散子'。"

药房管事说："我们这里只管施舍，不卖药。"

家丁说："那就施舍我几帖吧。"

管事说："苏太守有话，此药只舍给穷苦百姓，不舍给有钱富翁。看你的样子，不像个没钱抓药的人呀？"

家丁只好实话实说："这药是我家主人王守才要的，就施舍给我七帖吧。不然，我回去交不了差。"

管事的还没碰上过财主老爷来求药的事，就向医官禀报。医官问明了情况后，说："苏太守有令，凡有钱人家求药，每帖捐银一百两。"

家丁空着两手回来，向"铁公鸡"说明了求药的前后经过。"铁公鸡"想，这不明摆着敲竹杠吗？但转念一想，只要能活命，也就顾不得银子了。他赶紧让人取来七百两银子，交给家丁去买药。

"铁公鸡"连吃了七帖药后，出了不少汗，热度也退了不少，顿时觉得身上轻松许多。他便叫家丁再拿些银子，到安乐坊买药。

家丁再次来到安乐坊，将"铁公鸡"的病情向医官一一说明。这时，恰逢苏东坡和参寥正在安乐坊监制"圣散子"，苏东坡便对那家丁说："此药对一般的瘟病，三帖即可见效。你家老爷已连服七帖，尚未痊愈，一定是用心不专，作孽太多，心头有病之故。"

家丁忙申辩说："我家老爷确实是一心一意服用贵坊的药，最近也没有做过什么不善之事。"

苏东坡一听发怒了，指着家丁说："你还敢为你家主子狡辩！回去告诉你家主子，平日里放高利贷盘剥百姓，近日又无礼撵走化缘高僧，凡不善之事，必生不善之念；心生不善之念，必生不善之症。若要病除，必当去除不善之念；要去除不善之念，当为百姓多做善事，广积阴德。眼下杭州城瘟疫这么严重，正是他捐银积善的好机会，捐得愈多，病就好得愈快。否则，病势加重，必死无疑！"

"铁公鸡"得到家丁的禀报后，为了治病，不得不又忍痛捐银五千两。

苏东坡用这些银子，在惠民巷和江干另设了两处施药点，许多患病的穷苦百姓，服了苏东坡施舍的"圣散子"后，很快便痊愈了。

据说，安乐坊前后救活了好几千人呢。后来，苏东坡离开杭州，不少人家请人画了苏东坡的画像，每日祝祷，称苏东坡是济世救难的活菩萨。后人还根据苏东坡搜集整理的药方和沈括搜集整理的药方，编写了一本书，叫《苏沈内翰良方》，至今照方治病，每有神效。

书和靖林处士诗後　苏轼

吴侬生长湖山曲　呼吸湖光饮山

绿不论世外隐君子　傭儿贩妇皆

冰玉先生可是绝俗人神清骨冷无

由俗我不识君曾梦见眸子瞭然

光可烛遗篇妙字霭　有少绕西

湖者不只诗如东野不言寒书似留

台差少肉平生高节已难继将死

微言犹可录自言不作封禅书更肯

悲吟白头曲　司马长卿敖娶富人女大君作白头冷以

嘉二無　我笑吴人不好事好作祠堂傍偶

封禅书　诏之先生临终诗云茂陵他日求遗草猶

竹不然配食水仙王一盏寒泉荐秋

菊　西湖有水仙王庙

琴　操

苏东坡任杭州知州时，有一天去游西湖，远远看见有一只画舫漂来，只听得船上弦歌声声。苏东坡仔细一听，唱的是秦少游的《满庭芳》："山抹微云，天连衰草，画角声断谯门。"秦少游的这阕词，本是"人辰韵"，不知何故被歌女改成了"江阳韵"。苏东坡正疑惑间，忽听画舫上传来摔杯打碗呵斥声。苏东坡靠船过去，原来船上的官人因歌女改韵而大发雷霆，那歌女被骂得躲进船舱，不住地哭泣。

苏东坡让手下人把歌女请到自家船上，细细询问缘由。原来那歌女叫琴操，出身官宦人家，从小聪慧乖巧，通晓琴棋书画。后来父亲得罪了权贵，全家被抄。琴操被卖进勾栏，入了钱塘伎籍。苏东坡问琴操为何将少游词改韵，琴操回答说："秦学士词缠绵悱恻，平日小女子也唱原词。今日游西湖，本想改个韵更加应景，谁知被那船上的官人辱骂，小女子再也不敢乱改了。"苏东坡对琴操说："我与秦少游是师生，词韵本无定格，但改无妨。刚才我听你唱，反而有清新脱俗之感，且请唱来！"

琴操怀抱琵琶，转轴调弦，铮铮纵纵地弹唱起来。那声音如莺歌婉转，乳燕鸣空。苏东坡不由得击节应和。

　　　　山抹微云，天连衰草，画角声断夕阳。暂停征辔，聊共饮离觞。多少蓬莱旧侣，频回首，烟霭茫茫。孤村里，寒鸦万点，流水绕低墙。

　　　　魂伤，当此际，轻分罗带，暗解香囊，漫赢得、青楼薄幸名狂。此去何时见也？襟袖上空有余香。伤心处，高城望断，灯火已昏黄。

一曲唱完，余音袅袅。此词不仅唱出了秦词中的离愁别恨，更蕴含着琴操姑娘强作欢颜的悲惨身世，可谓一唱三叹，让人哀婉痛惜。苏东坡见那琴操姑娘衣裙素雅，一朵茉莉花斜插鬓边，双眸尚有盈盈泪花，略施粉黛而绝无尘俗气，心中暗暗为琴操的命运哀叹，于是说道："刚才姑娘唱的《满庭芳》，别有一番意境，我在这里替秦少游拜谢知音了。"说罢向琴操深深一揖。琴操赶忙还礼，口中喃喃道："我琴操一卑贱歌女，如何受得先生大礼？"

苏东坡对琴操说道："刚才让你唱曲，是我考你，现在你也可以来考考我。你随意出题，我用古人诗词作答。"

琴操点点头，知道眼前这位先生绝非凡人，于是指着船舱外的风景问道："敢问先生，什么是湖中景？"

苏东坡微微一笑，答道："秋水共长天一色，落霞与孤鹜齐飞。"

琴操又问："什么是景中人？"

苏东坡望了琴操一眼，随即说："裙拖六幅潇湘水，鬓挽巫山一段云。"

琴操再问："什么是人中意？"

苏东坡听琴操这么一问，已略知她的心思，于是答道："惜他杨学士，憋杀鲍参军。"杨学士叫杨日严，颇有才学，曾任职开封府。鲍参军即南朝的鲍照，有诗集问世。苏东坡借杨、鲍二人，夸赞琴操的才学。

谁知琴操眉头一皱，接着问道："既如此，前景又当如何？"

苏东坡直言相告："门前冷落车马稀，老大嫁作商人妇。"苏东坡告诉琴操，做艺伎这一行，终有一天人老色衰，只能落得个"嫁作商人妇"或者"孤寂终生"的下场。

琴操一听此言，想起自己凄凉的身世和平日所受的欺辱，百感交集，禁不住泪如泉涌，"扑通"一声跪倒在苏东坡脚下。苏东坡赶忙将她扶起，掏出一锭纹银，安慰道："琴操姑娘请起，若要从良脱籍，老夫当为你谋划。"

琴操推开苏东坡的手，哽咽着说："小女子已知道你是谁了，难得先生一颗救苦救难慈悲之心。寥寥数语，让我看透了世态炎凉，小女子之事，不需先生再费心思，谢谢！"说完，琴操恭恭敬敬地向苏东坡磕了三个响头，转身撩起湖水，洗尽脂粉。

苏东坡知她已看破红尘，不免劝道："琴操姑娘，你还年轻，未来可期。日后定可觅得佳缘知音，偕老白头。"

琴操让船泊岸，只身下得船来，对着苏东坡凄然一笑，轻声唱道：

> 勘破红尘日月长，缁衣不改昔年妆。
>
> 炫天彩地万缘寂，晨钟暮鼓青灯旁。

琴操唱着曲儿，飘然离去。苏东坡望着她渐行渐远的背影，不禁叹道："也罢，如此浑浊世界，难免风尘污秽，倒不如青山做伴，溪水为侣，做个冰清玉洁之人！"

后来，苏东坡根据琴操姑娘的故事，写下一首《江神子·江景》：

> 凤凰山下雨初晴，水风清，晚霞明。一朵芙蕖，开过尚盈盈。
> 何处飞来双白鹭，如有意，慕娉婷。
>
> 忽闻江上弄哀筝，苦含情，遣谁听？烟敛云收，依约是湘灵。
> 欲待曲终寻问取，人不见，数峰青。

判斩淫僧

　　杭州有座灵隐寺，寺内有个和尚叫了然。了然和尚自小出家，每日里晨钟暮鼓，课诵不已，很受住持和尚喜爱。

　　有一年，杭州名伎李秀奴到灵隐寺烧香还愿，正巧碰上了然，四目相望，遂生爱意。秀奴爱了然眉清目秀，胸有才华；了然爱秀奴容颜美丽，风姿妩媚。一来二往，二人勾搭成奸。了然经常换上百姓衣服，到秀奴绣楼厮混。每次都要给秀奴买点礼物，或金钗，或玉佩，秀奴好不高兴。日子久了，了然拿不出钱来买东西，秀奴就有些冷淡。了然是个心气孤傲的男人，见秀奴重财轻义，不免好言相劝。谁知秀奴却不买账，常把了然骂得狗血淋头，了然好不气愤。这一天，了然喝醉了酒，在手臂上刺上"但愿生同极乐园，免教今世苦相思"的字，又到秀奴绣楼去，希望秀奴能念旧情，回心转意。秀奴却大骂了然是"秃驴"，让丫鬟把了然赶出门去。了然怒从心头起，恶向胆边生，举拳就打。这一打不要紧，一拳头把秀奴打得脑浆迸裂，一缕香魂幽幽怨怨飘向奈何桥。院妈妈见出了人命，马上就报了官。

　　当时苏东坡正好任杭州知府，接到报案后立即升堂问案。院妈妈叙述了秀奴被杀经过，灵隐寺住持赶来为了然求情，苏东坡查看了了然手臂上刺的字……详细了解案情后，朱笔一挥，写了一段前无古人、后无来者的绝妙判词：

　　　　这个秃奴，修行忒煞，云山顶上空持戒，一从迷恋玉楼人，鹑衣百结浑无奈。毒手伤人，花容粉碎，空空色色今何在？臂间刺道苦相思，这回还了相思债。

　　判罢，将了然推出斩首。李秀奴水性杨花，爱财薄义，固然可恶，但了然乞爱不成，一怒杀人，罪不容赦。杭州百姓除了戏说这段风流韵事外，无不争相传抄苏太守这篇绝妙的判词。

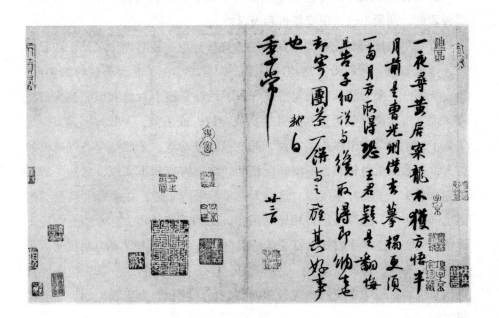

诗斥权贵

北宋元祐四年，苏东坡以龙图阁学士充浙西路兵马钤辖知杭州军州事。这一天，苏东坡微服简从来到处州。秦少游在处州当一个管盐酒税的小官，苏东坡早就想来看望他。

谁知秦少游有事外出，偌大的处州府衙冷冷清清。有个看门的老衙役告诉苏东坡，今天是当地富豪、人称"溜山虎"的刘老大生日，知府、县令都贺寿去了，有事明天请早。

苏东坡谢过老衙役，一个人在街上慢慢转悠。处州知府杨贵、县令王必和"溜山虎"刘老大沆瀣一气，欺压百姓，早有状子告到了杭州府。苏东坡这次到处州，除了看望秦少游，就是要摸清情况，伺机拿下这伙为非作歹的权贵。

转过街角，前面一座豪华宅院，门前张灯结彩，热闹非凡。苏东坡打听到正是"溜山虎"的居所，便备下一只礼盒，上写"清风锁一盒"，径直走进大门。

寿堂上坐满了人，只有主桌还空着，杨贵、王必和"溜山虎"正互相推让，都不肯坐首席。苏东坡见状，呵呵一笑说："怎么都不愿坐首席？我来吧。"一个生人擅闯寿宴，还大言不惭地要坐首席，杨贵、王必和"溜山虎"心生疑惑。但看这老头儿气宇轩昂，像是个有来头的人物，况且在众目睽睽下，再不满意也不好自煞风景。王必赶紧出来打圆场，说："俗话说诗助酒兴，我看我们每人赋诗一首，谁的诗好谁坐首席，好不好？"众人齐声附和，苏东坡笑而不答。

王必想抢个头彩，开口吟道：

一个朋字两个月，一样颜色霜和雪。

不知哪个月降霜，不知哪个月下雪。

"溜山虎"刘老大不甘落后，也清清嗓子吟道：

> 一个出字两重山，一样颜色煤和炭。
>
> 不知哪座山出煤，不知哪座山出炭。

杨贵矜持地端起桌上的茶杯呷了一口，随即吟道：

> 一个吕字两个口，一样颜色茶和酒。
>
> 不知哪个口喝茶，不知哪个口饮酒。

最后轮到苏东坡了，他让刘家仆人取来笔墨纸砚，一挥而就：

> 一个二字两个一，一样颜色龟和鳖。
>
> 不知哪一只是龟，不知哪一只是鳖。

苏东坡一写完，寿堂内立即掀起一阵喧嚷。"龟"与杨贵的"贵"，"鳖"与王必的"必"，音同字不同，这老头儿分明是在当众侮辱知府杨贵和县令王必呀！"溜山虎"坐不住了，指着苏东坡骂道："大胆老儿，不知死活，竟敢侮辱上官！来人呀，给我赶出去！"

苏东坡没有理睬"溜山虎"，提笔又写下一首诗：

> 日出东方月落西，大船今到小莲池。
>
> 青铜宝镜照仙客，小小公鸡莫乱啼。

苏东坡把诗读了一遍，对众多宾客讲："不用赶，我自己会走。龟和鳖都是长寿之物，怎能说我侮辱了你们的上官呢？不过刚才你们写的诗，倒是写出了各人的丑陋。霜雪怎么能见太阳？煤炭遇火就化成灰烬，茶和酒一进肚子就变成了屎和尿。要说侮辱，这才叫自取其辱啊！"

正在此时，秦少游赶到了。一见苏东坡，秦少游高叫一声："苏大学士。"杨贵、王必、"溜山虎"才知道眼前这个老头儿，原来就是大名鼎鼎的苏东坡。

寿宴后，"溜山虎"打开苏东坡送的寿盒，里面只有一张纸，写着一首诗：

东坡先生远道来，两手空空无钱财。
借来一盒清风锁，送你成仙上玉台。

"溜山虎"读了这首诗，三魂早就吓得不见了七魄。原来这"成仙"是指离开人间，"玉台"即"狱台"。果然不久，苏东坡查办了杨贵、王必、"溜山虎"，处州百姓无不拍手称快。

东坡与佛印

苏东坡和佛印和尚是好朋友，两人常在一起游山玩水，吟诗作赋。有一年中秋节，他俩到金山寺观景楼赏月。不一会儿，一轮圆月升空，大地披上银辉。苏东坡诗兴大发，正要吟诗，寺内住持赶来，非要请苏东坡留题。苏东坡接过毛笔，在那雪白的粉墙上写下斗大的两个字"虫二"。佛印一看，拍手叫好。住持一瞧，不明就里。住持便请教苏东坡，东坡指着佛印说："请佛印大师讲讲吧。"佛印笑着说："子瞻兄见笑了。这'風'字无边为'虫'，'月'字无边为'二'，这'虫二'应是'风月无边'啊！"住持一听，恍然大悟，连声称善。

此时，皓月当空，河汉清明。佛印指着月亮对苏东坡说："我出一上联，请子瞻兄来对。我的上联是'月半月不半'。"苏东坡略一沉思，说："我的下联是：六个时辰后看天。"佛印一听，连声说："对不起，对不起！我的上联五个字，你的下联七个字，对不起哟！"苏东坡说："咋个对不起呢，待六个时辰后你再看天，你就知道我的下联了。"第二天中午，佛印跑来对苏东坡说："你这个家伙原来是挖了坑让我跳啊！你的下联我知道了。"原来，苏东坡的下联是"日中日正中"。

有一次，苏东坡请佛印喝茶，望着佛印的光头，苏东坡想捉弄捉弄他，便出一上联："鸟宿池边树。"佛印随口答道："僧叩月下门。"苏东坡又出一联："时闻啄木鸟。"佛印答道："疑是叩门僧。"苏东坡见佛印落进了自己的圈套，心头好不高兴，连声追问道："'鸟'对啥子呢？"佛印不耐烦地说："'僧'嘛。"原来这"鸟"除了指飞鸟外，还是骂人的话。谁知佛印和尚不慌不忙地又说道："'僧'对'鸟'硬是对得好，你看今天和尚不正对着你吗？"苏东坡本想开开佛印的玩笑，谁知倒把自己弄来"笼"起了。

还有一天，两人到河边去玩。苏东坡看见岸边有一群狗正在啃骨头，便笑着指指佛印说："我这里有一上联，请大和尚来对，'狗啃河上（和尚）骨'。"佛印一听皱皱眉，一把抢过苏东坡手中题了诗的扇子，扔到水里说："水漂东坡尸（诗）。"苏东坡一愣，晓得自己又讨了个没趣。

不久，佛印到苏东坡府上拜访，两人在书房谈天说地，好不高兴。佛印取出一串铜钱，对苏东坡说："我这里有二百五十文钱，打一本书名，你可知道是什么书？"苏东坡想都不想，转身从书柜里取出一本书，盖在那串铜钱上，说："你这些小孩儿的东西还敢拿来让我猜啊？"佛印把书拿起来一看，书名是"千字文"，不禁奇怪地问："你怎么一猜就中啊？"苏东坡说："实不相瞒，你这个谜语是我制作的。'钱'字是由'人''金''戈''戈'四个字组成的。二百五十文乘以四个字，不正好是'千字文'吗？"

佛印听了，佩服不已。

玉带镇金山

佛印在镇江金山寺做住持时，苏东坡经常去看望他。

这天，佛印焚净香，坐禅床，正与众僧讲经说法，苏东坡来了。苏东坡在门外等了足足半个时辰，仍不见佛印出来，便闯进佛堂。佛印见了苏东坡，也不让坐，坐在禅床上高声问："学士公从何而来？这里可没你的座位，还是请到外面候着吧！"苏东坡知道佛印爱开玩笑，就说："暂借和尚四大（佛语四大皆空），用作禅床。"佛印眼珠一转，想出一个主意，说："你既知四大，我有一句话，你答得上来，我就赐座；答不上来，就请把腰上的玉带解下来，留作镇寺之宝，如何？"苏东坡解下玉带，放到香案上，说："请大和尚出题吧。"佛印说："本和尚本无四大，学士公何处落座？"苏东坡沉吟片刻，正要回答，佛印却急叫小沙弥："学士公回答不出，快快收下玉带，永镇山门。阿弥陀佛！"

苏东坡正要分辩，佛印叫寺僧取来一件百衲衣，赠予苏东坡说："我以和尚衣换你的玉带，你也不吃亏了。"说罢，拍手大笑。

苏东坡接过百衲衣，穿在身上，笑着说："好你个猴精和尚，倒会算计我！也罢，我当赋诗一首。"

> 病骨难堪玉带围，钝根仍落箭锋机。
> 欲教乞食歌姬院，故与云山旧衲衣。

据说，苏东坡的玉带至今仍供奉在镇江金山寺，是金山寺的镇寺之宝呢！

颍州办水利

正当苏东坡在杭州疏浚西湖，治理钱塘六井，忙得不亦乐乎之际，朝廷一纸圣旨，调他到颍州去当太守。苏东坡与杭州百姓依依不舍，洒泪而别，骑马向颍州进发。

说起来，苏东坡对颍州并不陌生，他的老师欧阳修生前就住在颍州的西湖旁边。二十多年前，他曾和弟弟子由一起到颍州拜见欧阳公。杭州有西湖，颍州也有西湖，苏东坡曾赞曰："大千起灭一尘里，未觉杭颍谁雌雄"，"西湖虽小也西子，萦流作态清而丰"。只是此次到颍州去，东坡的心情并不轻松。原来，这时的颍州正遭受多年来少有的天灾，春日无雨，夏遇水患，秋逢大旱，冬又大雪。饥饿和疫病已蔓延到州县各衙门，一般老百姓的生死苦难就可想而知了。

苏东坡到位后，立即着手赈灾。天还未亮，他就把颍州签判赵德麟请进府衙议事。根据颍州灾情，他们议定一是核查公库存粮和军粮，留够必备的存粮后，多余的粮食一律平价卖给老百姓；二是开放粮食市场，免税让百姓贩运粮食，平抑粮价，激活粮食市场；三是鼓励百姓开展生产自救。同时，苏东坡自己拿出数千钱来造饼，分发给各地逃难来颍州的灾民。灾民们吃着东坡先生送来的饼，无不感谢苏太守一片深情，亲切地称之为"东坡饼"。

俗话说"饥寒起盗心"，苏东坡到任前，颍州有几股盗匪十分猖獗，其中为首的叫尹遇、管三。他们强取豪夺，横行乡里，不仅"惊却人户"，而且"群党劫杀"，百姓们纷纷要求太守为民除害，保一方平安。苏东坡来到盗匪最多的汝阴县，与县尉李直方共商破贼良策。李直方化装成牛贩子，摸清了盗匪的窝巢与行动规律，与苏东坡带领的兵马里应外合，生擒了匪首。从此，颍州社会安定，百姓额首称善。

天灾尚好对付，人祸却让苏东坡伤透了脑筋，原来在北宋年间，京城开封屡遭水患。都水监及地方官都不去深究水患原因，而是把积水引向南面的陈州（今河南淮阳），致使陈州年年被淹。为了解除陈州水患，朝廷拟定了征集十八万人夫，花费三十七万贯，开凿八丈沟，将陈州积水导入颍河，再引入淮河的治水方略。早在苏东坡到任前，八丈沟工程已经开工。这项工程是皇帝御批的天字第一号工程，苏东坡作为地方官，只消照图施工就行了。但苏东坡不这样想，他把地图找来研究，又深入民间调查。为了获得详尽的第一手资料，他"到官十日来，九天河湄上"，派人用水平仪实地测量地形。"每二十五步立一竿，每竿用水平量见高下尺寸"，沿途共设立了五千八百一十一竿，准确地测量出了地面高低，沟之深浅，淮河涨退落差，八丈沟的出水口与淮河的常平水位。测量的数据表明，淮河涨水时其水位将比新开的八丈沟高出八尺五寸，其结果必然是淮河之水从八丈沟倒灌颍河，颍州地面方圆三百里将变成水乡泽国。

这个结果让苏东坡不寒而栗！如果当个太平官，苏东坡依照朝廷的批文办理，不仅无过错，说不定还能捞个政绩工程，作为向上攀爬的垫脚石。但苏东坡就是苏东坡，即使冒犯皇帝他也要拼死进言。

苏东坡经过充分准备，给朝廷上了《奏论八丈沟不可开状》，他在奏折中条分缕析陈述了八丈沟不能开掘的理由，要求朝廷立即废止这个劳民伤财、后患无穷的浩大工程。后来，朝廷接受了苏东坡的建议，再也不提开凿八丈沟的事了。在这个意义上，我们说苏东坡不仅是大文豪，也是优秀的水利专家。

回望在颍州的日日夜夜，苏东坡感慨万千。在一次同赵德麟和欧阳修的两个儿子泛舟颍河时，他欣然写下了意境深远、淡泊明志的《泛颍》诗：

> 画船俯明镜，笑问汝为谁？
> 忽然生鳞甲，乱我须与眉。
> 散为百东坡，顷刻复在兹。
> 此岂水薄相，与我相娱嬉。

扬州罢花会

那年，苏东坡到扬州去当太守。一路上小桥流水，花红柳绿，苏东坡心里好不舒畅。当官轿进入扬州地面，却见路旁大片大片的庄稼地里都开满了芍药花。苏东坡好生奇怪，便让停住轿子，走进芍药田。只见那芍药花含苞怒放，姹紫嫣红，令人十分喜爱。苏东坡叫来守花的老农，问道："请问老丈，你为何种这么多芍药花呢？"老农见苏东坡身着官服，便没好气地说："还不是你们当官的喊种的嘛！"苏东坡更加奇怪，又问："民以食为天，你们不种稻谷，种这么多芍药，能当饭吃么？"老农说："你是真不知道还是装糊涂哦，扬州每年都要开芍药花会，官府命令每家都要种芍药，到时候搭花门，塑花墙，把个扬州城打扮成锦簇花城。要是哪个不种，官府要么抓人，要么罚银子。我们老百姓的日子，硬是没法过哟！"听到这里，苏东坡心头一震。过去在京城时，就听说蔡京非常喜欢芍药花。在扬州当太守时，效仿洛阳牡丹花会，在扬州也搞了个什么芍药花会。官绅勾结，串通一气，趁机巧取豪夺，搜刮民脂民膏。如今亲眼看见，怎不叫人义愤填膺？苏东坡压住怒火，准备到任后再来料理此事。

眼看花会临近，扬州城里却出了一件惊天动地的命案。

扬州城南有个花农叫陈春，他有一株黑芍药，是芍药中的极品，据说扬州地面只此一株。陈春爱如掌上明珠，特地在花圃里搭了花棚，日夜守护着黑芍药。谁知一天晚上，几个蒙面贼闯进花棚，杀了陈春，抢走了黑芍药。苏东坡接到报案后，日发三道签令，命捕头率领衙役，限期破案。

一连几天，竟然毫无头绪。有一天晚上，捕头密奏苏东坡说："我有个朋友是城内豪绅'啸天虎'杨洪的跟班，据他讲杨洪书房里最近新添了一盆黑芍药。他听'啸天虎'说，过几天就要把黑芍药送到京城蔡京蔡大人府上。不过，这'啸天虎'杨洪是扬州一霸，又是蔡京的干亲家，苏大人可要三思而后行呀！"苏东坡略一沉思，心里有了主意，便叫捕头附耳过来，如此如此、这般这般，交代了一番，捕头领命而去。

第二天，苏东坡带个贴身衙役，来到"啸天虎"杨洪府上。杨洪早知苏东坡才高八斗，文章盖世，今见苏太守亲自来访，好不惶恐。宾主寒暄落座，苏东坡问："听说你和蔡京蔡大人是干亲家？"杨洪一听苏东坡询问此事，心里一块石头落了地，脸上露出一丝奸笑，答道："是啊，在下和蔡大人是至交，蔡大人在扬州时，我们常在一起喝酒唱酬。"苏东坡点点头，说："我和蔡大人同侍于天子一侧，笔墨上常有交流。如今蔡大人离任，我初来扬州，有不少事情需要讨教，听说你近日要前往京城？"杨洪心里一惊：咦！你苏东坡咋知道我要到京城去呢？他也不知道苏东坡葫芦里卖的什么药，只得装出若无其事的样子说："唔……是的，我早想进京去拜望蔡大人，只是最近偶染小恙，待身体好一些，再去。"苏东坡说："那好，我就在这里修书一封，托你带往京城，面交蔡大人，可好？"杨洪不得不答应道："好，好，苏大人托我办事，是看得起我，哪有不答应之理？"杨洪一边说一边瞪着家丁，"还不快去书房准备笔墨纸砚！"家丁会意，赶忙到书房准备去了。

不一刻，杨洪领着苏东坡来到书房。书案前的地上，被水濡湿了一大片，显然是浇花留下的水迹。当中间一圈却是干的，说明这里刚刚搬走了一个花盆。苏东坡不露声色地看了贴身衙役一眼，走到书案前，提笔给蔡京写了一封信。苏东坡把信交给杨洪，便起身告辞了。

当天晚上三更时分，捕头在城门口抓住两个挑着担子的杨府家丁，搜出了那盆黑芍药，当然也有苏太守写给蔡京的那封信。

天明，苏东坡升堂，令捕头把"啸天虎"杨洪拘来。苏东坡端坐在大堂上，惊堂木一拍，厉声说道："大胆狗才，你仗势欺人，杀人夺花，该当何罪？"杨洪开始还想狡辩，待苏东坡把那两个家丁传上堂来，杨洪便泄了气，只得低头认罪。死到临头他还问："苏大人，你咋知道我当晚要把芍药花偷运出城呢？"苏东坡哈哈笑道："岂不闻打草惊蛇，引蛇出洞之法么？"说完当庭宣布：扬州府从此不再举办芍药花会，今年已种芍药，根可入药，由府衙统一收购，明年所有芍药田全部复种庄稼。

扬州百姓听说不再举办劳民伤财的芍药会了，人人奔走相告，纷纷赞扬苏东坡是个亲民爱民的好官。

定州戍边防

北宋元祐八年，苏东坡被派往定州（今河北定县）当太守，兼任定州最高军事长官。定州是军事重镇，紧邻辽国。宋辽两国虽订有"澶渊之盟"，但辽国屡犯边境，常来这一带骚扰，烧杀掠抢，百姓苦不堪言。

这天，苏东坡轻车简从来到定州。远远望去，定州城池坚固，城头旌旗飘舞，苏东坡心中稍感安慰。进了城门，苏东坡乘兴登上城墙，谁知垛墙内竟然空无一人。旁边箭楼里，有几个兵士正吆五喝六地掷骰赌钱。苏东坡心中一沉，趋身上前问道："请问几位壮士，你们可是在巡逻值哨？"内中有个络腮胡子，乜斜着眼，爱理不理地答道："大爷巡不巡逻，值不值哨，关你什么事！"苏东坡正色道："你们吃国家俸禄，自当为国家效力。焉能借巡游值哨，聚众赌博？"络腮胡子冷笑一声，说："国家俸禄？毛都没有看到一根。军饷都被当官的克扣完了，弟兄们饭都吃不饱，还巡个什么逻哟！"闻听此言，苏东坡不觉倒吸一口冷气。这定州是中原门户，守备竟如此松弛。倘若辽兵大举南犯，这定州岂不像蚁溃之堤，顷刻崩毁么？苏东坡不便和络腮胡子们多说，下了城楼，匆匆向府衙走去。

苏东坡来到府衙，立即命衙役传定州守将王光祖来府衙议事。谁知衙役去了一个多时辰，仍不见转来，苏东坡心里好不焦躁。好不容易等到衙役回来，衙役禀报说："苏大人，小人到了王将军府上，管家让我在厅堂稍候，一碗茶都吃白了，才回话说王将军病了，卧床不起，还说改天再来拜见苏大人。"苏东坡听了，无可奈何地摇摇头，长叹一声道："这个王光祖，也学会装糊涂了。"早在京城时，苏东坡就听人说起过王光祖。王光祖自小弄文习武，也算得是个文武双全的人物。在与辽军的战斗中，骁勇善战，屡建功劳，只因得罪了蔡京一伙，一直得不到重用提拔，因而称病在身，常年不理军务。

第二天一早，苏东坡到守备军营巡视。只见军营里垃圾遍地，野狗出没。演武场蒿草丛生，想来很久未操练过了。兵士们住的营房破败不堪，冬不避风，夏不挡雨。吃的伙食更差，菜里见不到一点油星星。有的士兵把武器拿去换酒喝，有的甚至把营中值哨的铜锣都偷出去卖了。

经过一番巡视，苏东坡心里有数了。他并不怕定州军营这个烂摊子，难的是手里没有治军的人才。苏东坡思来想去，觉得还是要把王光祖请出山，只要王光祖出来视事，定州守军必能重振军威。想到此，苏东坡决定亲自上门去拜会王光祖。

王光祖听说苏东坡来了，连帽子都顾不上戴，匆匆赶到门口迎接。两人携手走进内堂，苏东坡说："听说王将军病了，特地前来看望。"王光祖不好意思地说："小病，小病。"苏东坡又说："将军的小病不小啊，一病就病了两年。"王光祖满脸羞红，尴尬地说："这个，这个……"苏东坡微微一笑，说："其实将军的病因我早已知晓，将军既为朝廷命官，当以国事为重，岂能以个人进退荣辱而坏了一世英名呢？再说，目前定州军纪弛废，军心涣散，将官克扣军饷，兵士盗窃成风，你身为主将，难道能以'养病'为由推脱责任？往小里说，此事传到京城，岂不是给蔡京一伙送上把柄，正好将你治罪；往大里说，辽国虎视眈眈，万一攻打过来，定州不堪一击，中原将遭涂炭，那时候国将不国，家将不家。王将军，堂堂七尺男儿，你难道不愧疚么？"苏东坡一番话，绵里裹针，一针见血，条条在理，语重心长，句句如重锤，声声如响鞭，说得王光祖羞愧万分，扑通跪下，说："苏学士一席话，如醍醐灌顶，使我茅塞顿开，定州军营如此混乱，光祖难辞其咎，任凭学士公发落。"苏东坡赶紧趋前，扶起王光祖，说："将军明白过来就好了。"

不久，苏东坡、王光祖处理了一批贪赃枉法的军官，追回侵吞的军饷，改善了兵士的伙食，还向朝廷要来一笔款子修缮了军营……这样一来，士气大振，兵士们日夜操练，巡哨站岗，战斗力明显增强了。

定州地处边防，当地百姓自发组织了"弓箭社"，"带弓而锄，佩剑而樵"，遇到紧急情况，击鼓为号，立刻就可组成几千人的队伍。苏东坡十分重视这种兵民结合的组织形式，向朝廷写了《乞增修弓箭社条约状》，称赞弓箭社为"边防要用，其势决不可废"。他还亲自组织"弓箭社"和守军进行了好几次联合军事演习。辽国闻讯，再也不敢来骚扰了。

可惜不到一年，苏东坡就被朝廷贬到岭南去了。壮志未酬，令人扼腕叹息。

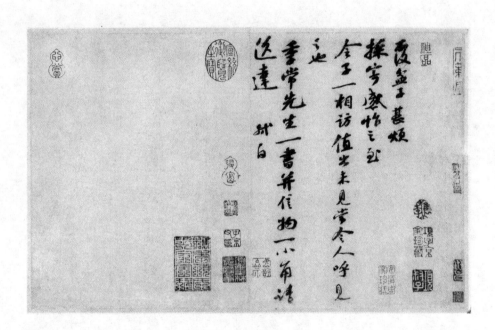

三

三地逸事

十　游赤壁

你知道苏东坡的前后《赤壁赋》和《念奴娇·赤壁怀古》吗？你知道这些作品背后的故事吗？

湖北境内有五个地方叫赤壁：蒲圻的石头关，武昌的赤矶山，汉阳的临嶂山，汉川的赤壁山和黄州的赤鼻矶。

黄州的赤鼻矶在长江边，因"崖石赫赤，屹立如壁，状若悬鼻"而得名。苏东坡第一次游赤壁，是和护送其家眷来黄的苏辙一起去的。苏辙登上赤鼻矶头，感慨良多，迎风吟诗曰："新破荆州得水军，鼓行夏口气如云。千艘已共长江险，百胜安知赤壁焚。"苏辙显然把这里当成了"赤壁大战"的古战场，苏东坡却没有诗作，也许另有想法吧。

第二次游赤壁，陪同的是苏东坡的大儿子苏迈。苏东坡有记："棹小舟至赤壁，西望武昌山谷，乔木苍然，云涛际天。"

第三次是重阳节应太守之邀，登上赤壁山的涵晖楼。此时长江水枯，"霜降水痕收，浅碧鳞鳞露远洲"。席间，作《南乡子》："万事到头都是梦，休休，明日黄花蝶也愁。"

第四次苏东坡独自前往，舍舟登岸，登聚宝山，探徐公洞，在江边捡拾温润如玉的五彩石。他把这些石子，分别寄给佛印、参寥子，并写下奇文《怪石供》。以石子供养禅佛，是苏东坡的一大创造。

元丰五年夏天，绵竹道士杨世昌来看望苏东坡，七月十六日泛舟赤壁，苏东坡写下著名的《赤壁赋》：

> 壬戌之秋，七月既望，苏子与客泛舟游于赤壁之下。清风徐来，水波不兴。举酒属客，诵明月之诗，歌窈窕之章。

苏东坡的《赤壁赋》，是中国文学史上最重要的作品之一。文章以美景写衷情，由悲叹而生议论，从理趣中获取人生的感悟。表现了苏东坡谪黄以来的痛苦、挣扎与解脱，表达了对生活的无限热爱，对大自然的崇敬尊重，对理想的不懈追求，对宇宙人生的积极思考。

当年中秋节，苏东坡登上赤壁南矶头。这里石赤如丹，山脚斜插入江，江水汹涌澎湃，卷起千堆雪浪。苏东坡放眼滚滚长江浩荡东去，胸中涌起万丈豪情，写下千古绝唱《念奴娇·赤壁怀古》：

大江东去，浪淘尽，千古风流人物。故垒西边，人道是三国周郎赤壁。乱石穿空，惊涛拍岸，卷起千堆雪。江山如画，一时多少豪杰。

遥想公瑾当年，小乔初嫁了，雄姿英发。羽扇纶巾，谈笑间，樯橹灰飞烟灭。故国神游，多情应笑我，早生华发。人生如梦，一尊还酹江月。

这是一首气壮山河、气势恢宏、气魄壮阔、气韵生动的豪放词作。上阕写赤壁景色，下阕借史抒情。"人道是"三字表明苏东坡知道赤鼻矶不是"赤壁之战"的古战场，不过是借此抒情。后人评价此词："语意高妙，古今绝唱。"苏东坡后来还朝，在玉堂问幕士："我词比柳词如何？"答曰："柳郎中词只合十七八女郎，执红牙板唱'杨柳岸，晓风残月'。学士词须关西大汉，铜琵琶、铁绰板，唱'大江东去'。"公为之绝倒。

转眼秋去冬来，苏东坡与道士杨世昌、诗人潘大临月夜乘船再游赤壁。苏东坡独自撮衣而上，感慨四季轮回，岁月匆匆："江流有声，断岸千尺；山高月小，水落石出。曾日月之几何，而江山不可复识矣。"回程的路上，"适有孤鹤，横江东来。翅如车轮，玄裳缟衣，戛然长鸣，掠予舟而西也。"苏东坡回家就寝，梦一道士问他："赤壁之游快乐吗？"苏东坡问道士："那只孤鹤是你吗？"道士笑而不答，苏东坡也从梦中惊醒。

如果说《赤壁赋》是苏东坡对大自然、对人生的顿悟，那么《后赤壁赋》则是苏东坡本真面对世界的心性直白。"划然长啸"的苏东坡、"戛然长鸣"的孤鹤，以及梦中的道士，三位一体地创造了一个亦真亦幻、绝美惊艳的艺术秘境，是苏东坡诗意人生的外化与升华。

元丰五年十二月十九日，是苏东坡四十七岁生日，黄州的朋友们齐聚赤鼻矶，为苏东坡祝寿。进士李委作《鹤南飞》，吹笛以献。苏东坡为之作诗："山头孤鹤向南飞，载我南游到九嶷。下界何人也吹笛，可怜时复犯龟兹。"

苏东坡第九次游赤壁，是为李委送行，"以小舟载酒饮赤壁下"。他在给朋友的信中说："黄州少西，山麓斗入江中，石室如丹。传云曹公败所，所谓赤壁者。或曰：非也。"

苏东坡十游赤壁，是元丰六年重阳节。独自一人登上栖霞楼，望窗外秋雨绵绵，秋江萧瑟，悲秋更悲己，遂作《西江月·重九》：

点点楼头细雨，重重江外平湖。当年戏马会东徐，今日凄凉南浦。

莫恨黄花未吐，且教红粉相扶。酒阑不必看茱萸，俯仰人间今古。

苏东坡游览赤壁，肯定不止这十次。每游赤壁，几乎都有诗文问世，或在书信中提及。赤壁给了苏东坡勃发的灵感，而苏东坡也不负赤壁声名。后来，人们直接把黄州赤壁更名为"东坡赤壁"或"文赤壁"，以表达对苏东坡的殷殷怀念之情。

黄州耕东坡

北宋元丰二年，苏轼因"乌台诗案"谪居黄州。虽然还挂着个"团练副使"的虚衔，但"不得签书公事"，这就意味着基本没有俸禄，而家里大大小小二十几口人都来到了黄州。为了维持生计，他不得不厉行节俭，每月限用四千五百钱，月初分成三十份，用麻绳串起来挂在梁上，每天早上用画叉取一串钱下来，交给妻子王闰之安排一日三餐。如果当天有些节余，苏轼就非常高兴地把这些小钱存在一只小罐子里，以备有客人来访时买酒割肉办招待。其实他的这种想法完全是多余的，因为此时的苏轼是罪人，不但在官场上已经没有人在乎他了，就连"平生亲友，无一字见寄，有书与之，亦不答"，"故人不复通问讯，疾病饥寒疑死矣"。就是在这样艰难困苦的情况下，苏轼仍不改旷达乐观的性情，他在《初到黄州》诗中写道：

> 自笑平生为口忙，老来事业转荒唐。
>
> 长江绕郭知鱼美，好竹连山觉笋香。
>
> 逐客不妨员外置，诗人例作水曹郎。
>
> 只惭无补丝毫事，尚费官家压酒囊。

这一天，苏轼的老朋友马正卿专程从京城来看望他，目睹"先生穷到骨"的生活，不禁心酸难过，便找到昔日的同窗黄州太守徐君猷，求他将城东过去驻兵的数十亩旧军营拨给苏轼开垦耕种，以解决吃饭问题。徐太守本来就同情苏轼，加之老朋友来求情，便欣然应允。苏轼十分感激，特地写了一首诗，以表达对马正卿的谢意：

> 马生本穷士，从我二十年。

日夜望我贵，求分买山钱。

我今反累生，借耕辍兹田。

刮毛龟背上，何时得成毡？

可怜马生痴，至今夸我贤。

众笑终不悔，施一当获千。

苏轼对于能垦植这片土地非常开心，因为解决了一家老小吃饭的问题，更因其在黄州城东，是一块坡地，与唐代大诗人白居易当年植树种花的忠州"东坡"十分相似。白居易是苏轼最敬慕的诗人，于是他效法白居易，将其地称为"东坡"，自号"东坡居士"。他还在东坡上修建房屋，取名为"雪堂"，并亲自写了"东坡雪堂"的牌匾。

白居易字乐天，生活在唐王朝日趋衰败之际，他身为谏官，面对宦官擅权，藩镇割据，朝纲腐败，常以诗歌针砭时弊，后被降职为江州司马，又迁为忠州刺史。忠州城东有一山坡，身处逆境而顽强不屈的白居易，于公事之余，常到坡上植树种花。为此，白居易写了不少诗，如："持钱买花树，城东坡上栽"（《东坡种花》）；"东坡春向暮，树木今何如"（《东坡种花》）；"何处殷勤重回首，东坡桃李种新成"（《别种东坡花两绝》）。白居易与"东坡"结下了不解之缘，后人亦将"东坡"作为白居易的代名词，叫他"白东坡"。

苏轼当时的境遇、心情和所耕之地同当年白居易谪贬忠州时颇相似，因此自号"东坡居士"。他在自己的许多诗作中都有记述，如在《去杭州》诗中说"出处依稀似乐天，敢将衰朽校前贤"，"衰朽"是苏轼自喻，"前贤"则指白居易。他在此诗的"引"中说："平生自觉出处老少粗似乐天。"出于对白居易高尚品德的仰慕，苏轼在四十六岁时，给自己取了"东坡"这个雅号。从那以后，这个雅号比他的名字更响亮更有影响，传遍了天下。

基本解决了一家老小的温饱问题，苏东坡自觉宽慰了许多。渐渐地，他在当地也结交了一批朋友，这些朋友主要是樵夫、渔夫、和尚及少数文人，不时也有朋友从外地来看望他。黄州城外的长江边有座赤壁矶，当地人讹传为三国时周瑜击败曹操的"赤壁",苏东坡常去那里凭吊怀古。就在那里,苏东坡写下了千古名篇《念奴娇·赤壁怀古》和脍炙人口的前后《赤壁赋》。有一天晚上,苏东坡和朋友们在江边推杯换盏,对酒当歌。乘着酒兴,苏东坡把衣帽脱下来,挂在树丫上,随手写下一首《临江仙·夜归临皋》:

　　　　夜饮东坡醒复醉,归来仿佛三更。家童鼻息已雷鸣。敲门都不应,倚杖听江声。

　　　　长恨此身非我有,何时忘却营营?夜阑风静縠纹平。小舟从此逝,江海寄余生。

　　谁知第二天一大早,黄州城里就传开了,说是苏东坡昨晚驾着船逃走了。黄州太守徐君猷听说后又惊又怕,因为"州失罪人",按律是要治罪的。徐君猷一面派人驾船去追寻,一面亲自跑到临皋亭的江边去寻找,结果发现苏东坡躺在江边的一块石板上,睡得正香。他赶紧把苏东坡叫醒,说:"学士公啊,你差点把魂给我吓掉了!"苏东坡睡眼惺忪地问:"啥子事把你吓得这么厉害?我不过写了几句醉话,'小舟从此逝,江海寄余生',我自逝我的,关你什么事?"徐君猷气也不是,笑也不是,喃喃道:"你在就好,在就好!"

东坡问稼

苏东坡谪贬黄州，拖家带口二十多张嘴，生活十分困苦。由于平日不善积蓄，"俸人所得，随手辄尽"。面对困境，他自嘲说："若问我贫天所赋，不因迁谪始囊空。"顶着个"黄州团练副使"的虚衔，却因"不得签书公事"，而官俸断绝。手上的一点散碎银两，尽管"痛自节俭"，也难免"坐吃山空"。家中的一日三餐变成了一日两餐，干的变成了稀的，有时只能以野菜充饥。他在给友人的诗中写道：

> 饥人忽梦饭甑溢，梦中一饱百忧失。
> 只知梦饱本来空，未悟真饥定何物。
> 我生无田食破砚，尔来砚枯磨不出。
> 去年太岁空在酉，傍舍壶浆不容乞。

面对日益拮据的日子，苏东坡做梦都想有一块属于自己的土地。如果能躬耕其中，自食其力，让全家人远离饥馑，就算一辈子做个识字耕田夫，也无悔无怨。

这年春天，老朋友马正卿专程从京城来看望苏东坡。看见苏家的窘境，决心出手相救。马正卿与黄州太守徐君猷熟稔，他反复向太守陈情，太守终于答应将城中的一座废军营借给苏东坡耕种。

要把废军营改造成能种庄稼的田地，谈何容易！"废垒无人顾，颓垣满蓬蒿。……端来拾瓦砾，岁旱土不膏。"苏东坡带领全家，早出晚归，翻耕土地，精疲力竭，双手满是血泡。王闰之拿出陪嫁首饰，变卖后买了一头大黑牛，取名"黑牡丹"。有了黑牡丹的加入，垦荒的进度明显加快了。经过几个月艰苦的劳作，昔日的旧军营变成了一个粗具规模的农庄。苏东坡给这块地取名"东坡"，顺便也给自己取了个雅号，"东坡居士"。

这年秋天，苏东坡籴来麦种，播种在翻耕的地里。一个月后，麦苗出齐了，绿油油的覆盖着整片山坡。苏东坡天天守在麦田旁，想象着来年五月麦浪滚滚的丰收景象。

有一天清早，大儿子苏迈气喘吁吁地跑回临皋亭，着急地把还在睡梦中的苏东坡叫醒："不好了，不好了！有人把羊赶上东坡，正啃咱家的麦苗。"

"啊？还有这等事，快带我去看看！"苏东坡头没梳脸没洗，抓过一件衫子披在身上，就与苏迈一块赶往东坡。

哎呀呀，果真有一群羊正在啃吃嫩绿的麦苗，放羊的老汉手拿羊鞭，专拣那羊儿吃过的麦茐，狠狠地用脚踹踏。老汉一脚一脚地踹，脚脚都踹在苏东坡心尖尖上。

苏东坡赶紧跑上前，指着那放羊老汉叫道："你在搞啥子哟，我与你前世无怨，今生无仇，你凭啥糟蹋我的庄稼呀？"

放羊老汉抬头看见苏东坡，笑眯眯地答道："我的苏学士哟，你这地里麦苗长势太壮了，如果不让羊儿来啃啃，明年怕只长麦秆不长穗哟。你不要怨我踹你的麦苗，你也下地来踹，把全家人都叫来踹。最好让牛拉着石碾子，把这麦地都碾一遍，把那麦芯碾破，开了春麦苗才好分蘖，明年包你有个好收成，吃上白面汤饼。"

苏东坡将信将疑，问道："老汉，你不会骗我吧？"

老汉哈哈一笑，说："骗你是小狗！不瞒你说，我家的麦田早就碾过啰。我听人说你没种过麦子，所以今天一大早就把羊群赶到你地里来了。"

原来如此！苏东坡心里一块石头落了地，他赶紧向放羊老汉表达歉意，邀请老汉今后多到东坡上来转转，多来传授种田的技艺。

昔有孔子问稼，今有苏子问稼。别以为种庄稼是下里巴人的活儿，里面的学问深着呢！

河东狮吼

"河东狮吼"是苏东坡创制的成语，说的是苏东坡的好朋友陈慥怕老婆的故事。

陈慥，字季常，自号方山子，别号龙丘子，四川眉州青神人。陈慥是苏东坡的老长官凤翔知州陈公弼的小儿子，生性豪爽，行侠仗义，喜谈用兵之道，阔论古今成败，饱读诗书却不愿求取功名，严厉的父亲拿他没辙，只把他当作浪荡子。

苏东坡因"乌台诗案"谪贬黄州，越关山，过麻城，人岐亭，远远看见前面山坡上有人骑着白马，张着青盖，一路大呼小叫急驰而来。待到近前，那人滚鞍下马，拱手作揖。苏东坡定睛一看，原来是老朋友陈季常。苏东坡知道陈家很有钱，河北有田，洛阳有园，吃穿用度从不发愁，他怎会出现在这穷乡僻壤？陈季常告诉苏东坡他隐居在此，听说苏东坡被贬黄州，已在此恭候多日了。

陈季常隐居的家，是一座茅草竹篱小院，号为"静庵"。陈季常的夫人姓柳名季英，祖籍河东，行为处事十分干练。"知我犯寒来，呼酒意颇急。拊掌动邻里，绕村捉鹅鸡。"柳氏夫人亲自下厨，整治了一大桌饭菜，让长途跋涉又累又饿的苏东坡美美地吃了一顿热饭。饭后，陈季常邀苏东坡书房品茶，取出珍藏多年的《朱陈村嫁娶图》请苏东坡欣赏。

苏东坡曾任徐州知州，朱陈村就在徐州的萧县。睹画思旧，苏东坡乘着酒兴，纵笔在画上题诗：

> 我是朱陈旧使君，劝农曾入杏花村。
>
> 而今风物那堪画，县吏催租夜打门。

苏东坡扔下毛笔，再看题诗，心中不免一惊！呵呵，又犯忌了。"而今风物那堪画，县吏催租夜打门。"这不是找死吗？此诗若传到京城，那些奸佞小人不知又将使出何等手段来收拾我？苏东坡赶紧让陈季常将诗画藏好，慎勿示人，以免惹出麻烦。

苏东坡在陈季常家住了五天，天天晚上长谈至深夜。陈季常好谈佛，苏东坡便讲佛言"狮子吼"，佛音震撼世间，百兽慑服。恰在此时，柳氏在隔壁把墙板拍得山响，陈季常一惊，手中的拐杖掉落到地上。苏东坡哈哈一笑，随口吟道："龙丘居士亦可怜，谈空说有夜不眠。忽闻河东狮子吼，拄杖落手心茫然。"陈季常与柳氏从此闻名于世，而"河东狮吼"也作为成语流传至今。

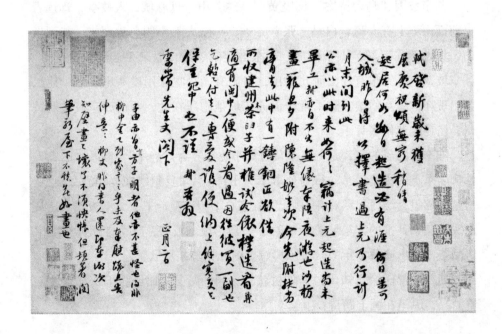

只认衣冠不认人

苏东坡刚被贬到黄州的时候，很多人只晓得他的名气，并未见过他本人。有一天，他带着侍妾王朝云进城去。刚走到城门口，便听说一群进京应试的举子在一间酒楼吟诗作赋。苏东坡好久没有饮酒唱诗了，一时心痒难耐，想进去看看，哪晓得被门口做针线活的老板娘挡了道。老板娘眼睛翻到天上，冷冰冰地说："举人老爷们作诗，闲杂人等一边玩去。"苏东坡说："我也喜欢作诗，想来凑个热闹，老板娘行个方便嘛。"

老板娘把苏东坡上上下下打量了几眼，看他素衣小帽，心想：这老头儿酸不溜秋的还想作诗？于是，鼻子一哼，说："你还会作诗？来来来，作一首给老娘听听，看看你是白菜丝还是萝卜丝？"

苏东坡哪里受得这份气，正要冒火，酒楼里走出几个喝得脸红筋涨的举子。他们看了看苏东坡，也不认识这个老头，只是觉得好奇，便请苏东坡随便来首小诗。苏东坡也不推辞，说："你们出个题嘛。"

一个举子指着老板娘手中的针线说："就以这针线为题。"苏东坡哈哈一笑说："这些针头线脑的小诗，就叫我那使唤丫头来作吧！"

朝云一听，知道苏东坡是要她在这些举子面前露一手，略一沉思，开口吟道：

> 二分白铁打磨成，一拱一拱往前行。
> 眼睛长在屁股上，只认衣冠不认人。

那个老板娘听了朝云的诗，羞得满脸通红，无地自容。那几位举子听了，大吃一惊。忙问姓名，才晓得这素衣打扮、其貌不扬的老头儿，就是大名鼎鼎的苏东坡。

寒 食 帖

苏东坡是"宋四家"之一，作于黄州的《寒食帖》被誉为继王羲之《兰亭序》、颜真卿《祭侄稿》之后的"天下第三行书"。

元丰五年的春天，是苏东坡在黄州度过的最饥寒交迫的日子。手中的积蓄已经告罄，每天一百五十钱的生活，早被画叉挑落。虽然一家人拼死拼活躬耕东坡，无奈地瘦粮薄，收成有限。一开春，便陷入青黄不接，吃了上顿愁下顿的穷苦困境。连续两个多月的淫雨，江水暴涨。破旧的临皋亭屋瓦脱落，四处漏雨。破锅里煮的是野菜，湿苇烧得满屋青烟。病中的苏东坡心情沉重，濡湿秃笔，记下这令人心酸的一幕：

一

自我来黄州，已过三寒食。

年年欲惜春，春去不容惜。

今年又苦雨，两月秋萧瑟。

卧闻海棠花，泥污燕脂雪。

暗中偷负去，夜半真有力。

何殊病少年，病起头已白。

二

春江欲入户，雨势来不已。

小屋如渔舟，濛濛水云里。

空庖煮寒菜，破灶烧湿苇。

那知是寒食，但见乌衔纸。

君门深九重，坟墓在万里。

也拟哭途穷，死灰吹不起。

清明前一天叫寒食节，全天不举火。第二天一早重新钻木取火，谓之"新火"。苏东坡自元丰三年二月一日抵达贬谪地黄州，已经度过了三个寒食节。今年雨水多，春天倒像萧瑟的秋天。躺在病床上，哀叹海棠花被凄风苦雨摧残，被造物主夜半偷走。遭受"乌台诗案"的打击，满头青丝已变成缕缕白发。

如果说第一首诗是乐曲的前奏、序曲，那么第二首诗则是主题的呈现，愈见凝重深沉。

春江倾倒，豪雨入户，破败的小屋如风浪中孤独的渔舟。锅里煮的是野菜，灶里烧的是湿苇，烟雾弥漫呛人。看见乌鸦衔着纸钱飞过，才想起今天是寒食节。宫门九重，回归无望。先祖坟茔，祭扫不能。真想作晋人阮籍那样的穷途之哭！命运啊，就像风雨中的纸钱，万念俱灰，再也没有复燃的希望。

苏东坡含悲忍泪写完两首诗，在旁边再写下"右黄州寒食二首"七字。透过枯涩颓丧的笔触，仿佛能看见苏东坡愁苦的面容和眼中悲伤的泪水。

清明一大早，苏东坡叫家人钻木取火。谁知朽木湿柴，钻了半天也不见半点火星。正懊恼间，黄州太守徐君猷派人将刚采得的新火送到临皋亭。苏东坡心下稍安，让王朝云用新火炒两个菜来庆贺一番。朝云翻箱倒柜，无米无肉，只得悻悻回报："厨中百无一物，无菜可炒！"总不能辜负了"新火"吧，苏东坡强忍悲愤，吩咐把家中所有灯盏蜡烛都点亮，照亮上下左右、东西南北十方昏暗，还人间一个"正大光明"！

苏东坡的《寒食帖》后来流落民间。黄庭坚在眉州青神探望姑妈张氏，发现张氏的侄儿张浩，竟然藏有《寒食帖》，是张浩当年用十两银子从黄州府衙一个小吏手中购得的。黄庭坚睹物思人，怀念东坡，于是运笔写就跋文：

> 东坡此诗似李太白，犹恐太白有未到处。此书兼颜鲁公、杨少师、李西台笔意。试使东坡复为之，未必及此。它日东坡或见此书，应笑我于无佛处称尊也。

《寒食帖》历宋元明，在清朝被收入内宫，乾隆皇帝题写"雪堂余韵"四字。《寒食帖》似有神佑，英法联军火烧圆明园，此卷仅被烧坏一角。后来流落民间，被广东冯展云送当铺时又遇火灾。民国时被日本银行家、收藏家菊池惺堂收藏。关东大地震时，菊池家遭大火，独独抢出了《寒食帖》。1948年，国民政府外交部长王世杰用一百两黄金购回，现藏于台北故宫博物院。

　　至此，苏东坡的《寒食帖》尘埃落定，九百年的辗转漂泊终于回家。国家幸甚，国人幸甚！

沙湖买田

苏东坡在黄州躬耕东坡，所产稻麦不足以供养家室，必须再置买一些田地，才能够解决全家的温饱。

元丰五年三月七日，苏东坡约了几位朋友，带着大儿子苏迈，到离黄州三十里地的沙湖（螺蛳店）去看田。

一行人观山望水，走走停停，临近中午才到达沙湖。沙湖的土地十分肥沃，播一斗稻种，可产稻十斛（百斗）。苏东坡问当地农户："此处田地为何如此给力？"农户回答道："此地野草连山，可以散水。加之轮耕，地力未耗。"苏东坡始知地力大小与产粮多少有着直接的关系。他把农户的经验记录下来，后来写成一篇文章《金谷说》，并由此推断："地不生草木者，多产金锡珠贝。"现代采矿业、石油工业的勘探，证实了苏东坡的推断。

看完田，主人家早备下薄酒粗饭。一行人用过午饭，说说笑笑返回黄州。谁知刚才还艳阳高照的天空，此刻阴云密布。早上出门前，王闰之专门备有雨具。只是看天气晴朗，苏东坡便让人送回去了。谁知这时候天降滂沱大雨，将路两边的竹树打得啪啪乱响。沙湖道中又没个避雨的地方，一行人只能硬着头皮在雨中前行。雨越下越大，同行的人叫苦不迭。苏东坡却视而不见，在风雨中安然信步。不一会儿，雨过天晴，云散日出。苏东坡为自己拥有的这份坦荡、这份镇定而窃喜，随口吟出一阕绝妙好词《定风波》：

三月七日，沙湖道中遇雨。雨具先去，同行皆狼狈，余独不觉，已而遂晴，故作此词。

莫听穿林打叶声，何妨吟啸且徐行。竹杖芒鞋轻胜马，谁怕？一蓑烟雨任平生。

料峭春风吹酒醒，微冷，山头斜照却相迎。回首向来萧瑟处，归去，也无风雨也无晴。

路途遇雨，不过小事一桩。苏东坡却透过这件小事，感悟到命运的风雨，人生的得失。人，一旦陷入名利场中，必然患得患失，心理失衡，行为浮躁，自寻烦恼。只有超然物外，笑对人生的风风雨雨，浮沉起落，才能处变不惊，不染红尘。有了"一蓑烟雨任平生"的博大胸襟，人生所有的困惑与厄难，都如风雨一般从身上滑落，"此心安处是吾乡"，"也无风雨也无晴"。

沙湖的田最终因价钱的问题没有买下来，但苏东坡的这首《定风波》却如璀璨的星斗，永远闪耀在中华诗词的浩瀚长空。

东坡请医

大家都读过苏东坡的《定风波》，对"一蓑烟雨任平生""也无风雨也无晴"印象深刻。可你是否知道，他在雨中潇洒漫步，回家后却大病了一场。

苏东坡去沙湖螺蛳店买田，田没买成，途中淋了生雨，第二天左臂肿痛，连碗都端不起来。朋友建议他前往蕲水的麻桥看医生，说当地有一位名医，叫庞安常，医术高明，人称"华佗再世"。

谁知这位"华佗"却是个聋子！庞安常出身医药世家，聪颖绝人。看病问诊，常以指画字，书不数字，便知病情，然后对症下药，疗效斐然。苏东坡以手为口，庞安常以眼为耳，两人简短交流后，庞安常已知苏东坡病症所在。他取出一根银针，扎进苏东坡的左臂，不时捻转弹击。不一会儿，苏东坡的手臂竟然不痛了。第二天，肿胀也消失了，可谓"一针而愈"。从那以后，两人成了好朋友。

有一天，庞安常邀请苏东坡同游蕲水清泉寺。

清泉寺位于蕲水城东二里，始建于唐朝，寺内殿宇宏伟，还有东晋书法家王羲之的洗笔泉。清泉寺下临兰溪，溪水迂回曲折，自东向西流淌，两岸长满兰草，兰香幽幽，沁人心脾。沿着洁净无泥的沙路漫步，耳听山林中子规鸟鸣叫，沉浸在兰溪的美景中，苏东坡禁不住放声歌咏。

> 山下兰芽短浸溪，松间沙路净无泥。萧萧暮雨子规啼。谁道人生无再少？门前流水尚能西。休将白发唱黄鸡。

生活多么美好，兰溪水尚可倒流，人生难道不能追回逝去的青春？时光飞逝，红颜易老，一味悲叹，于事无补。莫若珍爱生命，珍惜时光，"诗酒趁年华"。

庞安常听不见苏东坡在吟唱什么，但他从苏东坡欣喜的表情，读懂了苏东坡的心情。苏东坡向寺中借来笔墨，记下了这首《浣溪沙》。庞安常读后拊掌而笑，指着"休将白发唱黄鸡"，竖起拇指连连称赞。

回到庞安常的医馆，苏东坡把这首词抄写出来，赠送给了庞安常。庞安常也拿出珍藏多年的"李廷珪墨"送给苏东坡。李廷珪是唐末墨工，其墨为天下第一，有"黄金易得，李墨难求"之誉。

苏东坡与庞安常交往越深，越感受到这位隐居乡野的名医，悬壶济世、治病救人的医德仁心。黄州闹瘟疫，苏东坡拿出巢谷赠送的"圣散子方"，转送给庞安常。庞安常依方辨证加减用药，救了不少人的命。元丰七年，苏东坡听说苏颂患病，久治不愈，特修书一封，向苏颂推荐庞安常："脉药皆精，博学多识，已试之验，不减古人。"苏颂，字子容，泉州南安人。为官清正而有德，官至宰相。乌台诗案时，苏东坡与苏颂都被关押在御史台监狱，仅一墙之隔。苏颂后来写了一首诗，以录此事："遥怜北户吴兴守，诟辱通宵不忍闻。"

庞安常逝世后，蕲水人怀念这位"药王""医圣"，特地在药王庙里塑了庞安常与苏东坡相向而坐、问医论药的彩色泥塑，以供百姓祭祀与瞻仰。

义侠巢谷

巢谷，字元修，小名巢三，眉山人。举人出身，赴京考进士名落孙山，结识了一帮舞枪弄棒的武士，自此弃文习武，骑马射箭，练得一身好武艺，后投身熙河名将韩存宝帐下。

元丰年间，韩存宝在征讨西南少数民族叛乱中做阵前交易，被朝廷察知被杀。巢谷受韩存宝生前委托，将一批金银财宝转交其妻儿，从此改名换姓，流亡江湖。

苏东坡谪贬黄州，巢谷突然来访，要在黄州避避风头。尽管苏东坡自身都很艰难，仍然热情接待了这位落难的乡友。安排巢谷在雪堂住下，空闲时教几个孩子读书，练练拳脚功夫。

苏东坡与巢谷常在灯下夜坐，闲聊些眉山的龙门阵。有一天，苏东坡忽然想起元修菜，便委托巢谷以后回到眉山，寄一些元修菜籽来，种在东坡的田边地角。

所谓元修菜，即四川的"苕巅"，是一种肥田草，其嫩尖可食，或炒或拌，其味鲜香清美。苏东坡曾为之赋诗："彼美君家菜，铺田绿茸茸。豆荚圆且小，槐芽细而丰。"后来巢谷回到四川，果然给苏东坡寄来巢菜种子，从此黄州就有了巢菜。

巢谷在黄州逗留了一年，临行前将秘藏的"圣散子方"传给苏东坡，并要苏东坡指江水发誓，绝不传人。第二年一开春，黄州瘟疫流行，苏东坡顾不上与巢谷的誓约，将"圣散子方"献了出来，救活了不少百姓。"圣散子方"治疗伤寒温病有奇效，后来苏东坡担任杭州太守时，适逢瘟疫传播，苏东坡建安乐坊，以此方治之，活者不可胜数。后人将"圣散子方"收入《苏沈内翰良方》一书。

苏东坡与巢谷的交往可谓"君子之交"，两人的友谊至死不渝。苏东坡腾达时，巢谷从不去攀龙附凤，捞一点好处。而苏东坡一旦落难，巢谷便毅然前往看顾。苏东坡谪贬海南，巢谷以七十三岁高龄，徒步从眉山出发前往探望。第二年春天来到循州，见到苏辙。苏辙劝他返乡，巢谷却说："我自视未即死也，公勿止我。"苏辙只得为他筹集了一些路费，送他上路。谁知巢谷在途中遇到强盗，穷困衰老的巢谷病死于新州。

壮哉，侠肝义胆的眉山硬汉子——巢谷！

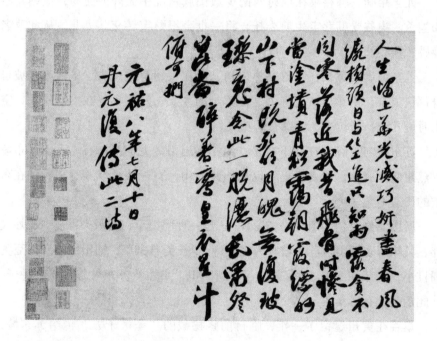

米芾来了

米芾，字元章，北宋著名书法家，与苏轼、黄庭坚、蔡襄合称"宋四家"。

元丰五年，米芾从湖南动身，前往金陵拜见退休宰相王安石，接着风尘仆仆赶来黄州，经马梦得引荐，拜会了罪官苏东坡。米芾比苏东坡小十四岁，两人初次见面，米芾不行弟子礼，只尊东坡为"坡公"，这倒很对苏东坡的脾性，二人遂成忘年交。

米芾从小习书，性格怪异，特立独行，人称"米癫"。见了苏东坡便问："人皆谓我癫，吾质之子瞻。"苏东坡笑着回答："子曰吾从众，夫谁曰不然。"米芾被苏东坡的"吾从众"逗乐了，坦言道："苏子以我为癫，吾是真癫也。"

米芾来了，苏东坡在雪堂设宴。大桌上摆放着精笔、好墨和佳纸一百张，小桌上则是食物与酒。两人按宾主入座，每饮一杯，便作字一幅。等到一百张纸写完，两人都醉了。

米芾向苏东坡请教书法，苏东坡建议米芾从习唐代书家转而学魏晋书风。一语点醒梦中人！米芾从那以后"始专学晋人，其书大进"，形成了"风樯阵马，沉着痛快"的书风。米芾还将自己的书斋，改名为"宝晋斋"。

米芾来了，好东西要和朋友分享。苏东坡将自己珍藏多年的吴道子《释迦佛真迹》从箱底取出来，请米芾欣赏。这幅画在米芾心里留下了深刻的印象，晚年米芾著《画史》时，特别提到这幅画："苏轼子瞻家收吴道子画佛及伺者志公十余人，破碎甚，而当面一手，精彩动人，点不加墨口，浅深晕成，故最如活。"行家读画，唯取一点。点到为止，恰到好处。

米芾在东坡雪堂玩得很开心，不久返乡。临行前，苏东坡置酒送行。席间，苏东坡乘着酒兴，取出一张纸贴在墙上，悬肘作画。苏东坡画了两枝竹、一株枯树、一块怪石，送给米芾。

米芾站在东坡身后，看他泼墨写意，颇有妙趣。特别是两枝竹都是从底部一直向上画到竹梢。米芾好奇地问："何不逐节分呢？"苏东坡头也不回地答道："竹生时，何尝逐节生？"

苏东坡的回答，让米芾强烈感受到东坡的"画外功夫"。如果没有对竹子细致入微的观察，没有对身边事物的洞察感悟，没有千百次独具匠心的艺术实践，无论如何也画不出这样的竹子。米芾惊叹苏东坡"运思清拔"，不仅得益于"外师造化"，更得益于"内发心源"。

对于苏东坡的这幅《竹木怪石图》，米芾另有点评："子瞻作枯木，枝干虬屈无端，石皴硬，亦怪怪奇奇无端，如其胸中盘郁也。"

米芾不愧是知音！两个"无端"，便直击苏东坡胸中纵横奔突的盘郁之气，不苟合于俗世而独立率真的清拔之气。

苏东坡自海南北归路过润州，米芾上门看望，苏东坡送他麦门冬饮子，作诗曰：

> 一枕清风直万钱，无人肯买北窗眠。
> 开心暖胃门冬饮，知是东坡手自煎。

米芾和苏东坡的友谊维持了二十多年，直到苏东坡逝世。米芾痛作《苏东坡挽词五首》，其中第三首写道：

> 道如韩子频离世，文比欧公复并年。
> 我不衔恩畏清议，束刍难致泪潸然。

诗赠李琪

元丰七年，神宗以皇帝手札的形式，将苏东坡量移汝州。虽然仍在谪籍，仍是团练副使，仍然不得签书公事，苏东坡却从手札中读出了神宗的心思："人才实难，不忍终弃。"

来黄州盼着离开黄州，如今要离开黄州了，苏东坡心里却有千般不舍。

苏东坡要离开黄州的消息不胫而走，每天上门探望的、话别的乡亲，来了一拨又一拨。有的求字，有的索画，苏东坡忙得不亦乐乎。

黄州府衙为苏东坡举办了一个盛大的送行宴会，黄州城里的头面人物、文人士绅齐聚一堂。前来侑酒的歌伎中有位叫李琪的，身材姣好，明眸皓齿，她常读苏东坡的诗词，对苏东坡十分仰慕。她一直想求一幅字，但因生性腼腆，总不好意思开口。如今苏东坡要离开黄州了，再不开口，恐怕就再没机会了。酒过三巡，李琪终于鼓起勇气，走到苏东坡跟前，取下肩上披着的白色绢巾，恳请苏东坡题字。

苏东坡望着眼前这位美丽而又带着淡淡儒雅气息的女子，不由得想起初来黄州时，在定惠院发现的那株"土人不知贵"的海棠花。苏东坡接过衙役送上来的笔砚，随手在那洁白的绢巾上写下两句诗：

东坡五载黄州住，何事无言及李琪。

恰好此时有几位乡绅过来敬酒，苏东坡扔下毛笔，端起酒杯，与他们饮酒交谈。谈着喝着，苏东坡起身去别桌敬酒，写诗的事似乎扔到了脑后。有几个文人看了苏东坡写的这两句诗，有的摇摇头说，苏东坡今天怕是喝高了，你看这起句太平实，恐怕难以为继啊。有的则说，以苏东坡的诗才，平中见奇，必有佳句。李琪听着大家的议论，呆呆地站在原地，心里乱糟糟的，但她又不敢去催苏东坡。眼看宴会就要结束，李琪鼓起勇气，硬着头皮再请苏东坡。

苏东坡见了李琪，一拍脑门，哈哈大笑道："差点把这事忘了，对不起！"苏东坡接过毛笔，又续写了两句：

恰似西川杜工部，海棠虽好不吟诗。

杜工部即杜甫，他在号称"海棠香国"的西蜀生活了十年。据说杜甫的母亲小名叫海棠，为避母讳，杜甫从不写海棠诗。苏东坡巧妙地借用这个典故，向李琪表达歉意，把李琪比作高洁的海棠花，称赞她自珍自爱，不入俗流。

围观的人们把前后两句诗连起来一读，这才发现苏东坡这首诗高妙清绝，纷纷为苏东坡点赞，也祝贺李琪收到了这份诗书俱佳的礼物。

李琪也因为这首诗，留名诗史。

天 远 堂

江苏宜兴有座东坡海棠园，园中有幢天远堂，天远堂的匾额为苏东坡亲笔手书。

北宋熙宁、元丰年间，苏东坡应同科进士单锡、蒋之奇之邀，多次到阳羡（今宜兴）游玩，并作卜居终老之计。宜兴闸口永定里邵民瞻敬仰东坡，经常陪伴左右，苏东坡也很喜欢这个学生。

有一天，邵民瞻邀请苏东坡到家里做客。邵氏宗祠恰好修葺完工，邵民瞻便请东坡题匾。题什么好呢？苏东坡想起这次离黄州赴汝州，得神宗诏旨，准予定居宜兴，高兴之余曾作《满庭芳》："归去来兮，清溪无底，上有千仞嵯峨。画楼东畔，天远夕阳多。"于是提笔写下"天远堂"三个大字。

苏东坡题写天远堂的消息一传十，十传百，宜兴老百姓纷纷涌入邵氏祠堂，观瞻东坡书法。消息传入衙门，府官坐不住了。这天远堂究竟是个什么东西？难道苏东坡又在发难？天远堂不就是"天高皇帝远，此身在天堂"之意吗？分明有不臣之心！于是府官便派人调查此事，一旦查实，便上报朝廷。

府官派出的师爷来到邵家，天远堂匾高挂正厅。师爷认真地打量，那字写得真个叫好！颜底欧锋，绵里裹针，当是苏轼用心力作。师爷找到邵民瞻要问个究竟，为什么要题"天远堂"？可有什么不轨之心？邵民瞻知道来者不善，朝廷上下都盯着苏东坡，总想在他的诗文题跋中找点问题，以此邀功。苏东坡刚从流放五年的黄州挣扎出来，决不能让那些别有用心的人，利用天远堂的牌匾再做文章。邵民瞻想到此，便对师爷说："我这里是邵氏宗祠，天远堂是邵家的堂号，我不过借苏东坡的手书写堂名，和苏东坡没有半点关系。"师爷见问不出个所以然，只得悻悻而归。

回到衙门，师爷如此这般一说，府官却嗅出了另一番味道。他让师爷传话下去，既然邵氏堂口叫天远堂，那族谱上必有记载。明天让邵民瞻带上族谱，到衙门里来一趟。

邵民瞻得知这个消息，马上请族人商议。大家七嘴八舌，最后议定，连夜修订族谱。他们分头行动，有的改封面，有的改序言，堂名也顺理成章地改成了"天远堂"。

第二天，邵民瞻带着族谱来到府衙。狡诈的府官把邵氏族谱翻来覆去看了半天，也没找出破绽，这事才不了了之。

后来，苏东坡从四川带来名贵的"紫金重瓣垂丝海棠"，种在天远堂园中。每当仲春时节，海棠娇艳吐蕊，花香四溢。引得众人踏春赏花，吟诗作赋，天远堂成了宜兴的一个著名景点。

苏东坡亲手种植的海棠，根深叶茂，老树新花，历九百多年而不败。每当微风吹拂，海棠树叶沙沙作响，仿佛在向游人讲述着苏东坡在宜兴的故事。

惠州济众生

苏东坡六十岁那年被皇帝贬谪到岭南惠州，随行的仅侍妾朝云和小儿子苏过。到惠州后他们先是住在合江楼，不久被赶到一座破庙安身。

当时惠州自然条件恶劣，生活非常艰苦。苏东坡向府衙王参军借了半亩地来种菜，常以蔬菜为主食。惠州城里一天只杀一只羊，苏东坡因是罪官，只能等官府和当地大户把好肉割去后，买点剩下的羊脊骨烤着吃。羊脊骨的骨缝里有点肉，苏东坡用针来挑着吃，说是比螃蟹龙虾的味道还好，只是苦了旁边久久等待的狗。为什么呢？因为只要是苏东坡啃过的骨头，一定是啃得干干净净，连狗都不吃。他给朋友写信，戏谑说："羊脊骨'如蟹螯逸味，但众狗不悦耳'。"

尽管如此，苏东坡仍然抱着旷达乐观的生活态度，仍然关心着百姓的疾苦。有一天，苏东坡到江边散步，看见汹涌的江水中，一叶小舟载着百姓来来往往，十分危险。苏东坡走到渡口，问一位挑柴的中年汉子："船行江中，波涛汹涌，你不怕么？"那汉子说："现在枯水季节，有什么好怕的？到夏天发洪水才可怕呢，稍一不慎，就要翻船死人。"苏东坡回到城里，找到惠州太守詹范，建议在东江上修一座"东新桥"，在丰湖上修一座"西新桥"，以方便百姓。詹范说："本官早有此意，奈何没有修桥资金啊！"苏东坡说："那就发动大家捐赠嘛。"

为了修桥，苏东坡带头捐赠了皇帝赐给他的一条犀牛腰带，还动员弟弟苏辙的夫人捐出了皇后当年赐给她的金钗玉器。他还找到当地禅院的住持和尚希固、罗浮道观的观主邓守安，请他们负责募捐施工事宜。惠州百姓听说苏东坡带头捐款，都纷纷响应。有钱的出钱，无钱的出力。不到一年，两座大桥相继落成。竣工这天，苏东坡高高兴兴地和当地老百姓一起去踩新桥，还写了《西新桥》《东新桥》来表达自己欣喜的心情。其中，《西新桥》云：

父老喜云集，箪壶无空携。

三日饮不散，杀尽西村鸡。

转眼到了春天，苏东坡到惠州附近的乡村去游玩。他看见当地农夫踩在没膝的水田中插秧，"腰如箜篌首啄鸡，筋烦骨殆声酸嘶"。想起在黄州时，曾见当地农夫用"秧马"（插秧船）插秧。"秧马"的外形像一只小船，船肚用榆树做的，很光滑；背面像反盖着的瓦片。插秧时，人骑在上面，头尾两端都翘起来，秧苗就挂在"马"头上。骑着它插秧，可以大大提高劳动效率。回家后，苏东坡亲自绘制了"秧马"图，不厌其烦地到附近各州县推广"秧马"。百姓们用上"秧马"后，减轻了劳动强度，提高了插秧速度，不少农夫提着新摘的荔枝来到苏东坡的家里，感谢他为老百姓办了一件好事。

苏东坡吃着甜蜜蜜的荔枝，心里非常高兴和欣慰，兴奋地写了一首诗：

罗浮山下四时春，卢橘杨梅次第新。

日啖荔枝三百颗，不辞长作岭南人。

可怜苦难岁月中的这一丁点快乐，也如白驹过隙很快消逝了。十二岁就跟随苏东坡的侍妾王朝云患病去世，终年三十四岁。朝云生有一子，取名遁儿，苏东坡曾为此写下一首诗：

人皆有子望聪明，我被聪明误一生。

惟愿孩儿愚且鲁，无灾无难到公卿。

可惜遁儿只活了十个月，在苏东坡从黄州返京的路上死在襁褓之中。朝云"敏而好义，忠敬若一"，与东坡患难与共，相濡以沫，陪他万里流放。

苏东坡有《蝶恋花》："花褪残红青杏小，燕子飞时，绿水人家绕。"过去朝云常唱给苏东坡听。谪贬惠州，朝云却不再唱此词。苏东坡询问缘由，朝云说："每每唱到'枝上柳绵吹又少，天涯何处无芳草'便想起万里流放，天涯沦落，哽咽难继。"苏东坡理解朝云的心情，"终生不复听此词"。

东坡在《朝云诗序》中写道："予家有数妾，四五年间，相继辞去，独朝云者随予南迁。"朝云是一个虔诚的佛教徒，临死还念诵着《金刚经》的一道偈语；"一切有为法，如梦幻泡影，如露亦如电，应作如是观。"朝云去世后，苏东坡按照她生前的愿望，将她葬在惠州丰湖栖禅山寺之东南，墓前有一亭，叫"六如亭"，亭上有一对联：

> 不合时宜，惟有朝云能识我。
> 独弹古调，每逢暮雨倍思卿。

苏东坡在惠州居无定所，北归无望，便在白鹤峰买了一块地，打了一眼井，修了二十来间房，分别取名为"思无邪斋""德有邻堂"，准备把一大家子人，从阳羡迁来惠州。新居落成，邻居都来祝贺，有经常赊酒给他的林行婆，还有老秀才翟夫子。不久，苏迈领着家人来到惠州，劫后重逢，苏东坡信心满满，谋划着新的生活。

谁知突生变故，朝廷一纸公文，把苏东坡贬往海南儋州。

苏东坡被贬的原因竟然是因为一首诗：

> 白发萧散满霜风，小阁藤床寄病容。
> 报道先生春睡美，道人轻打五更钟。

这首诗传到京城，被当朝宰相章惇看到，恨恨地骂道："苏子瞻还如此快活么？"只因"瞻"与"儋"部首相同，苏东坡便被贬到儋州去了。

"一从坡公谪南海，天下不敢小惠州。"苏东坡居惠三年，写下无数诗文，为老百姓办了无数好事，惠州人民世代铭记。

广州引清泉

那年，苏东坡被流放岭南，路过广州，广州太守王敏仲把他一家人接到官驿，设宴款待。席间，王太守愁眉苦脸，不断叹气，苏东坡追问原因。王太守说："近日广州暴发瘟疫，已经死了好几百人，目前病势还在蔓延，我真不知道该咋个办。"苏东坡建议道："何不学我在杭州时办安乐坊的做法，设个医院为百姓治病呢？"王太守心中豁然开朗，听从苏东坡的建议，专门拨出银子，在广州建起一家公立医院，来救治百姓。第二天，苏东坡还带着朝云，亲自到越秀山上去采草药，熬成汤药，让患病的百姓服用，救治了不少人。通过几天走访，他发现广州城里仅有一方大水塘，老百姓吃水、洗衣、涮马桶都在这方水塘里。时值夏季，塘水肮脏不堪，死猫死狗浸泡其中，人喝了塘水，焉有不病之理？探明了疫病流行的原因，苏东坡决心去寻找新的水源，让广州百姓吃上干净的水。

苏东坡带着小儿子苏过，走遍了广州附近的山山岭岭。最后终于在离城二十多里的蒲涧山滴水岩发现了一眼清甜甘洌的山泉。怎样才能把泉水引到城里去呢？苏东坡一时想不出更好的办法。

苏东坡闷闷不乐地回到驿馆，连饭也没吃，就钻进了书房。他研墨展纸，信笔画了一丛墨竹，以排遣心中的郁闷。朝云送饭进来，安慰苏东坡说："学士公已经找到了山泉，可喜可贺，为何还愁眉不展呢？"苏东坡叹了一口气，说："找到山泉固然可喜，可这么远的山路，又怎样把水引得过来呢？"朝云说："挖一条水渠不就成了么？"东坡说："这个办法我早就想过了，一来地形复杂，无法修渠；二来缺乏资金，只能就地取材；三来……"朝云望着书案上刚画好的竹子，忽然有了主意，说："学士公，你平日喜爱竹子，这引水的事情难道不可以在竹子上想想办法吗？""竹子？"苏东坡眼前一亮，立刻有了主意。原来广州一带盛产竹子，把长长的竹竿穿通，一节一节连起来，不就可以把水引进广州城了么？想到这里，苏东坡高兴地站起来，连饭也顾不上吃，三步并作两步向府衙跑去。太守王敏仲听了苏东坡的建议，认为切实可行，马上传令照办。

老百姓听说要把山泉引进广州城，都来帮忙。不到两个月，就用竹筒把水引进了城里。从此，广州百姓用上了干净的水，再也没有发生过瘟疫了。

据说，这是中国最早的城市自来水供水系统。至今一些边远地方，还在用这种方法引水呢！

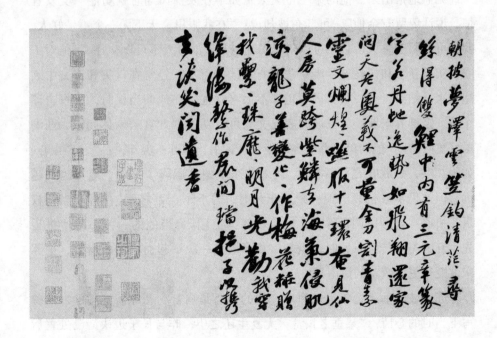

苏东坡在海南

在海南岛海口市的五公祠内，有这样一副对联："此地能开眼界，何人可配眉山。"这里的眉山不是指行政域名的四川省眉山市，而是指苏眉山，即苏东坡。这副对联对苏东坡贬居海南三年，对海南的巨大影响和卓越贡献给予了高度评价。

苏东坡一生为人直率，心地坦诚，见了不合理的事，总是直言不讳，一针见血地指出来。他的第一位夫人王弗早在陕西凤翔时就劝他"交友宜慎，说话要留有余地"。可苏东坡却说："在我眼里，天下无一个不是好人。我上可以陪玉皇大帝，下可以陪卑田院乞儿，没有人不可以交往。"他对王安石实行新法和司马光尽废新法都有不同的意见，经常在口头和诗文中表达出来。结果，王安石和司马光都不太喜欢他，在他们当权时，都打击苏东坡，贬抑苏东坡。苏东坡的表兄文与可曾劝他"北客若来休问事，西湖虽好莫吟诗"。他的弟弟苏辙也劝他慎言远祸，但苏东坡却说："忍事在心，如蝇在喉，必欲吐之而后快！"后来苏东坡的官职降了又降，地方越贬越远，但他仍不改初衷。他被贬到惠州时，写下了《荔枝叹》，直刺当朝权贵，祈愿"雨顺风调百谷登，民不饥寒为上瑞"。当他的一首小诗"报道先生春睡美"传到京城时，当朝宰相章惇又一次举起血淋淋的屠刀，把苏东坡贬往更为蛮荒的海南岛。

苏东坡以垂暮之年远谪海南，他的内心是痛苦、悲凉而绝望的。他曾写下当时的心情："某垂老投荒，无复生还之望，昨与长子迈诀，已处置后事矣。今到海南，首当作棺，次当作墓。乃留手疏与诸子，死则葬于海外。"

苏东坡带着小儿子苏过，栖栖惶惶地来到儋州。军使张中久慕苏东坡的大名，对他父子二人特别照顾，让他们住进了官房。平日里有什么问题，张中随时向苏东坡请教，闲暇时还和苏过下下棋。苏东坡可以整天观棋，乐呵呵地看棋盘上的黑来白往，以排解胸中的郁闷。可惜好景不长，朝廷派湖南提举董必巡抚广西。当董必在雷州听说苏东坡居官房吃官粮时，大发雷霆，派人到儋州将东坡父子从官房中逐出，张中也因此被罢了官。万般无奈的苏东坡只好在城南桃榔林中买了一小块空地，在众多黎汉乡亲的帮助下，盖了五间茅屋栖身。苏东坡将五间茅屋戏称为"桃榔庵"，并作《桃榔庵铭》：

> 东坡居士谪于儋耳，无地可居，偃息于桃榔林中，摘叶书铭，以记其处。

这是苏东坡一生中最为艰苦的岁月，他"饮水食芋"，食无肉，病无药，居无室，出无友，冬无炭，夏无寒泉，孤独地过着"多情、多感复多病"的日子。每年七、八月，琼州海峡台风肆虐。"北船不到米如珠，醉饱萧条半月无。"苏东坡忍饥挨饿，只得和小儿子学"龟息法"，即像蛇和乌龟一样，每日黎明，对着初升的太阳吞咽，说是阳光也是可以吃饱的。这样的吞咽动作延续上百次以后，腹中果然不知饥饱了。

尽管生活条件艰苦，苏东坡仍顽强地潜心著作。他修改了《易传》九卷、《论语说》五卷，新写了《书传》十三卷，《志林》五卷，还创作了大量的诗词。

俗话说："公道自在人心。"黎汉百姓从来没把苏东坡当成"罪人"，他们热情地向苏东坡伸出了温暖的手。他们教苏东坡种瓜种菜，打猎回来，总要分一块肉给他。谁家做下好的饭菜，都把东坡父子请来饱餐一顿。而苏东坡也尽其所能，帮助黎汉百姓。他指挥打井，解决了百姓的饮水问题。他督造秧马，减轻了百姓劳作的强度。他劝农护牛，设宴劝学。他甚至穿着黎族百姓的服装，身披蓑衣，足蹬木屐，穿行在泥泞的山路上，潇洒地吟唱着《减字桂花·己卯儋耳春词》：

> 春牛春杖，无限春风来海上。便丐春工，染得桃红似肉红。
> 春幡春胜，一阵春风吹酒醒。不似天涯，卷起杨花似雪花。

有位七十多岁的老婆婆是卖馓子的。有一天，苏东坡去吃馓子，老婆婆在一旁唱：

> 归去来，谁不遣君归？觉从前皆非今是。

老婆婆唱的这首词，是苏东坡谪居黄州时取陶渊明《归去来兮辞》之意写的，不料在海南如此偏僻的地方，竟然也有人会唱。苏东坡奇怪地上前询问道："敢问婆婆世事如何？"

老婆婆答道："世事只如春梦耳，譬如苏学士当年富贵荣华，如今看来，不过是春梦一场罢了。"

苏东坡拱手称是，把老婆婆尊为"春梦婆"。春梦婆请苏东坡为她的馓子写一首诗，苏东坡当场吟道：

> 纤手搓来玉色匀，碧油煎出嫩黄深。
> 夜来春睡知轻重，压扁佳人缠臂金。

据说这是最早的一首"广告诗"。

苏东坡还经常深入黎族山寨采风，记录下不少优秀的民歌。有一首《鹧鸪鸡》是这样的："鹧鸪鸡，鹧鸪鸡，你在山中莫乱啼。多言多语遭弓箭，无言无语丈夫离。"相传就是当年经苏东坡整理后，流传下来的。

始信东坡眼力长

苏东坡谪贬海南，不少学子万里来投。江阴有个秀才叫葛延之，渡海来到载酒堂，向苏东坡请教写文章的秘诀。苏东坡把葛延之带到儋州市场，指着百货物品对葛延之说："你看那些买的卖的，交易全靠一物，钱也。作文也是如此，世间万事万物，书中经史子集，不就像这市场吗？写作全靠一物，意也。没有钱不可以取物，没有意不可以作文，这就是作文的秘诀。"

苏东坡对海南岛最大的贡献是开馆办学，悉心指导琼崖后学。自唐太宗开科取士，直到苏东坡被贬海南，整个海南岛没有出过一个进士。苏东坡贬谪海南不久，姜唐佐、吴子野、黎子云兄弟及符林、符确等人纷纷前来求学。姜唐佐是琼州人，忠厚正直，气质不凡，文风雄壮磊落，有中原文人之风。他曾多次参加朝廷的考试，但屡试不中。于是恭恭敬敬地拜苏东坡为师，把自己的诗词文章送给老师指点。苏东坡耐心地指出文章中的毛病，并将自己学习和读书的方法教给姜唐佐。在苏东坡的指导下，姜唐佐认真读书，学业大进。当他学成离开老师时，请老师为他题字。苏东坡在他的扇子上写下两句诗："沧海何曾断地脉，白袍端合破天荒。"苏东坡对姜唐佐说："等你以后考上进士，我再为你续写完这首诗。"

姜唐佐没有辜负老师的殷切期望，苏东坡遇赦北归不久，他参加科举考试，终于金榜题名，海南岛破天荒地有了第一位举人。可惜这时候苏东坡已仙逝于常州。后来，姜唐佐到许昌拜访苏子由，倾诉了对老师的一片怀念之情。苏辙感慨良久，不禁提起笔来，为姜唐佐续写了哥哥苏东坡的这首诗：

生长茅间有异芳，风流稷下有诸姜。

适从琼管鱼龙窟，秀出羊城翰墨场。

沧海何曾断地脉，白袍端合破天荒。

锦衣他日人争看，始信东坡眼力长。

　　姜唐佐中举，极大地鼓舞了海南学子。不久，曾经由苏东坡辅导和指点过的符林、符确等人相继考中进士。从此，海南人民把苏东坡作为天上的文曲星来供奉，认为是苏东坡带来了中原的文明，是苏东坡教化了海南人民。自宋至清，海南岛共考取举人767人，进士及第97人，不能不归功于苏东坡对海南教育的巨大贡献。《琼台记事录》载："宋苏文忠公之谪儋耳讲学明道，教化日兴。琼州人文之盛，实自公始之。"时至今日，每年高考前夕，海南不少学子都会来到儋州东坡书院，在东坡像前虔诚地燃起三炷香，祈求东坡先生保佑自己高中呢！

吉 贝 布

　　北宋虽有不杀才士的祖训，但流放海南无异于赐死。绍圣四年，六十二岁的苏东坡被朝廷谪贬海南，他深知此一去断难生还，对后事作了安排："臣孤老无托，瘴疠交攻，子孙恸哭于江边，已为死别；魑魅迎于海上，宁许生还？""今到海南，首当作棺，次便作墓。"

　　初到儋州，人地生疏，生活条件极其艰苦。一到冬天，天气阴冷，苏东坡缺衣少食，经常冻得瑟瑟发抖。

　　这天早上，苏东坡安排小儿子苏过在家课读，只身前往中和场，准备买一些薯芋回来充饥。刚走到场口，迎面过来一位挑着柴草的黎族汉子。只见他头缠红巾，面容黝黑，膀大腰圆，身上披了一件五彩斑斓的吉贝布。那汉子见了苏东坡，赶紧放下担子，拦住苏东坡，嘴里咿咿呀呀地说着什么，不时还用手比画着。苏东坡听不懂他说的话，心里很着急。

　　正在此时，苏东坡的当地朋友黎子云扛着一袋大米走过来，见两人急得面红耳赤，赶忙询问缘由。

　　原来那位黎族汉子听说儋州来了一位翰林大学士，初到海南便倡导黎汉平等，和睦相处，还让黎人保护耕牛，开发农耕。汉子没见过苏东坡，今天迎面相遇，见他须发花白，面容憔悴，身上穿着中原的儒服，便猜想他就是苏东坡，因而想与苏东坡说说话，表达心中的谢意。

　　弄清了事情的原委，苏东坡也很感动，想不到黎族同胞如此热情。他拉着汉子的手，让黎子云翻译他的话："改天一定去他的寨子，实地体验一下黎人的生活。"汉子听明白了，高兴地指指天，又指指心窝，弯腰作揖。然后把身上的吉贝布取下来，披到苏东坡身上。

　　苏东坡再三推辞，那汉子却不松手，口中咿呀，执意要苏东坡收下。黎子云对苏东坡说："汉子说，这吉贝布是他家女人织的，眼看天凉了，你就留着御寒吧。"苏东坡不好再推辞，点头微笑着收下了黎族汉子的心意。

黎子云把扛着的大米递到苏东坡手中，说："这是刚从北边过来的海船上买的，正准备给你送过去，不想在这里遇上了你。"苏东坡低头看看身上花花绿绿的吉贝布，开心地说道："昔日朝堂上的苏内翰，今天变成海南的老贝壳啰！"大家都哈哈大笑起来。

回到家，苏东坡把此事写成了一首诗：

> 黎山有幽子，形槁神独完。
>
> 负薪入城市，笑我儒衣冠。
>
> 生不闻诗书，岂知有孔颜？
>
> 翛然独往来，荣辱未易关。
>
> 日暮鸟兽散，家在孤云端。
>
> 问答了不通，叹息指屡弹。
>
> 似言君贵人，草莽栖龙鸾。
>
> 遗我吉贝布，海风今岁寒。

苏东坡早就听说过吉贝布，《汉书·地理志》有记载："自合浦徐闻南入海，得大州，东西南北方千里，武帝元封元年略以为儋耳、珠崖郡。民皆服布如单被，穿中央为贯头。"苏东坡在写《书传》卷五《夏书·禹贡第一》时，专门写了吉贝布："岛夷卉服，厥篚织贝。"并作注曰："南海岛夷，绩草木为服，如今吉贝、木绵之类。其纹斓斑如贝，故曰织贝。"

吉贝布是海南黎族对中华纺织文化的巨大贡献，苏东坡见证了黎汉人民的深情厚谊。

劝农护牛

苏东坡答应送他吉贝布的黎族汉子，要去黎家山寨看看。这一天，他在黎子云的陪同下，来到黎寨。

恰逢寨子里有位老人患病，卧床不起。只见一位巫师，领着七八个精壮汉子，牵来一头水牛，准备杀了为老人祈福驱灾。那头水牛似乎有预感，眼中流泪，嘴里流涎，浑身颤抖不已。苏东坡觉得好生奇怪，人病了应当请医吃药，与牛何干？黎子云告诉他，黎人认为人生病，皆因妖魅作怪，只有杀牛献祭，才能祛除病患。那个巫师口中念着咒语，那几个汉子团团围住水牛。其中一人手执利刃，只一刀，那牛便血流喷溅，倒在了血泊之中。苏东坡在旁边看得心惊肉跳，心里特别难受。

黎子云告诉他，海南本地并不产牛，这些牛都是海运过来的。运牛过海，一般一百头装一船。如果遇上台风或酷暑，牛因饥渴而死去大半，而这些侥幸死里逃生的牛，只有一半用于耕田，另一半却用作祭祀鬼神。

第二天一大早，黎子云跑来告诉苏东坡："昨天晚上，寨子里的那位老人已经去世了。"苏东坡听了，悲愤地叫道："以巫为医，以牛为药。人牛皆死，而后后已！"他觉得有责任，改变海南岛这种残忍的旧习俗。于是，他提笔抄写下柳宗元的《牛赋》并作后记。苏东坡在后记中慨叹自己身为贬官，靠一己之力，无法改变现状。他所能做的，只能把柳宗元的《牛赋》抄送琼州僧人道士，让佛道的力量来教化黎人。

为了改变黎人生病不请医、不吃药的习惯，苏东坡亲自上山采来苍耳子、海漆、益智花等三十余种草药，又让广州的朋友寄来一些药材，当起了"土郎中"。经过苏东坡的不懈努力，当地杀牛祭神的事情减少了，人们也开始相信医药了。

有一天，苏东坡从黎寨巡医归来，不知不觉迷路了。他循着牛粪的标记，终于找到了回家的路，高兴地赋诗一首：

半醒半醉问诸黎，竹刺藤梢步步迷。
但寻牛矢觅归路，家在牛栏西复西。

设宴办学

苏东坡谪居海南儋州，发现这里居然没有学堂。在早也曾有过一间私塾，私塾先生受不了艰苦的生活，不到一年就跑路了。当地黎汉百姓的孩子，从小玩泥球，掏鸟窝，稍大一点就帮家里种田、出海，连自己的名字也认不全。苏东坡决心办一间学堂，讲学明道、传播文化。

办学需要学堂，苏东坡的桄榔庵狭小逼仄，显然不适合用来教学。有一天，黎子云兄弟、符林兄弟来拜见苏东坡。苏东坡把办学的想法告诉了大家，众人都拍手叫好。至于学堂的地址，黎子云爽快地说，他家在城东刚落成新居，屋宇宽大，前有水池陂塘，后有林木掩映，适合拿来做学堂。大家去看了黎子云的新居，都觉得这个地方好。有了学堂，得取个好名字。苏东坡说："我们四川有个大文人，叫扬雄，别人向他请教学问，每每载酒而来，留下了'载酒问字'的典故。我们的学堂就叫'载酒堂'，可好？"大家都一致同意。当年的"载酒堂"，就是今天的"东坡书院"。

打那以后，苏东坡走村串户，深入黎寨汉村，物色适合上学的孩子。这一天，苏东坡来到一个村子，村口有间茅舍，便去讨口水喝。屋里有个虎头虎脑的小男孩，好奇地盯着苏东坡问："你就是那个姓苏的大诗人吗？"苏东坡点点头，说："你愿不愿意跟着我去读书？"小男孩点点头又摇摇头，犹豫了半天，说："我倒是想读书，就是不知道我家大人同意不。不过，你既然是先生，那我要考考你。"

小屁孩要考大学士，苏东坡觉得很有趣，就说："那你出题吧！"

小男孩指着门前水田里的一只白鹤，说："就以白鹤为题吧。"苏东坡想也没想，张口就来："头戴红冠穿白衣，站在田边啄虾鱼。"屋檐下有个水盆，小男孩猛地揭开盆盖，说："你看这个。"苏东坡定睛一看，原来是只乌鸦。苏东坡赶紧调整思路，略一沉吟，接着吟诗："只因贪食归来晚，误入东坡翰墨池。"

由白转黑，自鹤及鸦，苏东坡的急智，让小男孩佩服得不得了。他的家人知道了这件事，就把小男孩送到了载酒堂，跟着苏东坡读书。

载酒堂开学这天，苏东坡举办了一场宴会，借机宣传读书的好处。四邻八乡的百姓听说苏东坡设宴，都纷纷赶来赴宴。

宴会还没开始，坐在台阶下的一群汉子嚷嚷开了。苏东坡从堂屋里走出来，迈下台阶，来到汉子们身边。有个戴椰帽的汉子"曦"地一下站起来，大声问道："东坡先生，你办宴怎么还分个三六九等呀？"

苏东坡微微一笑说："来的都是客，我办宴就是要让大家吃好喝好，哪里有分贫富贵贱呢？"

那汉子不依不饶地问道："那我问你，你堂上坐的什么人？"

"学生呀。"

"那我再问你，两廊坐的什么人？"

"学生家长呀。"

"那我们就该坐在台阶下面呀！"

苏东坡耐住性子，解释道："不是该不该的事，你们能来为载酒堂捧场，我苏东坡高兴还来不及呢。我们儋州人历来对读书人都很尊重，是不是？"

那汉子不好意思地点点头，其他汉子也答道："是的，是的。"

苏东坡接着说："我苏东坡百无一能，唯有读书识字。办这个学堂，是要让我们的孩子从小知道读书，今后做个对国家对社会有用的人。你们回去以后，把孩子送到这里来读书，我也让你们的孩子坐正堂，让你们坐两廊，好不好？"

几个汉子解开了心里的疙瘩，高兴地齐声答道："好！"

从那以后，不少人家都把自己的孩子送到载酒堂读书来了。再后来，海南岛出了好多的进士举人呢！

东 坡 墨

苏东坡是天下"不可无一，难能有二"的大文豪，平生喜爱"文房四宝"，所到之处"无不以笔砚自随"。谪贬海南前，他知道岛上纸墨难觅，因此多带了些过海。天长日久，耐不住日日损耗，手中的墨锭眼看就要用完。

有一天，苏东坡带苏过去儋耳山游玩。山上有许多松树，苏东坡突发奇想，决定用松脂、牛皮胶来自制墨锭。

说干就干！苏东坡和苏过采来松枝、松明、松脂，在桃榔庵旁盘了个灶，支起长长的烟道，还顺手搭建了一个窝棚，父子二人兴致勃勃地点火取烟。

这天晚上，连续操劳的父子俩不知不觉睡着了。灶口的松柴掉下来，引燃了旁边的松明，松明的焰火窜上窝棚，差点引燃桃榔庵。父子二人赶紧提水灭火，苏东坡的胡须都差点被燎光。天亮以后，检点废墟，苏东坡从灰烬中刨出几根手指样粗细的墨条。满脸尘灰的父子相互对望，苦笑不已。

中国有两千多年制墨史，一是松烟墨，一是油烟墨。松烟墨由松枝烧取的烟灰制成，油烟墨由动物或植物油脂燃烧取烟制成。无论哪种方式，都离不开烧烟、收烟、加药、加胶、捣制等十多道工序。苏东坡的桃榔庵制墨作坊条件简陋，工艺简单，要生产出合格的墨锭谈何容易？经过不断试验，不断改进，苏东坡后来终于向外宣称，得到"佳墨大小五百丸"。

杭州有个生意人叫潘衡，他听说了苏东坡海南制墨的趣事，灵光闪现，跑到海南岛向苏东坡学习制墨。其实苏东坡制墨没有什么秘诀，墨的质量也不好，潘衡的"学习"很快结束。

潘衡在海南各地游览时，意外发现了海南独有的香料沉香。回到杭州后，他把沉香加入墨锭中，然后大肆吹嘘自己的墨是苏东坡口传心授，手

把手教出来的。潘衡还给他的墨取了个好听的名字，叫"东坡墨"。不少文
人雅士听说是苏东坡亲手制作的"东坡墨"，都纷纷上门购买。潘衡不仅大
捞了一把，还为自己立了一块金字招牌。

四

东坡美食

东坡味道

　　苏东坡不仅是"雄视百代"的"千古第一文人"，也是引领北宋餐饮潮流的美食大家。他一生历仁宗、英宗、神宗、哲宗、徽宗五朝，典领八州，谪贬三地，足迹几乎踏遍了北宋疆域。所到之处，深入民间，遍尝美食，还经常亲自动手烹饪。其制作的菜肴，食材易得，烹制不繁，粗中见细，化俗为雅，形成了独具特色的"东坡味道"，成为川、鲁、粤、苏、徽、浙、闽、湘八大菜系之外，唯一以人命名的菜系——"东坡菜系"，为流长源远的中华饮食文化做出了积极贡献。

　　苏东坡出生在天府之国的眉山，美丽富饶的川西平原和雪浪翻卷的岷江，给了他最初的文化浸润和美食基因。他在东山种松，西山放羊，"狂走从人觅梨栗"，"我卧读书牛不知"。母亲程夫人、乳娘任氏给了少年苏东坡来自乡间的美食滋养，以至于他三十三岁离开眉山宦游天下，仍念念不忘家乡味道："想见青衣江畔路，白鱼紫笋不论钱。""岂如吾蜀富冬蔬，霜叶露芽寒更苗。""烂蒸香荠白鱼肥，碎点青蒿凉饼滑。"苏东坡创制的菜肴，与家乡有着千丝万缕的联系。比如他在黄州的炖猪肉，那就是眉山的一道乡间菜。古蜀先民很早就将猪列入"六畜"，成都金沙遗址出土数千枚野猪獠牙，东汉崖墓出土土陶泥猪，眉山宋墓中有彩釉陶猪和猪圈、猪槽，可见我们的祖先对猪的认识很早很深入。"有猪才有家"，要不然"家"字为什么会是宝盖头下一个"豕"字呢？

　　在宋朝，上等人家吃牛羊肉，中等人家吃鸡鸭鱼肉，而下等人家只能吃猪肉。谪居黄州的苏东坡，幸好带去了家乡的炖肉法，才为艰难困顿的流放生活，增添了几珠油荤，涂上了一抹亮色。至于所谓的"东坡肘子"，虽是后人附会，但究其源头，当然也与苏东坡有密切关联。

　　苏东坡对美食的热爱，不止于老饕的口腹之欲，他"入口皆美食，出口即文章"，留下四百多篇美食诗文。比如《老饕赋》《菜羹赋》《东坡羹赋》《猪肉颂》《食豆粥颂》《煮鱼法》《蜜酒歌》等等。这些诗文不仅展示了不同阶层的饮食习俗，反映出北宋饮食文化的多样性，还为北宋文学开拓了新的领域，注入了活色生香的餐厨风韵。

苏东坡在凤翔，"秦烹惟羊羹，陇馈有熊腊"，"置盘巨鲤横，发笼双兔卧"；在密州，"新枣渐堪剥，晚瓜犹可饷"，"厨中蒸粟堆饭瓮，大勺更取酸生涩"；在徐州，"归来仍脱粟，盐豉煮芹蓼"，"吾侪一醉岂易得，买羊酿酒从今始"；在湖州，"客来茶罢空无有，卢橘杨梅尚带酸"，"碧筒时作象鼻弯，白酒微带荷心苦"；在黄州，"雪芽何时动，春鸠行可脍"，"煮豆作乳脂为酥，高烧油烛斟蜜酒"；在杭州，"乌菱白芡不论钱，乱系青菰裹绿盘"，"烹蛇啖蛙蛤，颇讶能稍稍"；在惠州，"赤鱼白蟹箸屡下，黄柑绿橘筐常加"，"何以侑一樽，邻家馈蛙蛇"。在海南儋州，小儿子苏过用山芋作羹，苏东坡连吃两碗，摸着刚刚填饱的肚子，豪情万丈地夸赞说："香似龙涎仍酽白，味如牛乳更全清。莫将南海金齑脍，轻比东坡玉糁羹。"

苏东坡把美诗留给了世界，把美食带到了人间。概括起来，"东坡菜系"有六大特色。

一是在食材选用上，以肉、鱼、蔬菜为主。苏东坡"性喜食肉"，又"好自煮鱼"，"蔬食有过于八珍"。这些食材便宜而易得，常见于百姓餐桌。一经苏东坡烹制，广受欢迎，迅速流布四方。

二是在制作技艺和方法上，讲究刀工与火候。刀工要依据原材料的品质，掌握大小、粗细、厚薄。要求"鼓刀"如解牛的庖丁，"烹熬"如著名的易牙。严格掌握火候，"水初耗而釜泣，火增壮而力均"。炖肉时要"柴头罨烟焰不起"，以达到"火候足时他自美"的最佳效果。

三是在原料配制上，注重一料为主，多料配膳。特别注重菜肴制作时各个环节、各个步骤是否到位，每个细节都不能马虎。"水欲新而釜欲洁"（水要新鲜，锅要干净），"水恶陈而薪恶劳"（不用陈水，柴火不能劈得太粗），"九蒸暴而日燥，百上下而汤鏖"（反复蒸，大火煮），"蛤半熟而含酒"（牡蛎等贝类煮到半熟时要加酒），"蟹微生而带糟"（螃蟹快熟时才加醪糟）。这些制作方法，都是苏东坡从烹饪实践中总结的经验。

四是在味型调配上，注重味正、味醇、鲜口、适口，讲究酥、烂、嫩、

206

甜、脆、鲜、香，追求"自然之味""味外之美"，食之"妙不可言"。

五是在营养功能上，追求营养丰富，讲究食疗养生，以达到"推陈致新，利膈益胃"的功效。苏东坡提倡节制饮食，"一曰安分以养福，二曰宽胃以养气，三曰省费以养财"。传诸后世的《苏沈内翰良方》中，就有不少养生保健食疗的记载。

六是东坡美食总是伴随着美好的传说与故事，苏东坡是一位无与伦比的生活大师，他生在宋朝却活在当下。他的每一种菜肴总有诗词、故事相伴。比如"东坡肉""东坡鱼"，比如"拼死吃河豚"，比如"错著水""为甚酥"等等。人们在品尝东坡美食的同时，总能吟唱苏东坡的一两首诗词，总能讲出一两个东坡美食故事，这对东坡美食的推广，无疑起到了积极作用。

尝东坡美食，听东坡故事，实乃人生一大享受！

东坡肘子

　　大文豪苏东坡是个美食家，民间的说法就是个"好吃嘴"。他亲自下厨，做过很多菜肴，对民间菜谱做过修订和完善，他还酿过酒，做过糕点小吃，并将这些方法和制作心得，结集成文。如著名的《老饕赋》《菜羹赋》《猪肉颂》《东坡羹颂》《食雉》《蜜酒歌》等等。当然，其中最有名的，莫过于东坡肘子了。说起东坡肘子，还有一段令人心酸的故事。

　　宋神宗在熙宁年间，重用王安石进行变法；变法失利后，在元丰年间进行改制。其间，苏东坡向皇帝上书，反对王安石变法的一些措施和办法，因而得罪了朝廷和当朝官员。元丰二年，御史上表弹劾苏东坡，奏苏东坡在谢恩表中讥讽朝政。苏东坡被抓进御史台监狱，关押了132天，这就是历史上有名的文字狱"乌台诗案"。后来，好不容易放出来，被贬为检校水部员外郎黄州团练副使本州安置，不得签书公事。

　　黄州在长江边上，是一个食材丰富的地方。苏东坡写诗赞曰："长江绕郭知鱼美，好竹连山觉笋香。"在这样一个鱼米之乡，生活应该是不成问题的。但苏东坡是以戴罪之身贬居黄州的，俸禄几无，加之拖家带口，人口众多，因而生活十分拮据。俗话说"穷则生智"，苏东坡发现黄州人不喜欢吃猪肉，因而肉价很贱。他便常常买猪肉回来，用老家四川眉山煮肉的方法来烹制。他曾写了一篇《猪肉颂》来记录此事：

　　　　净洗铛，少著水，柴头罨烟焰不起。待它自熟莫催它，火候足时它自美。黄州好猪肉，价贱如泥土。富者不肯吃，贫者不解煮。早晨起来打两碗，饱得自家君莫管。

　　在这首诗里，苏东坡具体介绍了"东坡肉"的制作过程，特别强调了火候和煨功。在苏东坡的影响下，黄州的老百姓学会了东坡肉的制作方法，流传至今。

后来，苏东坡到杭州任太守。他带领军民疏浚西湖，修筑堤坝，杭州百姓为了感谢苏太守，纷纷担猪抬酒送到苏府。苏东坡推辞不掉，只好收下。这么多猪肉咋个处理呢？苏东坡命厨下把猪肉切成每块四两重的四方形，依照在黄州做东坡肘子的做法烹饪，烧好后按疏浚西湖的民工花名册，挨家挨户送给民工尝鲜。老百姓吃了，都夸味道好极了，还给这道菜取了个绝妙的名字叫"东坡肉"。杭州的一些饭馆酒店老板见状，也来求教做"东坡肉"的方法。苏东坡不厌其烦，悉数教给制作方法。说也奇怪，凡是挂牌卖"东坡肉"的，生意就特别兴隆。从此，东坡肉代代相传而成为杭州第一名菜。据说，杭州"东坡肉"的制作方法还被拍成电视、电影，远涉重洋，传播到了世界各地。这道菜后来传到边疆少数民族地区，至今云南大理白族婚嫁时，东坡肉依然是喜宴上必不可少的佳肴。

关于"东坡肉"的来历，还有两种说法，姑录之：

一是传说苏东坡曾到过江西永修，在这里为一个农夫的孩子治好了疾病。农夫为感谢苏东坡，特地留他吃饭。苏东坡陶醉于乡村稻田的美景，不禁吟出"禾草珍珠透心香"。正在灶间做饭的农夫听了，以为苏东坡在教他"和草整煮透心香"，便将猪肉和系肉的稻草一起放在锅里煮，不料这样煮出的肉别有一番稻香味，成了当地的一道传统名菜。

二是传说二十世纪四十年代四川大学中文系有四位学生，在古诗文中看到汉朝班固的一句话"委命已，味道之腴"，便在成都开办了一家餐厅叫"味之腴"。他们从苏东坡的传世墨迹中辑得"味之腴"三字，以此作为店招，并向世人宣称这三个字是苏东坡亲手写的，店内所卖的主菜"东坡肘子"，是苏东坡亲手创制并秘传下来的。这样一来，东坡肘子的美名不胫而走，传遍全国，"味之腴"的生意当然也就十分红火了。

"东坡肘子"也好，"东坡肉"也罢，传说终是传说，姑妄言之，姑妄听之，不必十分在意。由于选料不同，各地风俗不同，目前全国各地东坡肘子的做法各具特色，但都大同小异。东坡肘子始于四川，应无疑义。四川东坡肘子的做法，通常有三种。

第一种做法是选猪前膀（肘子）一块约三斤重，放入汤锅煮透，捞出剔骨，下入原汤，加雪山大豆、葱节、绍酒，微火煨炖三小时，吃时加盐，连汤带豆舀入碗中，蘸以酱油。原汤原味，香气四溢。

第二种做法是将肘子煮至七分熟时捞出，滤干。猪油烧开放入肘子，皮面炸至金黄色，捞出，把肉的一面切成五分见方的花刀块，但不割断皮。另用鸡蛋、菜心、笋片加酱油、葱、姜、大料、高汤，烧开后勾芡加盐、味精，浇在肘子上即可。

第三种做法是苏东坡家乡四川眉山的做法。先将肘子煮至七分熟，弃去原汤，此乃第一次脱脂。再入笼蒸熟蒸耙，此乃第二次脱脂。选上等豆瓣辣酱，加蒜、姜、椒、葱、糖、醋、盐、芫荽、红油调汁，淋在肘子上，即成。此乃最正宗的"东坡肘子"，所谓"肥而不腻，耙而不烂""色香味形，入口遗香"。由于在制作过程中已两次脱脂，因此肥胖的人不必顾忌增加脂肪。常食猪皮能使人皮肤细腻，故而深得女士们青睐。因此，眉山的东坡肘子被誉为绿色食品。

朋友，什么时候到四川眉山苏东坡的家乡，来尝尝正宗的东坡肘子，如何？

东坡豆腐

黄州有啥好吃的？请看苏东坡的回答："长江绕郭知鱼美，好竹连山觉笋香。"地处长江边的黄州，好吃的当然不止鱼和笋，有当地民谣为证："过江名士笑开口，樊口鳊鱼武昌酒。黄州豆腐好味道，盘中新雪巴河藕。"今天，我们就来说说东坡菜系中的一道名菜，"东坡豆腐"。

俗话说，"好水出豆腐"。黄州豆腐好，离不开好水，好水出自城中一口老井。相传，东晋名将谢玄之孙叫谢晦，谢晦有一副金甲，每当出征便披挂身上。有一次，谢晦率兵攻打武昌，兵败逃至黄州。后面追兵一迭声喊："快抓住那个披黄金甲的！"走投无路的谢晦看见路边有一口老井，便赶紧解下黄金甲，扔入井中，趁乱混入溃军，捡回一条性命。由于金甲形似乌龟壳，乌龟壳可卜八卦，因此这口老井便有了金甲井、八卦井两个称谓。

金甲在井底常年浸泡，天长日久释放出金属分子，井水变得清冽甘甜。用这眼井水做出的豆腐质地柔韧，口感细腻，下锅翻炒不烂，味道十分鲜美。

苏东坡谪居黄州时，生活十分困窘。即使"价贱如泥土"的猪肉，也不可能天天食用。他"时绕麦田寻野荠，强为僧食煮山羹"，时不时买些豆腐回来解解馋，补充补充营养。苏东坡认为豆腐具有益气、补虚的功能，常吃有益身心。苏东坡的豆腐究竟是怎样制作的，味道如何？苏东坡没有留下具体的烹饪方法，据南宋钱塘人林洪撰写的《山家清供》介绍："东坡豆腐：豆腐葱油炒，用酒研小榧子一二十枚，和酱料同煮。又方纯以酒煮，俱有益也。"从林洪简单的记载中，可以推想"东坡豆腐"的做法。即豆腐切片，泡水去除豆腥，挂蛋清或面粉，入油锅炸至两面金黄，捞出备用。另将笋片、香菇、姜葱爆香，入白汤，再放入炸好的豆腐片。加酒或醪糟烧制，入榧子，待豆腐入味，撒葱花调味即成。

东坡豆腐热炒热吃，外酥里嫩，豆香浓郁，物美价廉。后来，苏东坡离开黄州，把东坡豆腐的做法带到了天南地北，据说各地的烹饪方法汇总起来，竟有四五十种之多。呵呵，豆腐不过小菜一碟，却因苏东坡而名扬四海！

东坡菜羹

苏东坡一生从政四十年，有十二年被谪贬。谪贬的生活很艰苦，苏东坡苦中作乐，寻野菜，煮菜羹，津津有味地写下《菜羹赋》，他在前言中写道：

> 东坡先生仆居南山之下，服食器用，称家之有无。水陆之味，贫不能致，煮蔓菁、芦菔、苦荠而食之。其法不用醯酱，而有自然之味。盖易具而可常享，乃为之赋。

苏东坡在《菜羹赋》的前半段，介绍了所用食材及制作方法；后半段则介绍了菜羹的奇异功效。"无刍豢以适口，荷邻蔬之见分。""汤蒙蒙如松风，投糁豆而谐匀。""水初耗而釜泣，火增壮而力均。""先生心平而气和，故虽老而体胖。计余食之几何，固无患于长贫。忘口腹之为累，以不杀而成仁。"

为菜羹写完赋，苏东坡余兴未了。应纯禅师前往庐山，临行前来拜望苏东坡。苏东坡为此写下《东坡菜羹颂并引》："东坡羹，盖东坡居士所煮菜羹也。不用鱼肉五味，有自然之甘。"他在文章的结尾以四句偈语问禅师：

> 甘苦尝从极处回，咸酸未必是盐梅。
> 问师此个天真味，根上来么尘上来？

甜到极处则苦，苦到极处则甜。咸的未必是盐，酸的未必是梅。东坡居士问禅师，"东坡菜羹"的天然菜香之味，究竟是从菜根上来的呢，还是从泥土中来的呢？其实苏东坡还藏了一问，人生的酸甜苦辣，究竟是怎样来的呢？

苏东坡晚年南贬，路过韶州，南岳狄长老特地煮了"东坡菜羹"款待他。偏远的岭南也有人知道"东坡菜羹"，苏东坡大为开心，特作诗曰：

我昔在田间，寒庖有珍烹。

常支折脚鼎，自煮花蔓菁。

中年失此味，想象如隔生。

谁知南岳老，解作东坡羹。

被苏东坡夸上天的"菜羹"，其实就是他的家乡眉山常见的"甑脚菜"。四川蒸饭用甑子，上面蒸饭，下面煮菜。其菜依时令而定，如萝卜、白菜、茄子、豇豆，亦可南瓜、冬瓜、丝瓜、芋儿。煮时加米汤或糁米，食时配蘸料。这种甑脚菜，至今都是眉山人喜爱的家常菜。也许早年苏东坡的母亲程夫人、乳娘任采莲做过这道菜，苏东坡记忆犹新，故能烹煮此菜。东坡名气大，菜羹亦升值。"东坡菜羹"，遂成美食家苏东坡传诸后世的一道名菜。

眉山有位厨师叫季三好，他在"东坡菜羹"的基础上，苦心钻研，发展创新，创制了"东坡火米羹"。过去四川收稻谷时，常遇连绵秋雨。收下的稻谷无法摊晒，不几天就会发芽。农户为了减少损失，便用柴草小锅烘干，稍不留意，锅中的谷子便被烘焦。烘焦的谷子打成米，呈红黄色，农户称之为"火米"。火米虽不涨饭，吃起来却香脆而爽口。

季厨师沿用"东坡菜羹"的做法，用火米代替糁米，用鸡汤虾肉熬羹，加入红白萝卜菜丁和青豌豆。成菜红白青绿，入口米糯菜香，深受年轻人追捧，老人孩子喜爱。

你若有机会来眉山，除了品尝东坡肘子，也别忘了来一碗"东坡火米羹"哟！

东坡鱼

苏东坡平生爱吃鱼，常常自己动手烹饪，深得各种做鱼妙法。他的家乡眉山紧靠岷江，江中出产一种黑头鱼。苏东坡和弟弟苏辙曾取香油、麦酱、葱、姜、蒜等调料，经炸、烹、收汁，制作"东坡墨鱼"，其味"芳香妙无匹"。苏东坡曾在《过新息留示乡人任师中》写道："怪君便尔忘故乡，稻熟鱼肥信清美。"他曾写下做鲤鱼的方法："擘水取鲂鲤，易如拾诸途。破釜不著盐，雪鳞芼青蔬。"他贬官黄州时写有《鳊鱼》诗："晓日照江水，游鱼似玉瓶。谁言解缩项，贪饵每遭烹。杜老当年意，临流忆孟生。吾今又悲子，辍箸涕纵横。"他在著名的《后赤壁赋》中记下了将"巨口细鳞，状如松江之鲈"的鳜鱼烹煮以佐酒的故事，在《浣溪沙》中写下"西塞山前白鹭飞，桃花流水鳜鱼肥"的美好诗句。他在登州吃了鲍鱼，赞不绝口，说"膳夫善治荐华堂，坐令雕俎生辉光。肉芝石耳不足数，醋笔鱼皮真倚墙"。他在常州时，有一位朋友请他吃河豚。苏东坡早就听说河豚有毒，弄不好会毒死人。开始时，苏东坡还只是用箸夹一点点鱼肉尝尝。到后来，越吃越大胆，竟不理会筵席上其他的人，一大块一大块地夹到自己碗里享用，直到杯盘狼藉，苏东坡才放下筷子，一边擦着头上的汗一边叫道："如此美味，吃死也值得！"一不小心，苏东坡又创造了一个典故："拼死吃河豚"。现今留传于世的东坡鱼有各种做法，如东坡糖醋鱼、东坡鳊鱼、东坡墨鱼、东坡鳜鱼、东坡鲴鱼、东坡鱼头、东坡鳆鱼、东坡鲈鱼等等，其制作方法炸、烹、煮、蒸，种种手段不一而足。但最佳的做法，还是当年苏东坡创制的"东坡鱼"。

苏东坡在黄州，曾写有《煮鱼法》一文，介绍他"在黄州，好自煮鱼，其法：以鲜鲫或鲤鱼治斫，冷水下。入盐于常法，以菘菜渑之，仍入浑。葱白数茎，不得掩半，熟入。生姜、萝卜汁及酒各少许，三物相等，调匀，乃下。临熟，入桔片皮，乃食"。这种做鱼法，就是至今仍被苏东坡的家乡四川眉山所保留的"水煮鱼",或者又叫"江水煮江鱼"。具体做法是:鱼去鳞,剖腹,掏出内脏,用刀在鱼肋两边各轻划五刀,入锅水煮,加姜、葱、桔皮。起锅时入盐。鱼汤酽而白,鱼肉细而嫩。吃时可蘸酱油,汤尤为鲜美。人称"东坡五柳鱼",又称"东坡鱼"。

说起东坡鱼,还有一段有趣的故事。

说的是苏东坡在杭州任太守时,有一天刚刚做好"五柳鱼",佛印和尚就来了,苏东坡赶忙把鱼藏到书架顶上。佛印看在眼里,也不点破,劈头就问:"请问大学士,你可知蘇字咋写?"苏东坡搞不清楚佛印肚子里卖的啥子药,便说:"上面草字头,下面左边是鱼,右边是禾。"佛印说:"哦,鱼在下头,如果鱼在上头行不行呢?"苏东坡忙说:"那咋行呢?"佛印哈哈大笑道:"既然把鱼放在上头不行,那就拿下来吃吧!"苏东坡这才回过神来,一边夸佛印机敏,一边把鱼从书架上拿下来共享。

不久,苏东坡去看望佛印,佛印也正好做了"五柳鱼"。佛印见苏东坡进门,顺手把鱼藏在磬里。苏东坡假装没看见,愁眉苦脸地说:"大和尚啊,有一副对联可把我难坏了。"佛印问:"什么对联难得住你苏学士啊?"苏东坡说:"上联是'向阳门弟春常在',这下联嘛……"佛印脱口而出:"咳,亏你还是大学士,三岁孩童都晓得下联是'积善人家庆有余'嘛!"苏东坡听罢仰天大笑道:"庆有余呵磬有鱼,你还不快快把磬里的鱼拿出来吃啊!"佛印晓得遭了苏东坡的"算计",赶紧端鱼取酒,和老朋友开怀畅饮。

听东坡故事,品东坡鲜鱼,乃人生一大乐事也!

东 坡 面

面条起源于东汉，用面粉加水搅拌压成饼状入锅煮食，叫"汤饼"。宋朝时将汤饼拉长拉薄成长细条，仍称"汤饼"。《水浒传》中武大郎卖的馒头，则叫"炊饼"。

苏东坡是美食大家，与汤饼自然有着不少的故事。

熙宁六年苏东坡任杭州通判，适逢知州陈述古的弟弟生了个男孩，按习俗满百日要办"汤饼宴"。苏东坡应邀赴宴，写下一首诗："郁葱佳气夜充闾，始见徐卿第二雏。甚欲去为汤饼客，惟愁错写弄璋书。"参加朋友孩子的汤饼宴，苏东坡把自己戏称为"汤饼客"，可见对汤饼的喜爱。

元丰元年苏东坡任徐州知州，参寥和尚从杭州来见，逗留三月回杭后写诗寄给苏东坡。苏东坡随即给参寥回诗，诗曰："黄楼南畔马台东，云月娟娟正点空。……待我西湖借君去，一杯汤饼泼油葱。"苏东坡身在徐州，却思念着杭州的"葱油汤饼"，即使吃不上，过过嘴瘾也是蛮有味道的。

绍圣四年苏辙贬雷州，苏东坡则贬往更远的海南儋州。兄弟俩相会于梧州、滕州途中。道旁有卖汤饼的，粗恶不可食。苏辙尝了一口就放下了筷子，连声叹息。而苏东坡却风卷残云，然后抹抹嘴，叫着苏辙的小名说："九三郎，还不快吃。莫非还想着当年京师的锦衣玉食？"说罢，大笑而起。苏东坡能讲究也能将就，即使路边的粗蔬恶食，也能果腹。

最为神奇的，是苏东坡居然为汤饼作了一篇《温陶君传》：

> 石中美，字信美，中牟人也。本姓麦氏，既破，随母罗氏去其夫而适石氏，因冒其姓。……生乎土，成乎水，而变乎火，坎以揉之，坤以布之，釜以熟之，口以内之，腹以藏之，美在其中，而畅于四肢。……其为人柔和，有以塞馋人之口故也。……其后子孙散居四方，自号浑氏、扈氏、索氏、石氏，为四族云。

苏东坡在这篇传记中，把小麦的筛选、研磨、和面、擀面、煮面的过程，拟人化地写成"石（食）中美"的身世，并让历史人物赵高、秦王等与石中美对话，反映了作者对人才与君王关系的思考。文章构思巧妙、想象奇特、诙谐幽默，让人在会心一笑之后，思考人生的诸多问题。

　　文章的结尾，苏东坡顺便把"汤饼"的发展作了一个介绍：浑氏（馄饨类）、扈氏（烧饼类）、索氏（索饼类）、石氏（面食类），则是汤饼的四大家族，太有趣了。

东 坡 米

元祐八年，小皇帝哲宗亲政，全面恢复新法。苏东坡以端明殿学士兼翰林侍读学士、礼部尚书贬知定州。听人讲，定州民风剽悍，风光宜人，城北有个黑龙泉，应该是个不错的地方。

到任第二天，苏东坡就迫不及待地带着随从，前往黑龙泉考察民情。所谓黑龙泉，不过是个臭水洼子，长满了芦苇野草，苏东坡隐隐有些失望。他让人找来附近南定、东板、西板的村民，请大家谈谈生计。

有个银发白须的老人率先说话："苏大人，我们这地方穷呀。春天风沙大，种啥啥不长，况且地处边防，辽国经常来骚扰。"苏东坡接过话题，安慰大家说："有关定州的边务，今天都不要讲，本州自有考量。我想听听大家对发展生产，有何妙计。"有个愣头小伙子站了起来，大声说道："要说生活，就一个字，穷！"苏东坡说："俗话说，靠山吃山，靠水吃水。咱们靠着黑龙泉，可以捕鱼捉蟹呀！"小伙子说："苏太守，你可不知道，这黑龙泉是冷泉，鱼都长不大！""噢，原来是这样。"苏东坡陷入了沉思。

苏东坡回到衙门，一夜辗转反侧，白天的情形历历在目。黑龙泉不是一条河，而是一大片沼泽，低洼湿地，漫漶无边。但既然能生长芦苇，应该也能生长水稻呀！对，改造黑龙泉，推广水稻种植。

天刚亮，苏东坡再次来到昨天的村子，召集大伙儿，说出了自己的想法。

一石激起千层浪。大伙儿听了苏太守的想法，纷纷各抒己见。

"祖祖辈辈都没见过水里长庄稼。"

"把黑龙泉改造成水田，那要花多少工啊？谁来出钱呀？"

"说得轻巧，吃根灯草！我们一没稻种，二没技术，咋个整嘛？"

苏东坡耐心地听完大伙儿的意见，一一作答："我的家乡在四川眉山，那里的农村都是水田，农夫种稻，产量很高，是个鱼米之乡哩。我在黄州开垦东坡，高处种麦，低处种稻，收成也不错的。我们把黑龙泉改造成水田，由衙门实行'以工代赈'，我在杭州修西湖就是这么干的，不会增加乡亲们的负担。至于稻种和技术嘛，我们到南方去买稻种，请种稻师傅来教我们技术。大伙儿看看，还有什么问题？"

听苏太守这么一说，大伙儿都打消了顾虑，纷纷行动起来。

晚上，苏东坡把改田种稻的计划告诉了王朝云。谁知王朝云沉默了半天，才轻轻问了一句："南稻能不能北栽，你想过吗？"哎呀，这还真是个问题！南方水暖，北方水凉，南方的稻种能不能在北方的气候水温下生长，谁也没试过，完全没有把握。苏东坡的心一下跌进了冰窖。

看到苏东坡难受的样子，朝云安慰道："办法总会有的。南方的一些山上，气温虽低，也种水稻。购买稻种时，不妨多买些山上的稻种，或许能适应定州的水土。"朝云出生杭州，虽没亲自种过水稻，却了解一些农业知识。她说的话无疑是一记警钟，"预则立，不预则废"，苏东坡不禁对朝云多了几分敬重。

经过一个冬天的改造，黑龙泉变成了一畦一畦的水田。春暖花开，农夫在田里插秧。苏东坡把在黄州见过的"秧马"复制了一批，交给农夫使用。为了减轻劳动强度，缓解疲劳，苏东坡还将当地的民间小调重新填词正曲，编成了"定州秧歌"：

> 手把青秧插满田，低头就见水中天。
>
> 左手分秧右手插，退步原来是向前。

汗水不负出力人。到了秋天，黑龙泉的稻田一片金黄。大伙儿收获着沉甸甸的稻谷，人人脸上洋溢着丰收的喜悦，都夸苏东坡是亲民爱民的好官。

可惜苏东坡在定州待了不到一年，就被朝廷贬往环境更为恶劣的岭南去了。定州百姓为了纪念苏东坡，从此把黑龙泉改名叫"苏泉"，把黑龙泉产的米叫作了"东坡米"。

东　坡　粽

　　农历五月初五，是中国传统的端午节，又称天中节、重午节、端阳节、浴兰节。端午节起源于战国时期，《礼记》有记载："五月五日蓄兰为沐浴。"后来为了纪念屈原，又有了吃粽子、赛龙舟、佩香囊、挂艾草的习俗。唐朝"端午"成为法定假日，宋朝则正式定名为"端午节"。孟元老在《东京梦华录》中详细记载了宋人过端午节的盛况。

　　过端午节少不了吃粽子。苏东坡小时候见过母亲程夫人包粽子，印象深刻。跟着父亲苏洵进京，在长江边上见识了楚地的端午节："楚人悲屈原，千载意未歇。……至今沧江上，投饭救饥渴。"他在京城品赏过"福禄粽"，听欧阳修吟唱："正是浴兰时节动，菖蒲酒美清尊共。"岐山下，王弗为他煮过"小米粽"。躬耕东坡，王闰之别出心裁，创制了"二红粽"。苏东坡最惬意的还是看侍妾王朝云巧手包粽子，苏东坡情不自禁，写下一首千古"情粽"词：

　　　　轻汗微微透碧纨，明朝端午浴芳兰。流香涨腻满晴川。

　　　　彩线轻缠红玉臂，小符斜挂绿云鬟。佳人相见一千年。

　　苏东坡身行天下，各地的粽子都有品尝。他在杭州吃过又糯又香的"钱塘粽"，他在广东吃过"霉干菜粽"，他在广西吃过"芋头粽"。他以六十二岁高龄远贬海南，与小儿子苏过尝试用黎族的山兰米包粽子，戏称为"黎家粽"。

　　苏东坡最得意的，还是他亲手创制的"东坡烧肉粽"。苏东坡把猪肉烧好，晾冷，粽叶内装上泡好的糯米豆类，加入咸鸭蛋黄和一块香喷喷的红烧肉。粽子煮熟或蒸熟后，米香蛋香肉香聚于一粽。蘸上熬制好的红糖稀和芝麻黄豆面，那味道简直不摆了。

东 坡 橘

橘，原产中国。常绿乔木，枝细有刺，果呈球状，橘皮为红色或黄色，果肉多汁而甜。橘与中华文明相生相伴，"晏子使楚"的故事家喻户晓。

橘生淮南则为橘，生于淮北则为枳，叶徒相似，其实味不同。所以然者何？水土异也。

苏东坡爱橘、种橘、伺橘、品橘，一生写下数十首咏橘的诗词。人们耳熟能详的，莫过于作于杭州的《赠刘景文》：

荷尽已无擎雨盖，菊残犹有傲霜枝。
一年好景君须记，最是橙黄橘绿时。

金风送爽，橙黄橘绿。尽管荷花枯败，菊花凋残，但一年中最美好的时光，总是与我们不期而遇，深情相伴。

苏东坡自称"北客"，对产于"南金"（荆州、扬州）的橘子赞不绝口："北客有来初未识，南金无价喜新尝。含滋嚼句齿牙香。"他赞美初经冬霜的橘子："香雾噀人惊半破，清泉流齿怯初尝。吴姬三日手犹香。"就连剥橘子皮，他也要写首诗："露叶霜枝剪寒碧，金盘玉指破芳辛。"他想念诗僧参寥子，却让橘柚代言："秋风吹梦过淮水，想见橘柚垂空庭。"他鼓励学生弟子："叶似杨梅蒸雾雨，花如卢橘傲风霜。"自广陵召还，他怀念江浙："梦绕吴山却月廊，白梅卢橘觉犹香。"

苏东坡咏橘的诗文中，最奇妙的当数《洞庭春色赋》。喝着朋友赵德麟送来的洞庭黄柑酒，苏东坡提笔"戏作赋"："吾闻橘中之乐，不减商山。岂霜余之不食，而四老人者游戏于其间？悟此世之泡幻，藏千里于一斑。"

四老人的游戏，语出"橘中之乐"。说的是巴邛人在橘园里发现两个大橘子，剖开后每个橘子里都有两个白发童颜的老人戏乐其间。受到惊吓的老人从衣袖中抽出一根草，化作一条飞龙，四位老人乘龙飞升而去。苏东坡由此感悟到人生如泡影，即便千里江山，也不过一枚小小的橘瓣也。

苏东坡的家乡眉山产橘，他小时候亲手嫁接过橘树，故此在《楚颂帖》中写道：

> 吾性好种植，能手自接果木，尤好栽橘。阳羡在洞庭上，柑橘栽至易得。当买一小园，种柑橘三百本。屈原作《橘颂》，吾园若成，当作一亭，名之曰"楚颂"。

苏东坡在阳羡的"柑橘梦"不知最后实现没有？不过在他的家乡，柑橘已成为乡亲们致富的好产业，"爱媛""炸炸柑""沃柑"等优质果品，畅销海内外。为了纪念苏东坡，眉山人把柑橘产品，统统叫作"东坡橘"。

东坡茶

茶，起源于中国，盛行于世界。"开门七件事"，不能少了茶。把茶字拆开看，人在草木之间，可见人是离不开茶的。西汉王褒《僮约》中，有"烹茶尽具""武阳买茶"的记载。宋朝"四般闲事"：点茶、烧香、挂画、插花，以点茶为最民间、最生活、最闲适的雅事。

苏东坡熟谙茶道，不仅爱喝茶，更会煎茶，还亲自种茶，留下近百首茶诗。他写诗作画要喝茶："皓色生瓯面，堪称雪见羞。东坡调诗腹，今夜睡应休。"晚上在衙门值班要喝茶："簿书鞭扑昼填委，煮茗烧粟宜宵征。"睡觉起来要喝茶："沐罢巾冠快晚凉，睡余齿颊带茶香。"生病了要喝茶："何须魏帝一丸药，且尽卢仝七碗茶。"茶能治病除瘴气："同烹贡茗雪，一洗瘴茅秋。"即使谪贬流放，贫病交加，他也不忘饮茶："我今贫病长苦饥，分无玉碗捧蛾眉。且学公家作茗饮，砖炉石铫行相随。"任徐州太守时，去小石潭求雨，途中口渴了向农夫讨茶："日高人渴漫思茶，敲门试问野人家。"

苏东坡不仅会饮茶，还会种茶。他在《种茶》诗中，记录下移植一棵濒死的老茶树的经过："松间旅生茶，已与松俱瘦。""移栽白鹤岭，土软春雨后。弥旬得连阴，似许晚遂茂。""何如此一啜，有味出吾圃。"

苏东坡种茶最有趣的是谪贬黄州时，老友马正卿为他求得一座废军营，苏东坡带领全家躬耕其中。他设想在高处种麦，低处种稻，预留些田地种蔬菜。种子还没播种，收成还遥遥无期，全家人还饿着肚皮，他就已经为今后吃得太饱而作谋划了："不令寸地闲，更乞茶子艺。饥寒未知免，已作太饱计。"他向大冶桃花寺的长老讨来茶树，种在东坡，以备将来吃得太饱可以采茶来消饱胀。这个苏东坡，真是个天真可爱的老顽童。

苏东坡对茶道颇有研究，对茶叶、水质、茶具、煎法有特殊要求。他在签判凤翔时，每天派人去中兴寺取玉女泉水，怕下人偷懒用近处溪水替代，特地用竹片制作"调水符"，作诗曰："常恐汲水人，智出符之余。多防竟无及，弃置为长吁。"他在《试院煎茶》中，详细描述了茶叶、茶汤、茶具、煎茶火候等涉茶事项，读来引人入胜，心向往之。

> 蟹眼已过鱼眼生，飕飕欲作松风鸣。
>
> 蒙茸出磨细珠落，眩转绕瓯飞雪轻。
>
> 银瓶泻汤夸第二，未识古人煎水意。
>
> 君不见昔时李生好客手自煎，
>
> 贵从活火发新泉。
>
> 又不见，今时潞公煎茶学西蜀，定州花瓷琢红玉。
>
> ……
>
> 不用撑肠拄腹文字五千卷，
>
> 但愿一瓯常及睡足日高时。

苏东坡最著名的茶诗是《汲江煎茶》：

> 活水还须活火烹，自临钓石取深清。
>
> 大瓢贮月归春瓮，小杓分江入夜瓶。
>
> 雪乳已翻煎处脚，松风忽作泻时声。
>
> 枯肠未易禁三碗，坐听荒城长短更。

这首诗写于海南儋州，从汲水、舀水、煮茶、斟茶、品茶到遥听小城的打更声，一气呵成。细读品味，像极了一部细节具象而充满诗意的电视短片。

人生如茶，茶如人生。我们来读一读苏东坡的《浣溪沙》："雪沫乳花浮午盏，蓼茸蒿笋试春盘。人间有味是清欢。"细细品尝"人间有味是清欢"，相信你对茶、对人生会有别样的新体验和心得。

东坡酒

古往今来，文人墨客与酒总有不解之缘。欢度佳节，王安石"爆竹声中一岁除，春风送暖入屠苏"。亲友相聚，李白"烹羊宰牛且为乐，会须一饮三百杯"。清明扫墓，杜牧"借问酒家何处有？牧童遥指杏花村"。开心放旷，罗隐"今朝有酒今朝醉，明日愁来明日愁"。愁绪满怀，李白"抽刀断水水更流，举杯销愁愁更愁"。听闻佳音，杜甫"白日放歌须纵酒，青春作伴好还乡"。老友重逢，岑参"一生大笑能几回，斗酒相逢须醉倒"。孤独寂寞，李白"举杯邀明月，对影成三人"。朋友逗趣，白居易"晚来天欲雪，能饮一杯无"。思念亲人，苏轼"明月几时有，把酒问青天"。朋友畅饮，欧阳修"酒逢知己千杯少，话不投机半句多"。感叹岁月，苏轼"且将新火试新茶，诗酒趁年华"。边关征战，王翰"葡萄美酒夜光杯，欲饮琵琶马上催"。壮怀激烈，曹操"何以解忧，唯有杜康"。

苏东坡酒量不大，素不善饮，"我饮不尽器，半酣味犹长"。自谓"吾少年望酒盏而醉，今亦能三蕉叶矣"。他在《饮酒说》里坦白自己酒量不行，"予虽饮酒不多，然而日欲把盏为乐，殆不可一日无此君"。苏东坡不是酒鬼，但每天离不开酒，为何？尝杯中日月，玩百味人生！

苏东坡爱饮酒，几乎尝尽天下佳酿，一生写下五百多首与酒有关的诗词。最厉害的，是他能亲自动手酿酒。谪贬黄州时，西蜀道士杨世昌传授蜜酒酿法，苏东坡亲自动手酿制：

真珠为浆玉为醴，六月田夫汗流沘。

不如春瓮自生香，蜂为耕耘花作米。

一日小沸鱼吐沫，二日眩转清光活。

三日开瓮香满城，快泻银瓶不须拨。

　　苏东坡观察得很仔细，每天查看酒缸里的变化。可惜酿出的酒却不好喝，味道泛酸，客人都不喜欢。苏东坡有些气恼：爱喝不喝，你们不喝我自饮！不过，每次喝了酒，都要拉肚子。

　　苏东坡再次向杨世昌请教，杨世昌告诉他，在主粮发酵的过程中，要适时加曲加料，延长发酵周期以增强酒力，增加甜度，改善口感。后来，苏东坡在《题真一酒诗后》总结酿蜜酒的经验：

　　　　予作蜜酒，格味与真一相乱，每米一斗，用蒸饼面二两半，如常法取醅液，再入蒸饼面一两酿之。三日尝看，味当极辣且硬，则以二斗米炊饭投之。若甜软，则每投更入面与饼各半两。又二日，再投而熟。全在酿者斟酌损益也，少入水为妙。

　　从苏东坡记载的酿酒过程来看，酿酒需用"真水"，即摊凉后的开水。用"面饼"做酒曲，并以"醅液"做酒母。"曲多则酒苦"，因而在加饭投料时，"曲""饼"需减半。这与当今浙江、江西酿造的"善酿""加饭酒"的工艺完全一致，可见苏东坡酿酒是真正"出了师"的。

　　苏东坡一生酿造过不少酒。他在黄州酿蜜酒，在洞庭湖用黄橘酿洞庭春色酒，在定州酿中山松醪酒，在岭南酿桂酒和真一酒，在海南酿天门冬酒。最可贵的是苏东坡酿酒，酿出了人生的高度。他在《浊醪有妙理赋》中写道："酒勿嫌浊，人当取醇。失忧心于卧梦，信妙理之凝神。……座中客满，惟忧百榼之空；身后名轻，但觉一杯之重。"

　　苏东坡把酿酒的用料用量、操作方法、工艺流程以及心得体会，写进了他的专著《东坡酒经》，成书时间早于《北山酒经》，至今仍对我国酿酒生产有着重要的指导作用和珍贵的史料价值。

二红饭

苏东坡在黄州，带领全家早出晚归，躬耕东坡。他在低处种稻，高处种麦，田边地角种菜，还种下桑树、栗树、枣树。按照当地老农的指点，秋后种下麦子。麦苗刚出芽，他便迫不及待地把这个消息告诉朋友："东坡有奇事，已种十亩麦。但得君眼青，不辞奴饭白。"

第二年夏收，东坡收麦子二十余石，每石按一百二十斤计算，约莫收了两千多斤麦子。苏东坡本想把麦子卖掉换成大米，可集市上的麦价太贱，以麦换米很不划算，只好留着自己吃。他让王闰之、王朝云把麦子舂烂煮成饭。吃饭的时候，全家人嚼着粗粝的麦饭，麦粒在嘴里滚来滑去，啧啧有声。几个孩子有意见了，说这哪里是吃饭，简直就是嚼虱子，直接就罢了"饭"。

这样的麦饭的确不好吃，苏东坡思来想去，决定加入红豆。加入红豆的麦饭果然好吃多了，一向沉稳的王闰之也禁不住夸奖说："此新样二红饭也！"

苏东坡高兴了，他不仅自己带头吃，还把"二红饭"作为佳肴，送给朋友孟亨之品尝："今日斋素，食麦饭笋脯有余味。念非吾亨之，莫识此味，故饷一合。"

后来，苏东坡把东坡上出产的枣子、板栗加进"二红饭"中，味道更加丰富，口感更加滋润。为此，苏东坡得意扬扬地写下《豆粥》诗：

> 身心颠倒自不知，更识人间有真味。
>
> 岂如江头千顷雪色芦，茅檐出没晨烟孤。
>
> 地碓春秔光似玉，沙瓶煮豆软如酥。
>
> 卧听鸡鸣粥熟时，蓬头曳履君家去。

三　白　饭

　　苏东坡有个好朋友叫刘攽，也叫刘贡父，号称机智大师。他在政治上与苏东坡见解相同，性格上也颇相似，学问非常渊博。刘贡父当时任中书舍人，协助司马光修《资治通鉴》。有一天，苏东坡与刘贡父在一起闲谈，回忆起在家乡求学时的情形，苏东坡感慨地说："当年我和子由在家父管教下读书，生活非常清苦，一日三餐都吃'三白饭'，那味道真是美极了。"刘贡父好奇地问："什么叫'三白饭'啊？"苏东坡笑嘻嘻地说："三白者，一碟盐、一钵白萝卜，还有一碗白米饭，此谓'三白饭'也。"刘贡父听了，暗暗记在心中。

　　过了一些日子，刘贡父派家仆给苏东坡送去一张请帖，上面写着一首打油诗："万事忧繁苦萦怀，柴门明日为君开。忙里偷闲亦为雅，舍下特备皛（xiǎo）饭待。"苏东坡一看，原来是刘贡父请吃"皛饭"，苏东坡搞不清楚什么叫"皛饭"，对家里人说："刘贡父这个人书读得多，这'皛'饭定有出处。"

　　第二天苏东坡准时赴约，两人在书房谈笑到中午，才由家人摆上一碟盐、一钵白萝卜和一碗米饭。刘贡父笑着说："前次听学士公讲，十分怀念家乡的'三白饭'，令我非常感动。所以今天特地为你准备了'三白饭'，请用餐吧。"苏东坡这才晓得上了刘贡父的当，只好皱着眉头，假装胃口好，把桌上的三白饭吃了个精光。告别刘贡父时，苏东坡灵机一动，认认真真地对刘贡父说："请先生明天中午到我府上吃'毳（cuì）饭'。"刘贡父听了，心中有些疑惑，怕被苏东坡戏弄，但又不知"毳饭"是什么饭，便答应如约前往。

　　第二天刘贡父来到苏东坡家，眼看时已过午，肚子早就饿得咕咕叫了，苏东坡却还不开饭。又过了一会儿，刘贡父饿得实在受不住了，便求苏东坡摆"毳饭"上来。苏东坡笑着说："盐也毛（没），萝卜也毛（没），饭也毛（没），这就叫三'毛'饭啊！"苏东坡说的是四川眉山方言，把"没"说成"毛"。刘贡父这才恍然大悟，指着苏东坡骂道："我晓得你要报复我，但想不到你是要饿死我啊！"这时候苏东坡才叫家人摆上酒菜，二人开怀痛饮。

从那以后，"三白饭"的故事不胫而走，被后人传为饮食趣话。

食荔枝

苏东坡在眉山的老家，栽有一棵荔枝树。那是宋神宗熙宁元年，三十三岁的苏东坡安葬了父亲苏洵和亡妻王弗，续娶了王弗的表妹王闰之，即将返京之时，家乡的老朋友蔡子华、杨君素、王庆源在苏家的宅院里种下的。相约荔枝红了，苏东坡就还乡，祭祖会友，共尝荔枝。

荔枝树长大了，开花了，结果了，年年荔枝红，不见人归来。苏东坡因宦海羁绊，始终未能还乡，始终未能尝到家乡的荔枝。他在《寄蔡子华》的诗中，表达了浓浓的思乡之情。

> 故人送我东来时，手栽荔子待我归。
>
> 荔子已丹吾发白，犹作江南未归客。
>
> 江南春尽水如天，肠断西湖春水船。
>
> 想见青衣江畔路，白鱼紫笋不论钱。

四川产荔枝，当年杨贵妃所食的荔枝，就产自泸州、涪州，经子午道送往长安的。不知是造物主钟情眉山，还是三苏文运的荫庇，苏宅的这棵荔枝树是中国纬度最高而能开花结果的荔枝树，至今被誉为三苏祠的一大奇观。

大家都知道苏东坡在岭南写下的《食荔支》，这首诗可谓家喻户晓，人人皆知。

> 罗浮山下四时春，卢橘杨梅次第新。
>
> 日啖荔支三百颗，不辞长作岭南人。

这首诗写得轻松愉快，既赞美了岭南的风光物产，又肯定了南国荔枝的美味，更表达了苏东坡的良好心愿，"不辞长作岭南人"。

这首诗也引来今天的"专家"质疑，说是一天吃三百颗荔枝人会上火，口齿流血，消化不良。专家不懂诗歌，诗歌离不开夸张。李白"白发三千丈，缘愁似个长"，难道李白真长有三千丈长的白发？

苏东坡在写这首诗之前，早已品尝过荔枝。他在《四月十一日初食荔支》中写道：

> 南村诸杨北村卢，白华青叶冬不枯。
> 垂黄缀紫烟雨里，特与荔支为先驱。
> 海山仙人绛罗襦，红纱中单白玉肤。
> 不须更待妃子笑，风骨自是倾城姝。

苏东坡初尝荔枝，便爱上了南国的佳果。苏东坡赞美荔枝的诗还有很多，"荔子几时熟，花头今已繁"，"留师笋蕨不足道，怅望荔支何时丹"，"愿同荔支社，长作鸡黍局"。苏东坡写得最好的荔枝诗，当数宋哲宗绍圣二年作于惠州的《荔支叹》：

> 十里一置飞尘灰，五里一堠兵火催。
> 颠坑仆谷相枕藉，知是荔支龙眼来。
> 飞车跨山鹘横海，风枝露叶如新采。
> 宫中美人一破颜，惊尘溅血流千载。

苏东坡借汉唐故事，用荔枝讥讽当时北宋贡茶、贡牡丹、贡芍药等社会丑态，矛头直指"前丁后蔡相宠加，争新买宠各出意"的丁谓、蔡襄、钱惟演之流，买新争宠，媚上陷下的丑态。表达了苏东坡对黎民百姓的深切同情，对荒淫腐朽的统治者的极大不满，他大声疾呼：

> 我愿天公怜赤子，莫生尤物为疮痏。
> 雨顺风调百谷登，民不饥寒为上瑞。

万里流放，身处逆境，仍然为百姓鼓与呼！这就是苏东坡，这就是傲立于世的东坡精神！这也是历经千年风雨，人们永远怀念苏东坡，永远景仰苏东坡的缘由吧！

五

心系天下

育 儿 会

　　苏东坡谪贬黄州，老朋友王天麟来访。王天麟曾做过皇帝的侍从，现居长江对岸的鄂州。闲聊之中，王天麟讲起当地老百姓因税赋繁重，加之天灾水患，穷苦人家都不敢多养儿女。因此，黄州、鄂州一带，民间有溺杀婴儿的陋俗。一般人家最多养两男一女，尤其不愿多养女婴。无力抚养的婴儿，直接摁进水盆溺毙。其实父母也不忍心这样做，常常含泪闭目将婴儿摁在水盆中。婴儿四肢乱动，哇哇啼哭，挣扎许久才死去。第二天一大早，当父亲的用破布烂衫裹了，抱到城外乱葬岗，胡乱埋了了事。

　　说者无心，听者有意。王天麟的一席话，让苏东坡毛骨悚然，非常震惊，"闻之心酸，为之不食"。世间怎么还有这样的灭绝人性的怪事发生？大宋律令，溺婴是要判两年徒刑的。可是山高皇帝远，严刑峻法制止不了杀婴。长此下去，相沿成习，今后的人口比例会严重失调。女孩少必然光棍多，各种犯罪将会滋生，社会会越来越不稳定……苏东坡虽然无职无权，但他决心干预此事，革除这种伤天害理的陋俗。思来想去，他想到了一个人，鄂州太守朱寿昌。朱寿昌是天下闻名的大孝子，是心怀仁慈的大善人，找他或许有办法。于是，他向朱寿昌写信，希望能采取两条措施：一是由官府出面，"正告以法律，谕之以祸福，约之以必行"；二是对贫苦百姓生孩子实行救助，"若实贫甚，不能举子者，薄以赈之"。他还以自己在密州收养弃儿的经验，说明官府承办此事不难，"在公如反掌耳。"

　　信寄出去了，朱寿昌那边也行动起来了。城门口贴出了禁止溺婴的告示，官府救助的政策也开始推行。可苏东坡仍不放心，他觉得还要加上"民间救助"的措施，双管齐下，才能把这件好事办好。

　　苏东坡赶紧前往黄州安国寺，寻求住持和尚继连的支持。他还找来热心公益的古耕道、酒店老板潘丙，还有药商郭遘等人，成立了民间慈善组织"育儿会"。他把王闰之、王朝云动员起来，帮忙照顾收养的孩子。他在

《黄鄂之风》的文章中大声疾呼，坚决禁止溺婴，"以变此风"。

苏东坡祈愿："若岁活得百个小儿，亦闲居一乐事也。吾虽贫，亦当出钱十千。"

苏东坡以罪官之身，大力革除陋习，亲自组织"育儿会"，挽救了许多婴儿的性命。大爱泽民，黄州百姓世世代代铭记。

苏东坡在黄州曾写过一篇《遗爱亭记》，赞扬当年的太守"去而人思之，此之谓遗爱"。如今，黄冈市将东湖、西湖、菱角湖辟为风光秀美的公园，名之为"遗爱湖"，正是对苏东坡"千秋遗爱""造福百姓"的充分肯定与赞扬，更是对东坡文化的传承与弘扬，值得大大的点赞！

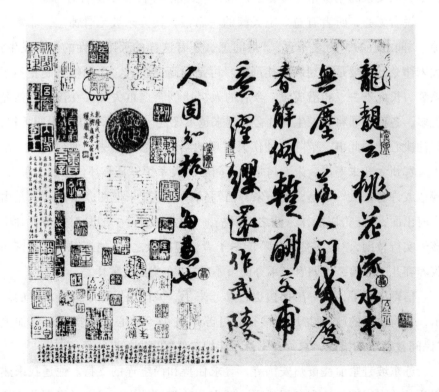

秧马歌

　　世人都知道苏东坡是个文学家、书法家，却很少有人知道他还是一位农业机具的创造家、推广家。

　　苏东坡谪贬黄州时，有一年春天去武昌樊口游玩，看见路旁水田里，农夫骑着前后两头翘的"小船"在插秧。苏东坡从没见过这样的插秧方式，便蹲在田边，与农夫攀谈起来。原来这种"小船"，当地人叫"秧马"。秧马外形似船，其腹如瓦，因为供一人骑坐，便于扯秧、插秧，故称"秧马"。农夫骑在秧马上，以两脚做马蹄，在秧田里灵活移动，既减轻了劳动强度，又提高了生产效率，深受百姓欢迎。

　　苏东坡晚年谪贬岭南，途经庐陵时，遇到了已经退隐的前宣德郎曾安止。曾安止向他出示了新近完成的《禾谱》，里面详细记载了五十多个水稻品种及其生产过程，其事记录翔实，其文精准雅致。苏东坡翻看《禾谱》后，发现没有农具的记载，便向曾安止建议增加一些农具的内容。他自告奋勇，亲自动手，画出秧马的图谱，并作《秧马歌》，附于《禾谱》后面，以期推广天下。

　　　予昔游武昌，见农夫皆骑秧马。以榆枣为腹，欲其滑；以楸桐为
　　背，欲其轻。腹如小舟，昂其首尾，背如覆瓦，以便两髀。雀跃于泥
　　中，系束藁其首以缚秧。日行千畦，较之伛偻而作者，劳佚相绝矣。

　　　　春云蒙蒙雨凄凄，春秧欲老翠剡齐。
　　　　嗟我妇子行水泥，朝分一垅暮千畦。
　　　　腰如箜篌首啄鸡，筋烦骨殆声酸嘶。
　　　　我有桐马手自提，头尻轩昂腹胁低。
　　　　背如覆瓦如角圭，以我两足为四蹄。

耸踊滑汰如兔駃，纤纤束藁亦可贵。

　　何用繁缨与月题，却从畦东走畦西。

　　山城欲闭闻鼓鼙，忽作的卢跃檀溪。

　　归来挂壁从高栖，了无刍秣饥不啼。

　　少壮骑汝逮老矣，何曾蹶轶防颠隮。

锦鞯公子朝金闺，笑我一生蹋牛犁，不知自有木駃騠。

　　苏东坡以饱满的热情，解释了秧马的来源，以形象细腻的笔触、生动鲜明的比喻、诙谐有趣的语言，对秧马作了全方位的介绍。

　　后来，苏东坡谪居惠州时，常与惠州博罗县令林抃交游。苏东坡欲在惠州推广秧马，便把图纸交给林抃试制。苏东坡在《题秧马歌后》中写道："惠州博罗县令林君抃，勤民恤农，仆出此歌以示之。林君喜甚，躬率田者制作阅试，……今惠州民皆已施用，甚便之。念浙中稻米几半天下，独未知为此，而仆又有薄田在阳羡，意欲以教之。"苏东坡不仅在惠州推广秧马，还准备把秧马推广到盛产稻米的江浙一带呢。

　　苏东坡在惠州推广秧马时，发现了秧马的不足，立即动手改进："背虽当如覆瓦，然须起首尾如马鞍状，使前却有力"。他还对秧马的材质进行了改良，"以榆枣为腹患其重，当以栀木，则滑而轻矣"。

　　苏东坡为什么如此热心推广秧马呢？他在一篇文章中披露了真实的想法："此老农之事，何足云者？然已知其志之在民也。愿君以古人为师，使民不畏吏，则东作西成，不劝而自力，是家赐之年，而人予之种，岂特一秧马之比哉！"苏东坡的想法很简单也很明确，使用新式农机具，本来是农民的事情，与官吏并无多大关系。但政府倡导此事，既减轻了农民的劳动强度，又密切了与百姓的联系，何乐而不为呢？

　　为了推广秧马，苏东坡动用了各种社会关系，其中有官员、农夫和读书人，经过不懈努力，至南宋时秧马已广为人知。陆游曾写下这样的诗句："一篇秧马传海内，农器名数方萌芽。"苏东坡对秧马的推广，成为中华古代农业技术传播的典范。

　　悲民、悯民、助民、富民，是苏东坡民本思想的一贯主张。通过改良、推广秧马，让我们更加深刻地感受到苏东坡"民胞物与"的古道热肠，这岂止是一般舞文弄墨、吟风颂月的文人所能具有的博大情怀？所以后人赞扬苏东坡："不以一身祸福，易其忧国之心。千载之下，生气凛然。"

养 生 诀

苏东坡重视养生，自创了一套行之有效的方法。比如吸食三气：朝气、水气、地气；实施四浴：日浴、风浴、雨浴、露浴；居家三适：晨起梳发、午窗坐睡、夜卧濯足。他提出延年益寿必须做到"四戒"："出舆入辇，命曰蹶痿之机；洞房清宫，命曰寒热之媒；皓齿蛾眉，命曰伐性之斧；甘脆肥浓，命曰腐肠之药。"

有一个叫张鹗的人，听说苏东坡对养生有研究，便上门求教。他拿出一张纸，希望苏东坡像医生一样给开个处方，能够疗心病、保健康。

苏东坡想了想，给他开了四味药：

一曰无事以当贵，
二曰早寝以当富，
三曰安步以当车，
四曰晚食以当肉。

无事当贵，早寝当富，安步当车，晚食当肉。苏东坡的四味药，可治妄念，可止贪馋，可减肥赘，可调肠胃。至今仍有神效，你相信吗？

有一次，苏东坡与朋友们谈起养生，他说："饮食男女要养生很简单，已饥方食、未饱先止、散步逍遥、务令腹空。养生最难的是在去欲！"清心寡欲，始得长寿。然而"食色，性也"。人的欲望多多，情欲难去，贪欲难去，就连口腹之欲，也极难去除。苏东坡讲了一个"口目相语"的故事：苏东坡患了眼病，眼睛说不能吃肉。口说："你不能厚此薄彼，眼病而废我食，不行！"苏东坡迟疑不决，左右为难。管仲曾说，畏威如疾，民之上也；从怀如流，民之下也。为了身体健康，该忌的口还是得忌呀！治眼病须忌口，忌口又满足不了口腹之欲。苏东坡借口眼对话来警诫世人：虽口腹之欲也不可放纵，若一味沉溺于贪腐享乐，无异于饮鸩止渴！人啊，一定要畏威如疾！

苏东坡曾经热衷于道家的炼丹术，他用朱砂炼丹并将炼丹的体会写成《阳丹阴炼》和《阴丹阳炼》两篇文章。不过，对于服用丹药，苏东坡则持谨慎态度。有人送来丹砂，光彩炫奇，苏东坡不敢服用，每天拿出来开开眼，聊以悦己。

苏东坡相信积极的健身养生术，从不相信所谓"长生不老术"。谪贬黄州时，有人给他吹嘘光州有个叫朱元经的道士颇通此术，苏东坡很想去见识见识，看看他究竟有啥长生不老之法。不久，听说这个朱元经死了，死于中风，口眼歪斜，浑身颤抖抽搐，与常人无异。这件事更加坚定了苏东坡的养生理念：人不可以长生，但可以延寿。

苏东坡对瑜伽、气功颇感兴趣，常于子夜披衣盘足，叩齿三十六通，闭息观五脏：肺白、肝青、脾黄、心赤、肾黑。凝想心为炎火，光明洞彻，下入丹田。待腹满气极，出入气息调匀，即以舌接唇齿，内外漱炼津液，分三口咽下。然后用左右手按摩脚心的涌泉穴，再摩擦眼、耳、脸、项，令极热。最后捏鼻梁左右五七下，以手指代梳子，梳头百余次，熟寝至天明。

苏东坡的长寿养生理论与实践，与当代人们的养生健身理念颇为相似。比如饮食养生、运动养生、环境养生、药物养生、保健养生、精神养生等，至今都是人类长寿养生的重要课题。破解这些课题，人类长寿的企望，是一定可以达到的。

苏东坡晚年总结自己的养生经验，写成《养生诀》，流传至今：

软蒸饭，烂煮肉。

温羹汤，厚毡褥。

少饮酒，惺惺宿。

缓缓行，双拳曲。

虚其心，实其腹。

丧其耳，忘其目。

久久行，金丹熟。

马券碑

眉山三苏祠碑廊有一块碑，叫"马券碑"，碑文为苏东坡写的"马券"。"马券"即赠马的凭据，讲的是苏东坡向学生李廌赠马的故事。

李廌，字方叔，苏门六君子之一。苏东坡谪居黄州时，二十出头的李廌经常书信问候，并寄上诗文求教。苏东坡读了李廌的诗文后，大为称赞，谓其笔墨澜翻，有飞沙走石之势。"如川之方增，当极其所至，霜降水落，自见涯涘。"李廌曾前往黄州拜见，苏东坡鼓励他认真读书作文，并向朋友们推荐李廌。

元祐三年，苏东坡主持礼部考试，黄庭坚、张耒为参详点检。李廌应试，考前信心满满，对外宣称："苏公知举，吾之文，必不在三名后。"谁知李廌文章平平，名落孙山。李廌七十岁的乳母得知消息，竟自缢而亡。李廌也责怪苏东坡，埋怨当主考官的老师不举荐，不帮忙。

苏东坡平生对人才选拔极为认真，秉公选拔，唯才是举。对于李廌落榜，苏东坡内心也十分矛盾与痛苦。他写信向李廌说明缘由："君子之知人，务相勉于道，不务相引于利。"希望李廌"积学不倦，落其华而成其实"，安慰李廌"如子之才，自当不没。要当循分，不可躁求"。

李廌落第，欲还乡，苏东坡特地赠送好马一匹，并附上"马券"：

> 元祐元年，予初入玉堂，蒙恩赐玉鼻骍。今年出守杭州，复沾此赐。东南例乘肩舆，得一马足矣。而李方叔未有马，故以赠之。又恐方叔别获善嘉马，不免卖去，故为出公据。四年四月十五日，轼书。

作为老师的苏东坡考虑得很仔细，找个理由送李廌一匹良马。又恐李廌回乡后生活困难，也许会变卖马匹，因而提前出一证明，便于李廌卖马。

可惜李廌认为苏东坡不重视他，身为主考官也不肯开个后门，因而自暴自弃，誓不再仕，终身为布衣。

后来，苏东坡逝世，李廌写了一篇荡气回肠的祭文，来祭奠恩师：

> 道大莫容，才高为累。
>
> 唯才能之盖世，致忌嫉之深仇，
>
> 久蹭蹬于禁林，遂飘零于瘴海。
>
> 皇天后土，知一生忠义之心，
>
> 名山大川，还千古英灵之气。
>
> 识与不识，谁不尽伤？
>
> 闻所未闻，吾将安放！

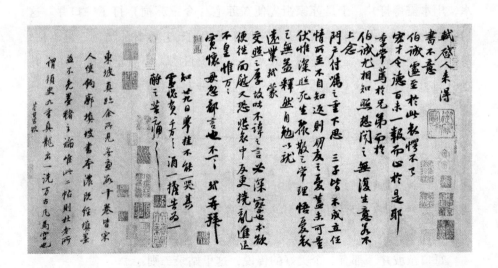

东　坡　井

　　苏东坡祖籍河北栾城，他有一方印章，自谓"赵郡苏轼"，他弟弟子由干脆把自己的著作命名为《栾城集》。河北栾城的苏氏，是何时迁到四川眉山的呢？

　　苏老泉曾经在《苏氏族谱》中写道："苏氏出自高阳，而蔓延于天下。唐神龙初，长史（苏）味道刺眉州，卒于官，一子留于眉，眉之有苏氏自是始。"苏味道何许人也？唐朝武则天时的宰相，为人圆滑世故而被人称为"苏模棱"，后因罪贬为眉州刺史。自此，眉山有了苏氏一族。

　　苏氏家族在眉山定居下来以后，一直默默无闻地生活着，到苏东坡的父亲苏老泉一代，已经是"五世不显"的平常百姓人家了。过日子离不开水，用水需得打井。于是苏家祖先便在苏宅（今三苏祠）打了一口井。这口井据说与岷江河边的蟆颐观老人泉的泉眼相通，井水甘甜清冽，旱不枯，涝不溢，颇有神验。不知是喝了井水让人耳聪目明，秀慧于心呢，还是井水滋润了千古锦绣文章？苏家三父子名震京师，同登唐宋八大家之列，不能不说是一个绝世奇迹！

　　后来，苏东坡怀揣着对苏宅古井的美好记忆，走上了坎坷不平的人生之旅。无论在他为官之地或流放之所，他都把老百姓饮水之事记挂在心上。因此，每到一地他都组织老百姓打井，而每口井的开凿、式样、形制，都与苏宅古井相似。老百姓喝着苏东坡开凿的井水，感其恩惠，便把这些井亲切地称为"东坡井"。

　　每口东坡井，都有一个美好的传说，这里姑录二则：

　　苏东坡被贬惠州时，住在白鹤峰。山上风光虽美，周围百姓吃水却很困难，要下山到很远很远的地方去挑水，苏东坡决定在山上打一口井。此议一出，众皆哗然。有的说，山上打井闻所未闻；有的说，瞎子点灯，白费蜡；有的打赌说，打得出水来，手板心煎鱼给苏东坡吃。苏东坡毕竟是水利专家，他仔细踏勘后，毅然选址开挖。井打到一丈深，没水；打到两丈深，没水；三丈深了，仍然没水。这时候，连打井的工人都沉不住气了，劝苏东坡别再打下去了。苏东坡力排众议，坚定不移地指挥工人继续往下打。打到四丈深时，一股清泉哗哗地从井底喷涌而出。从此，白鹤峰上的老百姓再也不用下山去挑水了。

苏东坡在海南岛时，被赶出官房，住在桃榔叶搭成的草棚里，生活非常穷苦。当时的儋州，是所谓瘴气弥漫、蛇虫横行的蛮荒之地。当地百姓以烧烤蝙蝠、蛇、鼠为食，取沟渠腐水而饮，许多人因喝了不干净的水而患病。苏东坡便组织当地黎汉百姓，在儋州中和场挖了一口井。至今，当地百姓仍在饮用这口井的水。为了永远记住东坡先生的恩德，他们在井栏的立柱上，写下一副对联"饮水思坡老，甘泉育后英"，还在离井三十米处建了一座"福德堂"，堂上的对联是："坡老敬甘泉久爱地名留踪迹，井间霆福泽重修庙貌答神麻。"

在海南岛，至今还流传着一个东坡酒井的传说。

说的是东坡逝世以后，有一天，有个重病缠身的讨饭婆子昏倒在东坡井旁。到了晚上，东坡托梦给她，说："明天一早，你把我这井里的水打一桶到街上去卖，换些钱来治病。"

第二天，讨饭婆子将信将疑地从井里打起一桶水来。咦，这井水怎么变成酒了呢？讨饭婆子高兴极了，赶紧拎着桶来到街上。那酒浓香扑鼻，过往行人纷纷驻足购买，不一刻，一桶酒就卖完了。

婆子有了钱，把病治好了，生活也渐渐好起来。只是每天只有早上打的第一桶水是酒，第二桶、第三桶都是水，婆子有些不满足了。这天晚上，她在梦中要求苏东坡，只要是她打的水，桶桶都是酒。苏东坡叹了口气，勉强同意了。

婆子卖酒发了财，盖起了新瓦房，穿起了绫罗绸缎，还养了一群猪。她想，酿酒应当有酒糟，苏东坡该把酒糟一起送给她喂猪。于是，她又在梦中对苏东坡唠唠叨叨地提出了新的要求。苏东坡不高兴了，什么话也没有说，留下四句诗，转身飘然而去。那四句诗是这样的：

井水当酒卖，还嫌猪无糟。

蛇腹吞大象，贪心比天高。

第二天早上，当婆子再去打酒时，打上来的全都是水，再也不是香喷喷的酒了。婆子气得急火攻心，一头撞死在井栏上。

苏东坡不仅在惠州、儋州留下了造福百姓的水井，至今留存于世的，还有江苏丁蜀镇的东坡井、河北定州市的东坡井、海南海口市五公祠的浮粟井、广西合浦的东坡井、江西都昌的野老泉井等十余处东坡井。如今，这些井都被很好地保护起来，成为人们饮水思源、凭吊东坡的旅游胜地。

子 瞻 帽

苏东坡性格豪放，为人潇洒，不拘小节，随缘自适。他常与朋友谈诗论文，读书作画，品茶饮酒，经常穿着便衣走街串巷。为了穿戴方便，他经常内穿和尚衲衣，外套长袍，还为自己设计了一种筒高檐短、脱戴方便的高帽子。他的这种穿戴方式，形成了一种高雅的风度之美。于是上至京师王公贵人、下至各地官绅文士，群起而仿效。人们把苏东坡设计的帽子叫"子瞻帽"。这种"子瞻帽"，在宋元明清画家的作品中，随处可见。大画家赵孟頫画的《苏轼小像》和八大山人朱耷画的《东坡朝云图》中，苏东坡都头戴此种便帽。

苏东坡爱开玩笑，有一次出了一个题目叫《人不易物赋》，要门下文人照题作文，有人便借他的帽子作了一副对联："伏其几而袭其裳，岂是孔子；学其书而戴其帽，未必苏公。"

苏东坡的帽子，甚至成了杂剧演员借题发挥的话题。有一次，苏东坡在醴泉观观赏杂剧。宋代杂剧是一种歌舞、杂技和游戏的综合演出，那时的优伶常以即兴发挥的机智与幽默说笑来取悦观众。当时台上的滑稽戏，是由名角丁仙现主演的。此人原是举人，后来下海从艺，名噪一时。他出场时，头上戴着高高的"子瞻帽"，然后扬扬得意、大言不惭地说："我的文章盖天下，谁人敢来比诗画？"同台另一角色反唇相讥，说他吹牛，这时丁仙现勃然大怒，以手指着自己的帽子，高声叫道："小子，你难道没有看见我头上戴着'子瞻帽'吗？"坐在台下的苏轼听了也忍俊不禁，乐得哈哈大笑。

妙对挫辽使

元祐年间，苏东坡 16 个月内连升 12 级，官至翰林学士兼侍读学士，随侍小皇帝在迩英殿读书。

适逢太皇太后生日，辽国遣使来贺。这天在朝堂之上，辽使献上牛羊珠宝后，取出一幅卷轴，上面写着五个字"三光日月星"。辽使介绍说："这是我邦流传已久的一副上联，迄今无人对出，号称天下绝对。今借贺辰之机携来中原，想大宋朝人才济济，必能轻松对出。"

满朝文武大臣一看，集体蒙圈。这上联实在刁钻，看似稀松平常，天上的三光不就是太阳、月亮、星星吗？可是上联用了数字"三"，又对应了三个物体，那下联也必须用数字来对，但不能再用"三"字，要换作其他数字，而对应的物体不是多就是少，实在是一副绝对。

辽使见无人应对，说话的口气就蛮横了几分："你们常夸中华文化博大精深，秦皇汉武马上天下、马下文章，我看都是自吹自擂，徒有虚名吧！"

辽使的一番话，犹如在朝堂上引爆了一包炸药，群臣议论纷纷。有人怒斥辽使太猖狂，有人指责辽国用一副对联来欺负宋朝，更多的则摇头叹息。太皇太后生日，本该是个欢乐喜庆的日子，谁知辽国"借水生风"，来了这么一出闹剧！太皇太后赶紧对身边的小太监耳语道："快请苏学士！"

苏东坡刚刚踏进朝堂，辽使便满脸堆笑，拱手作揖道："苏学士名满天下，在我们那里也是妇孺皆知。上次你家兄弟苏辙出使我邦，有诗曰：'谁将家集过幽都，逢见胡人问大苏。莫把文章动蛮貊，恐妨谈笑卧江湖。'今日得见尊容，果然是风采照人啊！"

苏东坡拱手还礼，接过辽使手中的上联，略一思索，便用《诗经》对出下联："四诗风雅颂。"这下轮到辽使懵圈了，吞吞吐吐地问道："四诗怎么只有风雅颂三诗呢？"苏东坡呵呵一笑，撇撇嘴答道："且不闻雅分大雅小雅，合称雅吗？"刚才还目中无人、气势汹汹的辽使，此刻泄了气，喃喃自语道:"想不到我们的天下绝对,被你苏东坡轻轻松松就对上了,佩服啊佩服!"

苏东坡转身对太皇太后和满朝文武说道:"辽国的这副对联,说难也难,说不难也不难。比如还可以对'一阵风雷雨''两朝兄弟邦'。辽国与宋朝,同为兄弟邻邦,万不可以耍小心眼啊!"辽使再也没了嚣张跋扈的气焰,羞愧地低下了头。

苏东坡对辽使说:"井蛙焉知天地之大,无知者无畏亦可怜。你今天带来的对联,我还可以再对。"

辽使再不敢造次,低眉顺眼地答道:"晚生愿闻其详。"

苏东坡将一捋胡须,说:"四德元亨利。"辽使也是读过不少书的人,接口问道:"《周易》里的乾卦四德,应该是'元亨利贞'呀,你怎么少了'贞'呢?"

苏东坡向天祝告,然后缓缓说道:"我朝先皇宋仁宗名祯,祯与贞同音,理当避讳。还有,早在我国春秋时期,扁鹊就创立了'脉诊',也可以用来对下联,'六脉寸关尺'。"

辽使听了苏东坡一连串的下联,窘得像秋后的蝉儿,再也开不起腔了。

琴诗谈琴

苏东坡有一首《行香子》："几时归去，作个闲人。对一张琴，一壶酒，一溪云。"盼望逃离官场，归隐田园，弹琴饮酒，云水相伴，享受悠闲自在的生活。

苏东坡喜欢听琴却不善弹琴，家中珍藏着一张名为"九霄环佩"的雷琴，是父亲苏洵留下的。当年父子三人沿岷江出三峡赴汴京，苏洵曾在船上弄琴。苏东坡为此写下《舟中听大人弹琴》：

> 弹琴江浦夜漏永，
> 敛衽窃听独激昂。
> 风松瀑布已清绝，
> 更爱玉佩声琅珰。

这张琴可谓稀世珍品，后来流落民间，据专家估价为人民币4亿元。古琴艺术从古至今被视为高雅的象征。俞伯牙钟子期高山流水，知音相逢；司马相如一曲《凤求凰》，便俘获了卓文君的芳心。苏东坡的老师欧阳修号"六一居士"，曾对苏轼、苏辙说："吾集古录一千卷，藏书一万卷，有琴一张，棋一局，而常置酒一壶，吾老于其间，是为六一居士。"可见欧阳修也是懂琴的。

欧阳修知滁州时，曾写下著名的《醉翁亭记》。太常博士沈遵为之谱成《醉翁操》，一时风行天下。

苏东坡因"乌台诗案"贬谪黄州，琴师崔闲携《醉翁操》曲谱来访。苏东坡怀念恩师，倚声填词：

> 琅然，清圆。谁弹？响空山，无言，惟翁醉中知其天。月明

风露娟娟，人未眠，荷蕡过山前。曰：有心也哉，此贤！醉翁啸咏，声和流泉。醉翁去后，空有朝吟夜怨。山有时而童颠，水有时而回渊。思翁无岁年，翁今为飞仙。此意在人间，试听徽外三两弦。

苏东坡一生爱琴、听琴、咏琴，他曾写下一首《琴诗》：

> 若言琴上有琴声，
> 放在匣中何不鸣？
> 若言声在指头上，
> 何不于君指上听？

一首小诗，连提两问。如果说琴声来自琴，放在琴匣中为什么不发出声音？如果说琴声来自拨弦的手指，手指上为什么听不到琴声？这两个问题有点刁钻古怪、幽默风趣，以至于清代的大才子纪晓岚纪大烟袋编辑《四库全书》时，质疑苏东坡的《琴诗》，说：这首诗根本就不是诗，古往今来哪有这种诗体？其实纪晓岚还是偏狭了，苏东坡的《琴诗》和《题西林壁》，拓宽了宋诗的题材，开创了中国哲理诗的先河。

苏东坡洗澡

北宋习俗，三日一洗头，五日一沐浴。大街小巷，公共浴室随处可见，名之曰"香水行"。

苏东坡初贬黄州时，苦闷寂寞。白天睡大觉，傍晚才出门。在长江边看孤鸿起落，遂写下《卜算子·黄州定慧院寓居作》：

> 缺月挂疏桐，漏断人初静。谁见幽人独往来，缥缈孤鸿影。
>
> 惊起却回头，有恨无人省。拣尽寒枝不肯栖，寂寞沙洲冷。

苏东坡以孤鸿自喻，感慨寂寞无人懂，痛苦无人知，受伤的心无人抚慰。即使如此，他也决不低下尊贵而高昂的头颅！

安国寺的住持继莲和尚敬仰苏东坡的诗文人品，邀他去安国寺沐浴。苏东坡泡在滚烫的汤水中，擦拭身上的污秽，涤除内心深处的功名利禄。

> 老来百事懒，身垢犹念浴。
>
> 衰发不到耳，尚烦月一沐。
>
> 山城足薪炭，烟雾濛汤谷。
>
> 尘垢能几何，翛然脱羁梏。
>
> 披衣坐小阁，散发临修竹。
>
> 心困万缘空，身安一床足。
>
> 岂惟忘净秽，兼以洗荣辱。

苏东坡把沐浴当作"自新之方"，以达到清新涤虑、物我两忘的境界。沐浴，让苏东坡懂得了"放下"。

几年后，苏轼被调汝州。虽然仍是团练副使，虽然仍不得签书公事，但离汴京更近一些，生活的路似乎更宽一些。苏东坡告别黄州，领着家人向汝州进发。

这天，来到泗州，雍熙塔下有个公共浴池。苏东坡听说浴池里有个搓澡师傅手艺十分了得，于是决定去洗浴一番。

浴池的水温舒适，热气熏熏，苏东坡眉闭眼合，昏昏欲睡。那位手艺高超的师傅给苏东坡搓背，开始还轻轻的，后来加了力道，苏东坡有些受不了，忙喊师傅轻点轻点。搓完了澡，苏东坡感到一阵轻松，一首《如梦令》涌上心头：

> 水垢何曾相受。细看两俱无有。寄语揩背人，尽日劳君挥肘。
> 轻手，轻手。居士本来无垢。

粗读这是一阕洗澡词，你看：清净的水，污浊的垢，何曾相互容纳？水中无垢，垢中无水。劳烦搓澡师傅为我搓洗，不过请你的手轻些，再轻些。因为我东坡居士，身上本来就没有污垢。细读起来，就能感受到苏东坡心中的愤懑与不平。我忠君爱国，却遭小人陷害，获罪下狱，躬耕东坡，历史将证明我无罪，因为我本来无垢。

"无垢"系佛家语，比喻一切本来清净。正如《菩提偈》云："菩提本无树，明镜亦非台。本来无一物，何处惹尘埃。"

求人不如求己

苏东坡和佛印是好朋友，他们经常在一起谈天说地，禅机交锋。有一天，东坡、佛印去游一座寺院。前殿有两尊面目狰狞的金刚神像。苏东坡问佛印："大禅师呀，你看这两尊横眉竖眼的金刚谁更厉害呀？"佛印说："你看哪个的拳头大，哪个就厉害。"

走进大殿，供奉的是观音。那观音低眉顺眼，一脸慈祥。一手握净瓶，一手捻佛珠。苏东坡问："这观音菩萨本就是佛，为何还要天天捻佛珠呢？"佛印答："观音菩萨也是人呀，净瓶静心，捻珠求佛，他也要天天祷告呢。"苏东坡觉得好奇怪："那观音菩萨又向谁祷告呢？"佛印说："他向自己祷告呢。"苏东坡越发不解了，急忙问道："他为什么要向自己祷告呢？"

佛印哈哈一笑，说："苏大学士，你可知天下最难是什么吗？是求人难呀，民间不是有句俗语，叫作求人不如求己么？"

苏东坡如醍醐灌顶，顷刻顿悟。

眉山为啥出三苏

眉山三苏祠前厅有一副对联："一门父子三词客，千古文章四大家。"上联说的是"唐宋八大家"中的苏洵、苏轼和苏辙三父子，下联则指唐代的韩愈、柳宗元和宋代的欧阳修、苏东坡"文章四大家"。眉山在宋代，不过是"一边僻小城耳"，为什么会诞生横绝古今的三苏父子呢？

眉山苏氏源起唐朝宰相苏味道，武则天时期的神龙年间，他被贬为眉州刺史，后来逝于贬所。苏味道有四个儿子，留下老二苏份居眉，开枝散叶，遂有苏姓眉山派。自苏东坡出生，已历十代。

眉山自古称"坤维上腴，岷峨奥区"，即天底下最富庶的地方，岷江峨眉山之间最神奇的地方。千里岷江滔滔南来，舟楫称便。都江堰水浇灌万顷良田，鱼米之乡。自唐而设的孙氏书楼藏书丰富，山学鼎盛。位列宋代三大印刷中心之一的眉山雕版印刷，闻名遐迩。儒释道兼收并蓄，礼仪之邦。传统文化根脉相承，民风纯善……凡此种种，不过是良好的外部条件，最最重要的，是苏门优秀的独具魅力的家风家教。

家风家教是一个家庭信仰的符号，是一个家庭的精神高地，是家庭所有成员的行为准则。三苏家风家教是三苏父子及其后辈儿孙在家族内部形成的读书之路、品学之养、史事之鉴、仁爱之心、廉洁之德、直言之性、贤内之助的良好风气。

三苏家风

三苏家风可以概括为四句话：

读书正业　孝慈仁爱
非义不取　为政清廉

（一）读书正业

三苏的先祖苏味道，少年即爱读书，被誉为"初唐文章四友"之一。成语"火树银花"即出于其诗作"正月十五夜"。

苏东坡的祖父苏序非常重视子孙读书。有道士为他选地穴，一穴主富，一穴主贵，他说："吾欲子孙读书，不愿富。"

苏东坡的父亲苏洵"平居不治生业，有田一廛，无衣食之忧。有书数千卷，手辑而校之，以遗子孙，曰：读是，内以治身，外以治人，足矣。"苏洵"年二十七始大发愤"，稽考古今成败，精研百家之说，终成布衣大儒，一代文章宗师。

（二）孝慈仁爱

母亲程夫人对苏轼、苏辙、苏八娘慈爱有加，以身示范。"不残雀鸟""不发宿藏"，言传身教，润物无声。程夫人"生而志节不群，好读书，通古今，知其治乱得失之故"。读一篇"范滂传"，便让儿女们懂得了人生大义。大史学家司马光高度评价程夫人："柔顺足以睦其族，智能足以齐其家，斯已贤矣。况如夫人，能开发辅导成就其夫、子，使皆以文学显重于天下，非识虑高绝，能如是乎？"

苏东坡在母亲的影响下，一生爱民尊民，因法便民。"早岁便怀齐物志，微官敢有济时心。"他在凤翔改革衙前役，在密州绕城拾弃儿，在徐州抗洪赈灾，在杭州修浚西湖，在定州加强边防。即使在无职无权的谪贬流放中，也不改仁慈爱民之心。他在黄州建育儿会，在惠州建东西两桥，在海南开馆办学。可谓"一生功业，心系黎民"。

（三）非义不取

良好的家风，让东坡兄弟在漫长的宦海生涯中，始终保持非义不取的铮铮风骨。苏东坡谪贬黄州，写下著名的《赤壁赋》："且夫天地之间，物各有主，苟非吾之所有，虽一毫而莫取。惟江上之清风，与山间之明月，耳得之而为声，目遇之而成色，取之无禁，用之不竭，是造物者之无尽藏也。"

谪贬黄州前，苏东坡已在密州、徐州、湖州当过三任知州，"俸入所得，随手辄尽"。到了黄州他才发现，手中积蓄仅够全家生活一年。于是厉行节俭，挂钱梁上，每天只取150钱维持生计。他讨来城东一块废营地精心躬耕，自嘲："吏民莫作长官看，我是识字耕田夫。"

面对物欲横流的世界，苏东坡始终保持着独有的清醒和潇洒的心态。"至今不贪宝，凛然照尘寰。"因而才有了"莫听穿林打叶声，何妨吟啸且徐行。竹杖芒鞋轻胜马，谁怕？一蓑烟雨任平生"的坚强定力。

（四）为政清廉

为政清廉的基础是为人清正。苏东坡在长达四十年的从政生涯中，始终保持"以廉为本"的初心，把"功废于贪，行成于廉"作为理政为民的座右铭。

元丰六年，大儿子苏迈将赴任德兴县尉。苏东坡送儿子一方砚台，并作铭曰：

> 以此进道常若渴，以此求进常若惊。
> 以此治财常思予，以此书狱常思生。

此铭可看作苏东坡的行政之道和为官心得，是苏门家风的精髓。即使放在当下，也足具警示作用。

为政清廉还有更深一层的意义，即担当与作为。苏东坡在给朋友的信中，展现了一个更真实、更勇敢、更强大的生命个体："吾侪虽老且穷，而道理贯心肝，忠义填骨髓，直须谈笑于死生之际。……虽怀坎壈于时，遇事有可尊主泽民者，便忘躯为之，祸福得丧，付与造物。"

"人生到处知何似？应似飞鸿踏雪泥。"三苏家风体现了苏氏家族耕读乐学、孝爱仁义、非义不取、为人清正、为政清廉的家族传统。

三苏家教

三苏家教也可归纳为四句话：

奋厉当世　　循理无私

薄己厚人　　浩然正气

（一）奋厉当世

苏辙在《亡兄子瞻端明墓志铭》中讲了一个故事："太夫人读《范滂传》慨然叹息。公侍侧曰：轼若为滂，夫人许之否？太夫人曰：汝能为滂，吾顾不能为滂母耶？"程夫人用东汉忠臣范滂的故事，对孩子们进行家国情怀的教育，成效非常显著，其结果是"公亦奋厉有当世志"。

（二）循理无私

晚年的苏东坡从海南渡海回到大陆，有人问他，人生的道路，怎样才能顺畅通达？苏东坡回答说："君子之顺，岂有他哉，循理无私而已。……夫顺生直，直生方，方生大。君子非有意为之也，循理无私，而三者自生焉。"

所谓"循理"，就是充分认识和尊重自然、尊重社会的发展规律，"循万物之理，无往而不自得"。循理必须坚持无私，大到国计民生，小到儿女家事。"火之所以盛者，风也，火盛而风出焉；家之所以正者，我也，家正而我与焉。"循理无私可以理解为"树理想，守初心，遵法纪，断私欲"。正如苏东坡在《杭州召还乞郡状》中所言："守其初心，始终不变。"

（三）薄己厚人

苏东坡的高祖苏杲"轻财好施，急人之难"，"最好善，事父母极于孝，与兄弟笃于爱，与朋友笃于信，乡间之人，无亲疏皆敬爱之"。

苏东坡的祖父苏序"谦而好施，甚于为己"，"性简易，无威仪，薄于为己而厚于为人"。

苏东坡天性纯真，心地善良，秉持家教，薄己厚人。无论交友还是行事，总是与人为善。那些曾经诬陷攻击甚至要置他于死地的政敌群小，如章惇、李定、舒亶等，他都一律给予原谅。只有心胸开阔、心地善良的人，才能不把仇恨种在心里，抬头看天，眺望远方的黎明。

（四）浩然正气

三苏父子善养浩然正气。苏洵"爱此宇宙宽，浩然遂望还"；苏轼"以迈往之气，行正大之言"；苏辙"文不可学而能，气可以养而至"。

苏东坡在《潮州韩文公庙碑》中写道：浩然正气"不依形而立，不恃力而行，不待生而存，不随死而亡者矣。故在天为星辰，在地为河岳，幽则为鬼神，而明则复为人"。

"一点浩然气，千里快哉风。"三苏家教体现了苏氏家族忠公体国，砥砺奋进、严于律己、涵养正气的优良传统。

三苏优秀的家风家教，不仅荫庇苏家子孙，更成为千百年来，人们为人处世、修身养性的圭臬。苏东坡尽管一生历经坎坷，备尝艰辛，"问汝平生功业，黄州惠州儋州"，但不论出处穷达，始终坚持"经世致用的抱负不变，为民造福的思想不变，独立不惧的品节不变，乐观豁达的心性不变"。在新的历史时期，我们要深入传承三苏文脉，弘扬东坡文化，涵养家国情怀，坚定文化自信，努力拼搏奋斗，开创美好明天！

六

平生功业

东坡书话

苏东坡不仅是辉耀古今的大文学家，他的书法更是多姿多彩，丰腴跌宕，烂漫天真，位列宋代"苏（轼）、黄（庭坚）、米（芾）、蔡（襄）"四大书法家之首。

苏东坡从小悉心学习王羲之、颜真卿等前辈大书法家的字，但他从不照摹照搬，而是在继承的基础上不断创新。他常常把前辈书法家的作品挂在墙上，仔细揣摩书法意趣，一边观赏，一边用心思考，一边以手指作笔描摹。他常在法度之外求新意，前人书帖的浓与淡、轻与重、疾与徐、丰腴与枯涩、流畅与转折……无不给他以启迪。每读一帖，苏东坡都能将别人的精华吸收进自己对书法的理解，学古而不泥古，有法而不循法。他曾总结自己学习书法的心得："诗不求工字不奇，天真烂漫是吾师。"因此，品苏东坡的书法，常令人目不暇接，耳目一新。

苏东坡和黄庭坚（山谷）是好朋友，两人常在一起谈诗论文，切磋书艺。有一天，苏东坡到山谷府上，看了山谷写的字，戏谑道："山谷兄，你近来写的字更加清新劲挺了，不过，有的字过分太瘦太涩，活像挂在树梢上晒干的蛇。"黄山谷哈哈一笑，反唇相讥道："坡公的字我是不敢随便评论的，但我看你写的字太肥太扁，活像大石头下压扁了的癞蛤蟆啊！"说完，两个人都开心地笑了。

吴兴有个刺史叫王晋卿，他非常喜欢苏东坡的字，经常自费搜集苏东坡的书法作品。有一次，王晋卿给苏东坡写了一封信，信上说："我一天到晚都在想法搜集您的字，最近又用三匹上好的细绢好不容易换来两张字。求您将所作送一些给我嘛，不要让我花这么多绢帛去换您的字，好不好？"苏东坡看了信以后觉得王晋卿这个人很有趣，就用当时最好的澄心堂纸、李承宴墨，写了在黄州时作的《黄泥坂词并跋》二百多字，送给了王晋卿。

有个叫姚麟的人，为了求到苏东坡的字，就去找苏东坡的同僚韩宗儒想办法。这韩宗儒虽然和苏东坡同在翰林院供职,但不好意思总是向苏东坡要字。于是他想了个办法,时不时地借故写封信叫仆人给苏东坡送去。苏东坡得信后,一般要依当时规矩,礼貌地写一纸复帖。韩宗儒拿到手书的复帖,就跑到酷爱苏东坡书法的姚麟那里去换几十斤羊肉来吃。后来,黄庭坚知道了这个秘密,便取笑苏东坡说:"从前,王羲之嘴馋,为了吃肥鹅肉,曾经拿自己的字去换山阴道士的大鹅,因此他的字叫'换鹅书'。如今,先生的字也有人拿去换羊肉吃,因此,你的字也可以叫作'换羊书'了。"苏东坡听了缘由,不由地捧腹大笑。过了几天,韩宗儒打发仆人给苏东坡送来一封信。苏东坡推口忙没有复帖。姓韩的不知事情已经败露,又接二连三地派仆人送来书信。最后那仆人干脆不走了,站在庭下催讨复帖。苏东坡想起黄庭坚对他讲的传闻,又好气又好笑。"哼,这个韩宗儒又想拿我的字去换羊肉吃,今天可不行了。"于是,苏东坡走到庭前,对那个仆人说:"回去告诉你家主人,从今日起断屠!"

苏东坡在徐州当太守时,带领军民抗洪保城。后来徐州百姓修了一座黄楼,楼前立着一块刻着《黄楼赋》的石碑。碑文是苏东坡请弟弟苏辙撰写的,碑上的字则是苏东坡亲自手书的。据说,苏东坡在黄楼书写碑文时,徐州歌伎马盼盼在一旁磨墨展纸。有一天,苏东坡刚写完"山川开合"中的"山川"二字,有人来请他去处理公事,苏东坡便放下笔,跟着来人走了。调皮的马盼盼看苏东坡走了,便偷偷提起笔,接着写了"开合"二字。苏东坡回来后,一眼就看出了破绽,却装着若无其事的样子,提笔把"开合"二字略加修饰润色,继续写下去。马盼盼见苏东坡保留了她写的两个字,又高兴又羞愧,连忙坦白告罪。苏东坡笑道:"你写得很好,很像,只是不敢劳你多写。"

这块石碑的遭遇很像苏东坡的命运。苏东坡因"乌台诗案"流放黄州后,石碑便被推入城下护城壕中,一直无人过问。直到苏东坡逝世后三十年,朝廷对苏东坡的"文禁"有些缓和,而达官贵人竞相以收藏苏东坡的字画为荣,这块石碑才被灵机一动的徐州知州苗仲先派人打捞起来,并立即请工匠日夜不停地拓印碑文,共得碑帖四千份,然后对外宣布说:"朝廷对苏东坡的禁令并未撤销,这块石碑岂能保留?"接着便下令打碎了石碑。这位苗知府后来高价出卖碑帖,大大发了一笔横财。

巧堵后门

元祐年间，苏东坡回朝当了翰林学士，负责替皇帝起草诏书，有"内相"之称，一时权倾朝野。于是，不少趋炎附势的人望风转舵，纷纷到苏东坡门上来拜访，希望能在苏东坡这里开个后门，谋个一官半职，捞点好处，但都被苏东坡拒绝了。

有一天，苏东坡散朝回家，门口的台阶上坐了一个人。苏东坡仔细一看，咦，这不是当年在家乡求学时的启蒙老师刘微之的儿子刘厚诚吗？苏东坡赶紧把刘厚诚请进家门，亲自为他奉上热茶，亲热地问起家乡四川眉山的事来。原来，刘微之老先生已于几年前病故，刘厚诚靠父亲留下的十几亩薄田过日子。这刘厚诚正如他的名字那样，为人诚恳、老实、本分。虽然父亲是远近闻名的饱学之士，他本人却读不得书，大字识不得两箩筐，一直在家务农。听说苏东坡在京城做了大官，一些乡邻就给他出主意，说现在你父亲不在了，苏东坡在京城做大官，他不会不照顾你的。你去找找他，随便在衙门里找个差事，岂不比在家里强？刘厚诚本是个没主意的人，众人你一言，我一语，就把他的心思说动了。于是，千里迢迢从眉山来到京城，找到了苏东坡。

苏东坡耐心地听完刘厚诚的来意，笑着说："厚诚兄，你的事不着急，先住下来再说。"说完，吩咐厨下备饭。

苏东坡历来尊重师长，对老师儿子的事，他不能不管。但苏东坡又是个有原则的人，他不能眷顾私情而坏了规矩。吃过饭，苏东坡把刘厚诚请到书房，笑眯眯地说："厚诚兄，我想给你讲个故事，不知你愿不愿听？"刘厚诚心想苏东坡一定会答应自己的要求的，便连声说："愿听，愿听，一切都听子瞻兄的。"

于是，苏东坡讲了这样一个故事：

从前，有个穷汉子，总是这山望着那山高，结果哪一件事都没做好，后来连生活也难以维持了。他想来想去，决定去盗墓。他想，盗墓这营生虽然辛苦，却是无本万利的生意。于是他扛起锄头，跑到东庄的山坡上，挖开一座古墓。墓里有个赤身裸体的僵尸，坐起来对他说："你听说过汉朝的杨王孙吗？我就是。当年我为了纠正厚葬的陋习，主张裸葬。所以，我这里没有任何东西可以周济你。"

那个汉子不甘心，又到西村山上去挖另一座古墓，费了九牛二虎之力才把墓挖开。这个墓看上去富丽堂皇，一定是有钱人家的墓，肯定有不少值钱的东西。走进墓穴一看，果然是一个帝王模样的人。谁知这个人冷冰冰地对他说："我是闻名天下的穷皇帝汉文帝，我一生提倡节俭，主张丧葬从简，死了的人，一律不准用金银珠宝陪葬。因此，我这里只有一些破破烂烂的坛坛罐罐，没有一件值钱的东西，你看我能帮你吗？"

那个汉子失望极了，但他仍不死心，又跑到南乡去掘墓。这次他看见有两座相连的古墓，心想，这回该有戏了。于是挥起锄头，先向左边那座墓挖去。他好不容易把墓挖开了，只见一个饿得骨瘦如柴的老头，有气无力地对他说："我就是商朝末年的伯夷啊！因为不食周粟，饿死在首阳山下。我自己都是饿死鬼，哪里有能力来资助你呢？"

那个汉子听了，不禁仰天长叹道："未必老天真的不长眼啊！可怜我劳累了大半天，竟然一无所获。唉，不挖也挖了，干脆把右边的那座墓也挖开，看看最后能不能捞到点什么东西。"

那个自称伯夷的瘦老头，赶忙阻止他说："老弟，我看你还是别浪费时间了！"汉子忙问："为什么呢？""因为那边是舍弟叔齐，他是同我一道活活饿死的。你想，他又能比我好到哪儿去呢！"

苏东坡讲完故事，问刘厚诚："贤弟听了这个故事有何感想？"刘厚诚虽然老实，但苏东坡故事里的故事，话里的话也听明白了一些。他不好意思地说："子瞻兄，其实你知道我这个人，也就是个种田的料，都怪我受人怂恿来找你开后门。我明天就回去，种好我那十几亩地，清清静静地过我的日子。"苏东坡急忙阻拦道："厚诚兄也别急着走，在我这里多住几天，看看京城风光。空了我还要带你去给嫂子和孩子买点衣服料子呢。"

半个月后，刘厚诚背着苏东坡送的东西和二十两盘缠银子，高高兴兴地返乡了。

胸有成竹

　　"胸有成竹"这个成语，大家都很熟悉。但要问这个成语是怎么来的，知道的人恐怕就不多了。下面我就给大家讲讲"胸有成竹"的故事。

　　话说苏东坡有位表哥，叫文与可，四川盐亭人，是北宋著名的画家、诗人，他开创了"湖州画派"，以画竹闻名于世。苏东坡一生爱竹，也喜欢画竹，经常和文与可一起切磋画艺。苏东坡曾说："宁可食无肉，不可居无竹。"因此，他在住处周围种了不少竹子。苏东坡还喜欢吃竹笋，经常到竹林中去烧竹笋吃。

　　有一年，文与可调到临川当太守，临走前和夫人一起来向苏东坡告别。正值东坡与王朝云在竹林里烧笋吃，文与可吃了东坡烧的竹笋，觉得清淡醇香，鲜美异常，别有风味，便问东坡："你烧的笋子咋个这样好吃呢？"东坡说："竹称君子，恬淡潇洒，竹笋清香纯正，不能杂以他味。世人往往用肉来烧竹笋，肉味本浊，以浊乱清，是以小人乱君子，自然吃不出竹笋的本味来。我烧的笋子，不用柴草，而是用竹林中的竹叶来烧的，这就把竹笋的本味集中起来了，焉得不美！"文与可听了，连连点头。苏东坡还得意地告诉文与可："这样的竹笋吃下去，竹的君子风味，便沁人心脾，与我融为一体而不可分也，不是真正爱竹之人，能如是乎？"

　　文与可夫妇到了临川以后，便按照东坡的方法烧笋来吃。有一次，文与可正吃得津津有味时，想起了东坡，便问夫人："本地的竹笋可以吃到几月？"文夫人说："临川这地方竹的种类不少，竹笋生长时间不一，到初冬还有嫩笋可吃。"文与可听了便说，快写信告诉东坡，请他到临川来吃竹笋。

　　不久，苏东坡的回信来了。当时文与可正在吃饭，拆信一看，不禁捧腹大笑，嘴里的饭菜也喷了一桌。夫人问他笑啥子，文与可便把信递给夫人。夫人一看，原来东坡的信中有这么一首诗：

汉川修竹贱如蓬，斤斧何曾赦箨龙。

想见清贫馋太守，渭川千亩在胸中。

　　文夫人把信看完后，对文与可说："你连信都没看完就只管笑。人家苏表弟后面还有解释，说是渭川千亩在胸中，就是说胸有成竹，笔下的竹千姿百态，信手拈来，自然风韵无穷。这不就是苏表弟早先所说的，竹与人融为一体了吗？"文与可道："他这是夸我胸有成竹嘛！"

　　后来，"胸有成竹"这句成语就流传开了。

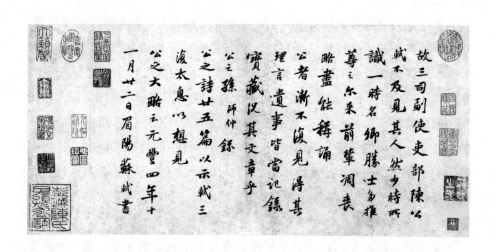

观　棋

苏东坡常对人讲，平生有三件事不如人：下棋、喝酒、唱曲。虽然苏东坡不擅长下棋，却喜欢看别人下棋，算得上忠实的观众。他可以"隅坐竟日，不以为厌"，所谓"观棋不语真君子"。对弈的双方在黑白间手谈输赢，他却在纹枰上自得其乐。

南岳有个李岩老，特别喜欢睡觉。朋友聚会，大家吃了饭下棋，他却在旁边呼呼大睡。下棋的人下了好几盘了，他才翻个身，睡眼惺忪地问道："嗨，你们下了几盘了？"苏东坡开玩笑说："李岩老啊，别人是纹枰论战，黑白对弈，你是用四只脚作棋盘，只着黑子啊！"苏东坡借用老师欧阳修的一句诗"棋罢不知人换世"来调笑李岩老。欧阳修的诗句中暗含"烂柯"典故。说的是晋朝时候，王质上山砍柴，见二童子对弈，便放下斧头，站在旁边观战。童子递给王质一枚枣核，含在嘴里，竟不知饥渴。等到一盘棋下完，王质低头一看，自己的斧头柄都已经朽坏了。回到家，才知道时间过去了几十年，父母兄弟都过世了。苏东坡的《书李岩老棋》的短文，也许就是在观棋中获得的灵感。既引经据典，又幽默风趣，读来让人忍俊不禁。

苏东坡谪居黄州时，张怀民也被贬到黄州。二人同为贬官，对政事的看法也颇为一致，常在一起游玩。有一天晚上，月色入户，苏东坡睡不着，便去承天寺找张怀民。怀民亦未寝，二人携手步于中庭。"庭下如积水空明，水中藻荇交横，盖竹柏影也。何夜无月？何处无竹柏？但少闲人如吾两人耳。"苏东坡的《记承天寺夜游》仅用短短 85 个字，便将月色、竹柏影和信步而游的两个"闲人"刻画得生动形象，由此开创了明清小品文的先河，令人叹为观止。

苏东坡观棋，乐于当观众，有时候又不得不当裁判。张怀民喜爱下棋，有一次与张昌言下棋，请苏东坡做裁判。胜了的一方，由苏东坡写一幅字作为奖品；输了的一方，则请吃一顿饭。苏东坡觉得有趣，把这件事记了下来：

> 张怀民与张昌言围棋，赌仆书字一纸。胜者得此，负者出钱五百足，作饭会以饭仆。

苏东坡初贬儋州时，整天无所事事，常在衙门外的大树下，看小儿子苏迈与儋守张中下棋。棋盘上黑白交错，苏东坡的心思却飞到了庐山五老峰。当年苏东坡游庐山白鹤观，观中长松荫庭，只闻敲枰落子声。苏东坡大为感慨，遂写诗曰：

> 纹枰坐对，谁究此味？
>
> 空钩意钓，岂在鲂鲤？
>
> 小儿近道，剥啄信指。
>
> 胜固欣然，败亦可喜。
>
> 优哉游哉，聊复尔耳。

"胜固欣然，败亦可喜。"苏东坡不下棋，却悟出了下棋的门道。你说，苏东坡究竟是会下棋，还是不会下棋呢？

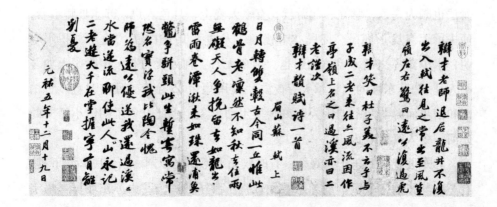

苏东坡升天

"苏东坡升天了。"

"苏东坡是天上的文曲星，被玉皇大帝召去做侍读了。"

流言像长着黑色翅膀的幽灵，在大宋王朝的官场民间迅速流传。

消息传到京城，传进皇宫。正吃午饭的神宗皇帝扔下筷子，长叹一声："才难，才难啊！"他立即召来左相蒲宗孟，询问详情。

蒲宗孟和苏东坡既是同乡又是亲戚，他的姐姐嫁给了苏东坡的堂兄。蒲宗孟也是刚刚听到这个消息的，弄不清是真是假。皇帝询问，他不敢隐瞒，只得含含糊糊地禀告："日前坊间有此传闻，未见黄州邸报。"

"速速打探清楚！"神宗扔下这句话，闷闷不乐地回内宫去了。

消息传到许昌，范镇号啕大哭，命儿子携金帛前往黄州吊唁。儿子很冷静，安慰老人说："这个消息也许是误传，不如写封信，再派个人去黄州看看。"范镇觉得这个办法稳妥，便写了一封问候起居的信，交门客李成伯火速赶往黄州。

李成伯昼夜兼程赶到黄州，却见苏东坡正在临皋亭画画，心中的一块石头才落了地。李成伯呈上范公的信，说明了此行的缘由，苏东坡哈哈大笑，赶紧给范镇老人回信："某凡百粗遣，春夏间多患疮及赤目，杜门谢客，而传者遂云物故，以为左右忧。闻李长官说，以为一笑。平生所得毁誉，殆皆此类也。"

这期间，天南地北的朋友纷纷来信问询。苏东坡一一作答致谢，以免朋友们牵挂悬望。

蒲宗孟这边，也已打探到确切消息。春夏之间，苏东坡先患疮疖，后患眼病，风毒侵袭，几致失明。苏东坡在家养病，几个月没出门，于是谣言四起。不过，同出于欧阳修门下的曾巩最近在临川病逝，坊间便讹传苏东坡与曾巩同日逝世。神宗得此消息，轻轻舒了一口气。

也许是苏东坡名气太大，名望太高，有关他"升仙"的传闻，在这之前和之后就有好几次。

苏东坡八岁入乡校，拜在道士张易简门下。一百多个同学中，张易简特别看好苏东坡和陈太初。陈太初爱学习，极聪慧，对道学很感兴趣。陈太初曾考取功名，在一些州县做小吏。有一年春节，陈太初去汉州拜望太守，太守送他一些衣食钱物。陈太初走出衙门，便把手中钱物送给了市井贫民，返身坐在衙门前的牌坊下面。不一会儿，竟然没了呼吸。收拾后事的衙役们骂道："何方妖道，大年初一死在我家门前，晦气！"谁知陈太初微笑睁眼说："不好意思，不须麻烦各位。"说完，起身走到金雁桥下坐化。焚化那天，全城的百姓都看见渺渺烟焰中，陈太初飞升而去。

陈太初逝世的消息传回眉山，一传二传便传成了苏东坡羽化而登仙。害得苏东坡又带口信，又寄书信，证明自己没死，才止住了谣言。

无独有偶，苏东坡谪贬海南时，又一次传闻逝世。苏东坡不得不作一篇谐趣短文《东坡升仙》，以正视听。

> 昔吾谪黄州，曾子固居忧临川，死焉，人有妄传吾与子固同日化去。……今谪海南，又有传吾得道，乘小舟入海，不复返者。……吾平生遭口语无数，盖生时与韩退之相似，吾命在斗间而身官在焉。故其诗曰："我生之辰，月宿斗直。"且曰："无善声以闻，无恶声以扬。"今谤我者，或云死，或云仙。退之之言，良非虚尔。

生者已死，死者犹生，苏东坡早已看淡了死生。"人生如逆旅，我亦是行人。"唯愿此生，"也无风雨也无晴"。苏东坡曾写信给维琳方丈："岭海万里不死，而归宿田里，遂有不起之忧，岂非命也夫！然死生亦细故尔，无足道者。""人生如寄，多忧何为？"苏东坡不惧生死，死神又奈其何哉！

苏东坡上当

　　林语堂称赞苏东坡是"天下无一难能有二"的天才的全能作家，后来人们也把苏东坡誉为"千古第一文人，唐宋八家之首"。其实苏东坡智商高而情商低，心如赤子，怀抱慈善，"见天下无一个不好人"，常常上当受骗。

　　元祐年间，因"乌台诗案"而谪贬多年的苏东坡终于回到京城汴京，在朝廷担任要职。这一年，从山东来了个道士，自称乔仝。这乔仝八十多岁了，须发飘飘，一副仙风道骨的模样。翻山越岭如履平地，健步如飞。年轻时的乔仝英俊潇洒，倜傥风流，不料患上大风恶疾，眉毛脱落，鼻塌眼斜，面目可怖。于是弃世入山，拜在后晋水部员外郎贺亢门下，修道于山东蒙山。

　　乔仝经人引荐，结识了苏东坡。有一次两人饮茶闲聊，乔仝说当年苏东坡在密州任太守时，他和他的师父贺亢东游，曾见过苏东坡。后来，师父贺亢还专门打听过苏东坡的消息。心如稚子一般天真的苏东坡听乔仝一番忽悠，心中大喜。因为苏东坡笃信道教，知道唐末五代有个贺水部得道长生，贺水部即水部员外郎贺亢，而贺亢又是乔仝的师父。于是苏东坡热情邀请乔仝在府上住下，天天好酒好肉伺候着。眼看年关将近，乔仝对苏东坡说，与师父贺亢有约，元宵节将在蒙山见面，因此不能久留。苏东坡再三挽留，朱仝执意离去，无奈之下，苏东坡写了五首诗托朱仝带给贺亢，表达对贺亢的敬意和心愿："闻道东蒙有居处，愿供薪水看烧丹。"苏东坡还送乔仝二十匹缣绢和银两，并作诗留别：

君年二十美且都，

初得恶疾堕眉须。

……

觉知此身了非吾，

炯然莲花出泥涂。

……

尔来八十胸垂胡,

上山如飞嗔人扶。

……

秋风西来下双兔,

得枣如瓜分我无?

苏东坡渴望"得枣分瓜",与乔仝相约春天再见。谁知乔仝一去,如黄鹤渺渺,再无消息。苏东坡这才明白,上了江湖骗子乔仝的当。

元祐八年,苏东坡以端明殿学士兼翰林院侍读学士、礼部尚书履职朝堂,横遭御史董敦逸和黄庆基七次弹劾围攻。苏东坡在百口莫辩和求去不得的苦闷时,好友王巩给他介绍了一位叫姚丹元的道士。姚丹元天资智慧,原本是京城王姓富家子。只因放荡不羁,辱没家族,被父亲赶出了家门,投奔建隆观,做了道士。姚丹元潜心钻研,熟读道家经典。对于方术丹药,更是了然于心。姚丹元口才极好,自称是诗仙李白的后人丹元子。他对苏东坡吹嘘说,李白没死,曾亲见李白在海上飞行,并出示了两首李白的新作,下为其一:

朝披梦泽云,笠钓青茫茫。

暮跨紫鳞去,海气侵肌凉。

苏东坡于精神极度痛苦中读到姚丹元伪作的李白诗,精神为之一振,仿佛神游八荒,心悟造化。于是提笔将这两首所谓的李白诗抄写下来,赠送给了姚丹元。(此书帖后来流落海外,现存大阪市立美术馆。)

后来,宋徽宗赵佶当了皇帝,这个姚丹元改名王绎,拜在蔡京门下,做了朝廷的鹰犬。

苏东坡又一次被骗了,只能慨叹世风日下、江湖险恶,痛责自己识人不敏,错付真心。

东坡论战

苏东坡是誉满天下的大文豪，说他是个军事家，你相信吗？

中国封建社会的知识分子，深受儒家文化的浸润，具有强烈的"心怀天下"的使命感和忧患意识。"居庙堂之高，则忧其民；处江湖之远，则忧其君。"视富贵荣华如浮云，弃得失荣辱于身外，却无法忍受被排斥被抛弃的命运，无法忍受为国为民的一腔"壮怀激烈"，无所归依。

早在密州任上，苏东坡就写下豪气冲天的《江城子·密州出猎》：

老夫聊发少年狂，左牵黄，右擎苍，锦帽貂裘，千骑卷平冈。
为报倾城随太守，亲射虎，看孙郎。

酒酣胸胆尚开张，鬓微霜，又何妨？持节云中，何日遣冯唐？
会挽雕弓如满月，西北望，射天狼。

这首词是东坡豪放词的开篇之作，强烈地表达了强国抗敌的政治主张，抒发了渴望报效国家的壮志豪情，充满了驰骋疆场的阳刚之气。

苏东坡在登州做了五天太守，深知登州三面环海，与辽东半岛隔水相望，战略地位十分重要。他撰写《登州召还议水军状》，奏请"朝廷详酌，明降指挥，整肃军队，加强海防"。苏东坡的这份奏章，对宋朝的海防建设意义重大，也是中国古代水师建设的重要典籍。后来，登州附近海域不断出现倭寇骚扰的事件，证明了苏东坡的军事眼光和政治远见。

元祐八年，苏东坡以端明殿学士兼翰林侍读学士、礼部尚书出知定州。目睹军政废弛，将骄卒懒的情势，他大力整顿军队，加强边防建设。定州地处边防，辽军常有小股部队犯边袭扰。当地老百姓自发组织了"弓箭社"，"带弓而锄，佩剑而樵"。每有紧急情况，便击鼓为号，很快就可组成几千人的队伍。苏东坡十分重视这种兵民结合的组织，向朝廷上报了

《乞增修弓箭社条约状》的奏章，称弓箭社为"边防要用，其势决不可废"。他还亲赴演武场，指挥弓箭社和守军进行了好几次联合军演。

自签订"澶渊之盟"以来，大宋王朝每年都要向辽和西夏上贡纳币。这种绥靖政策助长了辽和西夏的嚣张气焰，辽和西夏成为朝廷的心腹大患。苏东坡一贯反对向辽和西夏软弱妥协，力主坚决抵抗辽和西夏的骚扰。

元丰二年，苏东坡因"乌台诗案"谪贬黄州。也许跌落到社会的最底层，对"风起于青萍之末"的感受更加敏感，对世事变化更加敏锐。他在《晁错论》中写道："天下之患，最不可为者，名为治平无事，而其实有不测之忧。"他读《战国策》，纵论商鞅功罪。他在《代侯公说项羽辞》中指出："来而不可失者，时也；蹈而不可失者，机也。"

元丰四年，西夏发生内乱。好大喜功的神宗以国家命运作赌注，悍然发动了对西夏的战争。谁知遭西夏伏击，宋军大败。经略安抚使种谔引兵来救，双方激战于定川，西夏死伤无数。宋军趁机克米脂，入银川。消息传到黄州，苏东坡举杯庆贺赋诗：

> 闻说官军取乞阄，将军旗鼓捷如神。
>
> 故知无定河边柳，得共中原雪絮春。

得此胜势，朝廷本该审时度势，偃武息兵，重开边贸，修睦旧好。谁知宋神宗和一班佞臣，执意强行用兵。时任延州（今延安）知州沈括连上奏章，请求在北宋和西夏接壤的横山筑一大城屯兵，名之曰"永乐"，准备围剿西夏。书生就是书生，沈括的永乐大城居然从城外引水。宋军刚刚进城，西夏最精锐的"铁鹞子军"，便把永乐城围得铁桶一般。西夏军并不急于攻城，只将水源切断，城内宋军便不战自乱。三天后，城破。宋军首领被斩首，官兵尽皆投降。灵武、永乐两战，宋军死伤60余万人，耗费金银无数，宋朝元气大伤。消息传到汴京，野心勃勃的宋神宗大惊失色，悔恨不已，终日以泪洗面，一病不起，衔恨而终。

西夏战事的失败，让苏东坡陷入了深深的痛苦。除了为死难的将士，也为自己身为贬官，无法上书直言而伤神。他以朋友滕甫的名义上奏朝廷，直抒心意。

> 臣窃观自古善用兵者，莫如曹操。其破灭袁氏，最有巧思。
> ……缓绍而乱其国，不及八年，而袁氏无遗种矣。……若操者，
> 可谓巧于灭国矣。灭国，大事也，不可以速。……故臣愿陛下之
> 取西夏，如曹操之取袁氏也。……为陛下计，惟天下安、社稷固
> 否耳。……古人有言："省功不如省事，省事不如清心。"……然
> 自念旧臣，譬之老马，虽筋力已衰，不堪致远，而经涉险阻，粗
> 识道路，惟陛下哀愍其愚而怜其意。

从这篇《代滕甫论西夏书》中，可以窥见苏东坡的军事才能。他对西
夏问题作出了冷静的分析，提出了切合实际的应对措施，表达了"识途老
马"对国家、对民族的拳拳之心。

苏东坡曾与苏辙一道去拜访恩师张方平，并代张方平作《谏用兵书》。
古来谏用兵者，多陈战败之弊，而苏东坡却力陈战胜之祸。

> 臣闻好兵犹好色也。伤生之事非一，而好色者必死；贼民之
> 事非一，而好兵者必亡。此理之必然者也。

苏东坡在文章中指出"圣人用兵，皆出于不得已，故其胜也"，"自古
人主好动干戈，由败而亡者，不可胜数"。在文章的结尾，苏东坡再次警告
当政者："今陛下盛气于用武，势不可回。……故不敢以众人好胜之常心望
于陛下，且意陛下他日亲见用兵之害，必将哀痛悔恨。"

此事不幸又被苏东坡言中！

苏东坡"老于兵事"，恐怕与年少时与父亲苏洵纵论军事有关，也与人
仕后，对宋朝的军事对外方略有关。也许，苏东坡不能提枪带兵，冲锋陷
阵，但他的确具有战略家的视野和风采。如果让他统领三军，说不定中国
历史上又会多一名儒将！

苏东坡会做官吗

苏东坡一生历尽坎坷，宦海沉浮。他曾官至礼部尚书、吏部尚书、翰林院侍读、知制诰，也曾四处流放，几乎老死南荒。即使在他的生命最辉煌的时候，他也扮演着悲剧的角色。有人说，苏东坡是文人，不会做官。那么，苏东坡到底会不会做官呢？

苏东坡任密州太守时，当地盗匪十分猖獗。朝廷特地派一支强悍的部队到密州缉盗，维持当地治安。对此，苏东坡当然非常欢迎。谁料这支部队，比盗匪还要强暴凶残。有的以捕盗为名闯入百姓家中，趁"搜查"之机强取豪夺；有的与盗匪内外勾结，诈骗钱财。百姓惊恐不已，纷纷跑到衙门告状。岂料大堂之上，苏东坡竟置之不理。他甚至把状子扔到地上，斥责告状人说："朝廷派来的官兵哪会做出这等坏事?!"作案的兵卒听苏东坡这样说，越发大胆起来。当他们又聚在一起作案时，苏东坡早已布下了天罗地网。作案的官兵无法抵赖，一一交代了犯罪事实。苏东坡顺藤摸瓜，一举消灭了盗匪，当地百姓莫不夸苏东坡是个智勇双全的好官。

苏东坡在各地任地方官时，都要实地考察河湖沟渠，访问士绅老农，阅读山川地图。他博采众长，逐渐形成了一套完整的"苏氏水利学"。可叹命运多舛，他的水利学被束之高阁。直到明代治理三吴水利时，人们才从故纸堆中翻出苏东坡的水利著述，并将它付诸实施。可见，苏东坡绝非只会高谈阔论、掉书袋、搬教条的迂酸文人。

司马光为相时，苏东坡从一个被贬到黄州的"罪人"，一下子擢升至三品大员。按理说，年过五十又吃尽苦头的他该"多栽花、少栽刺"了。可是，他却挥笔批评司农范子渊的治河工程。这项错误的工程耗资巨大，死伤无数。愤怒的苏东坡写道："汝以有限之财，兴必不可之役；驱无辜之民，置诸必死之地。横费之财，犹可以力补；而既死之民，岂可以复生……"对无视百姓生命与国家财产的官僚，这无疑是一篇讨伐的檄文。此文痛快淋漓，深刻锋利，成为传诵一时的名篇。

司马光召苏东坡回朝委以要职后，废除新法，恢复从前的旧法。朝中官吏大多是王安石变法时的受害者，因此，对司马光的这一措施表示赞成，但却遭到了苏东坡的强烈反对。苏东坡找到政事堂去，要求司马光不要不分青红皂白，尽废新法。苏东坡说，他从前曾竭力反对免役法，后来做了地方官后才体会到，免役法比旧的差役法好得多，切实可行，有利民生。司马光却不愿意听，做脸做色的。苏东坡仍直言道："从前，韩琦韩相国要实行'刺义勇'，您极言不可行。韩相国怒形于色，您还是不肯退让。如今您做了相国，便不容我苏东坡说话了吗?!"这一下说得司马光下不了台，只好强装笑脸表示道歉，过后却恨恨地说："必须把这个讨厌的家伙弄出汴京。"虽然在这件事情上，错的是司马光，对的是苏东坡，但为了民生问题而不惜得罪几十年的老朋友、老上级、当朝宰相，有几个当官的会干这等傻事?

苏东坡做过多年地方官。在凤翔，他革除弊政；在徐州，他率军民抗洪；在定州，他强兵固边；在杭州，他疏运河、开西湖，留下千古不朽的"苏堤"……所到之处，均有德政被后世传颂。无数事实证明，苏东坡很会做官。可是，苏东坡明知自己时刻处于明枪暗箭之下，群小包围之中，却还是不停地写呀，说呀，干呀，被人诬告成罪。碰得头破血流也学不会睁一只眼闭一只眼，如此不懂权术又毫无心计怎么能仕途通达呢？如此说来，苏东坡很不会做官。

有些事情真是越说越糊涂。你来说说苏东坡究竟会不会做官呢?!

苏章恩仇记

苏东坡和章惇是同科进士，两人早年交往甚密，互为知己，后来却反目成仇。要知事情根源，且听我慢慢道来。

苏东坡任凤翔签判时，章惇任商州令。有一天，两人同游南山寺。到了南山，听说寺内有山魈作祟，游客们都不敢在寺内住宿。章惇却不怕，偏偏要和苏东坡留在寺内过夜。第二天一早起来，章惇对苏东坡说："怎么昨夜一点动静都没有，山魈跑到哪里去了！"苏东坡笑着说："你比山魈还厉害，鬼都被你吓跑了。"章惇听后哈哈大笑。

吃过早饭，他们到仙游潭观景。仙游潭是一口深潭，深不可测，绝壁两岸有一座独木桥。章惇请苏东坡从独木桥过潭去，苏东坡望着一眼看不到底的深潭，忙说："不敢，不敢，还是请章公先行。"章惇也不推辞，只身平步而过，来到对岸山崖上。章惇抓住野藤滑至绝壁半腰，以手蘸树漆在石壁上题下"章惇苏轼来游"六个大字。等章惇回来，苏东坡拍着他的肩膀说："人说鬼厉害，你比鬼还厉害。"章惇问："何以见得？"苏东坡回答说："像你这样不怕鬼不畏险的人，怕是什么事都敢干，什么人都敢杀吧！"章惇抿嘴一笑，面有得色。

回到南山寺，苏东坡和章惇饮酒作乐，不觉都醉了。乘着酒兴，二人骑马下山。转过一个山头，有山民狂奔而至，说前面有老虎。苏东坡有些害怕，要转身回去，章惇却说："怕什么，看我的。"说罢，勒马向前。前面不远的山路上，果然卧着一只白额吊睛猛虎。章惇不慌不忙地取出一面铜锣，猛地一下敲响。老虎受到惊吓，逃到路旁的丛林里去了。章惇回头招呼苏东坡过来，说："苏公怎如此胆小？你今后必不如我。"苏东坡不好意思地说："章公有胆有谋，今后必居人上。"

不久，苏东坡和章惇先后调回京城供职，两人常在一起游山玩水，喝酒唱诗。苏东坡因文字获罪，被捕进御史台，章惇八方营救。他找到宰相王珪，说："你们到底要把苏东坡怎么样，难道要杀人灭族吗？"王珪一时语塞，推口说："苏东坡的罪状是舒亶告诉我的。"章惇气得大叫道："你身为宰相，难道舒亶的口水也可以吃么？"苏东坡出狱后，非常感谢章惇。

章惇是父母偷情生下的私生子，刚出生时父母准备把他溺死在水盆中，后来被人救下，章惇做官后，特别怕别人提起这段历史。有一年他到湖州去当太守，临别时，苏东坡送他一首诗，开头两句是："方丈仙人出渺茫，高情犹爱水云乡。"章惇以为苏东坡在讥讽自己，心中暗暗不乐。其实论才学与能力，章惇比苏东坡差得很远；但论为人处世，乖巧机变，苏东坡就望尘莫及了。有客人从湖州来，苏东坡关心地询问章惇的近况。客人说："章太守空闲时就练字，每天都要临摹一遍王羲之的《兰亭集序》。"苏东坡笑着说："练字要有自己的心得体会，如果一味临摹别人，再怎么练也是步人后尘，不可能成为书法大家啊！"这话传到章惇耳中，章惇更加不高兴了。

后来，苏东坡受新旧两党的排挤，一贬再贬，流放到广东。章惇却见风使舵，左右逢源，当上了宰相。大权在握的章惇，任用亲信，排斥异己。为了不让才学比自己高百倍的苏东坡还朝，他挑拨哲宗皇帝与苏东坡的关系，并派程之才出任广东巡按，企图"借刀杀人"。

程之才是苏东坡的姐夫，苏东坡的姐姐苏八娘嫁给程之才后，因婆媳关系不好，一直郁郁寡欢，不久就死了。苏东坡的父亲苏洵痛失爱女，自然十分悲愤，大骂程家并割袍断交，从此两家再不来往。章惇派程之才去广东，其目的是给程之才一个泄愤的机会，借此除掉苏东坡。谁知程之才到了广东，不仅没有加害苏东坡，反而与苏东坡化解了苏程两家四十多年的仇隙。

章惇得知后，不禁大怒，特别是看到苏东坡贬谪惠州时写的诗"报道先生春睡美，道人轻打五更钟"时，更加怒不可遏，说："哼，这个苏东坡被贬到岭南还如此快活。"于是，找来地图，看看还有什么更远的贬所。他一眼看到海南岛儋州，就说："苏东坡叫子瞻，'儋''瞻'都差不多，就把苏东坡贬到海南岛的儋州去吧。"同时，他把苏东坡的亲友也一一贬谪。苏辙字子由，"由"是"雷"的下半部而贬雷州，黄鲁直因"直"与

"宜"相似而贬宜州。

　　苏东坡渡海北归之时，老百姓夹道欢迎，坊间也盛传苏东坡回朝将任宰相。而此时章惇已被罢相，谪居海康。章惇的儿子章援给苏东坡写了一封信，代父亲向苏东坡赔礼道歉。苏东坡复信说，过去的事情已经过去了，再说也无益处，要章援好好伺候章惇，随信还附上自己在惠州、儋州防治瘴气的药方。

　　是非恩怨转头空。后来，章惇孤独地客死异乡。

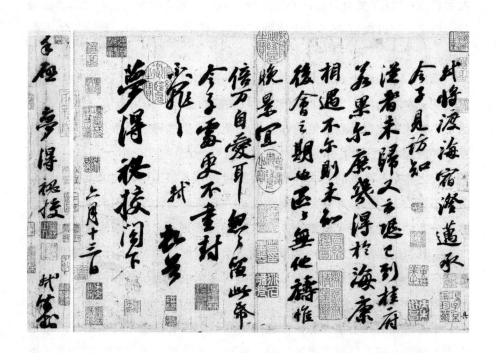

巨星殒常州

苏东坡六十四岁那年,哲宗崩,徽宗继位,大赦天下。苏东坡劫后余生,渡海北归。坐在渔船上,回望渐渐远去的海南岛,苏东坡感慨万千:

> 参横斗转欲三更,苦雨终风也解晴。
>
> 云散月明谁点缀?天容海色本澄清。
>
> 空余鲁叟乘桴意,粗识轩辕奏乐声。
>
> 九死南荒吾不恨,兹游奇绝冠平生。

苏东坡在海南的"苦雨终风"中整整生活了三年,"天容海色"得以澄清,终于熬出头了!但此时的苏东坡已经老了,当他辗转来到镇江金山寺,佛印和尚已于三年前圆寂。面对他的老朋友、画家李公麟为他绘制的画像,苏东坡长长地叹了一口气,用颤抖的手,挥毫写下四句诗:

> 心似已灰之木,身如不系之舟。
>
> 问汝平生功业,黄州惠州儋州。

不久,苏东坡接到圣旨,复朝奉郎,提举成都玉局观,苏东坡决定归居常州。

苏东坡先后十一次到常州,对常州情有独钟。早在二十二岁时,他就和常州宜兴的同科进士单锡、蒋颖叔等人成莫逆之交。他在任杭州通判时,曾到常州赈灾,整整忙了八个月。除夕的夜晚,当他从灾区回到常州时,为了让地方官和老百姓过个好年,他泊船江边,独守孤舟。到了后半夜,霜风阵阵,寒气逼人,苏东坡不得不上岸跑步取暖。"赈灾江南,夜泊江岸"的故事,至今仍被常州百姓传为美谈。后来人们为了纪念苏东坡,还在他泊舟的岸边，修了一座亭子，叫"舣舟亭"。

"买宅阳羡吾终老，卜居只为溪山好。"在好友邵民瞻的帮助下，苏东坡把父亲苏洵当年在京城买的房子卖了，加上身边的现款，好不容易凑足了五百贯钱，在阳羡（宜兴）荆溪边的永定里买了一栋宅院。有一天晚上，月亮又大又圆，苏东坡和邵民瞻相伴作月下游。突然，一阵女人的哭声随风传来。二人循声来到一座茅草屋前，推门进去，只见一个老婆婆正痛哭不已。苏东坡问道："老婆婆，何事这么伤心啊？"老婆婆边哭边说："我家宅院，被我那不肖儿子卖了。祖宗家业，如此易手，让我今后何颜见列祖列宗啊！"苏东坡同情地问："你的宅院在何处，你儿子把它卖给了谁啊？"当老婆婆说出宅院的地点和买房的人姓苏之后，苏东坡明白了是怎么回事，他安慰老婆婆说："老婆婆，真是对不起啊，我就是那个买房的人，我把房子退还给你们好了。"老婆婆说："退给我，我也不敢要啊！我那不肖子早把钱拿去还债了……"苏东坡说："老婆婆，你放心搬回去住吧，卖房的钱我不要你们还。"说完，苏东坡从身上掏出房契，就着油灯点燃，房契顿时化为灰烬。老婆婆呆呆地看着眼前发生的事，良久，方才回过神来，捣蒜样地磕头道："菩萨显灵了，菩萨显灵了！"

从那以后，苏东坡再也没有钱买房了，一直寄住在孙氏藤花旧馆里。颠沛流离的日子和海南艰苦的生活，严重损害了苏东坡的健康。苏东坡生病了，开始是拉肚子，后来发烧，病情日益严重。他在一篇短文中写道：

> 卧病五十日，日以增剧，已颓然待尽矣。……岭南万里不能死，而归宿田野，遂有不起之忧，岂非命也耶？然生死亦细故尔，无足道者，惟为佛为法，为众生自重。

临终前，苏东坡对儿子说："吾生不恶，死必不坠。"就在弥留之际，他请求专程从杭州赶来为他念经求佛保佑康复的长老阮维琳不必再作法事了。他坦然地面对死亡，留下一句颇具幽默的遗言："不要再给菩萨添麻烦了，他们忙不过来！"

宋建中靖国元年七月二十八日，一代文豪苏东坡与世长辞，终年六十五岁。讣闻传出，"吴越之民，相与哭于市；其君子，相与吊于家；讣告四方，无论贤愚皆咨嗟出涕。太学之士数百人，相率饭僧慧林佛舍"。苏东坡的学生，苏门六君子之一的李廌，悲痛地写下一篇祭文：

> 道大难容，才高为累。皇天后土，鉴平生忠义之心，名山大川，还千古英灵之气。识与不识，谁不尽伤；闻所未闻，吾将安放。

后来，苏子由按照哥哥的遗愿，撰写了《东坡先生墓志铭》，并将苏东坡和嫂嫂王闰之的灵柩安葬于河南郏县茨芭乡上瑞里嵩阳小峨眉山。

巨星殒华夏，光芒耀千秋！

安葬郏县

　　河南省平顶山市郏县，位于箕山以南，汝河以北，宋称汝州。宋神宗曾以"皇帝手诏"的指令，把谪贬黄州的苏东坡调任汝州团练副使。苏东坡以种种借口推托，并未到职。宋时有一条经过汝州的道路，叫许（昌）洛（阳）古道，苏东坡曾在古道上来来往往。郏县西北两座状若柳眉的小山，当地人称"小峨眉山"，给苏东坡留下了深刻的印象。

　　苏东坡为何选择郏县作为安葬地？历史上说法多多：有的说郏县山川形胜与眉山颇为相似，苏东坡曾予赞美并表示死后愿葬此地；有的说郏县风水好，土层深厚，福佑子孙，是理想的安葬地；还有人说宋朝的高官去世后要埋在京畿或皇陵附近，以示忠诚；更有人说东坡兄弟因长期谪贬，家境穷困，无钱归葬家乡眉山。

　　这些说法都有一定的道理，但都没有揭示出问题的核心。

　　早在嘉祐二年，三苏父子将程夫人葬于四川彭山县安镇乡可龙里柳沟山时，苏洵曾指着坟墓西北八步对苏东坡说："汝今后葬此。"后来，苏东坡的第一位夫人王弗病逝，果真葬在了这里，苏东坡也为自己预留下了墓穴。

　　元丰二年，苏东坡在湖州任上被押御史台，在狱中写下"绝命诗"："是处青山可埋骨，他年夜雨独伤神。""百岁神游定何处，桐乡知葬浙江西。"可见他对身后归葬何处，有了新的想法。特别是谪贬海南，渡海前对子孙说："首当作棺，次当作墓，死则葬海外。"

　　元符三年，徽宗即位，大赦天下，苏东坡渡海北归。他自感年老体衰，来日无多，写信给苏辙商议后事："葬地，弟请一面果决。八郎妇可用，吾无不可也。更破十缗买地，何如留作丧事，千万莫循俗也。"八郎妇，即苏辙第三子苏远的妻子黄氏，死在苏辙贬岭南的途中。苏辙北归，与家人携黄氏棺木回到中原，并已觅得墓地。苏东坡的意见很明确，可以和八郎妇

288

共用一块墓地，一切丧事从简。苏东坡预感成真，当年六月抵常州，七月病逝于藤花旧馆。

苏辙在《亡兄子瞻端明墓志铭》中说："公始病，以书属辙曰：'即死，葬我于嵩山下，子为我铭。'"苏辙在《再祭亡兄端明文》中披露了东坡葬郏的原因："先垄在西，老泉之山。归骨其旁，自昔有言。势不克从，夫岂不怀？"兄弟俩早有约定，死后归葬眉山。谁知时局突变，夙愿难成！苏东坡逝世前，一向庇佑苏轼兄弟的高太后去世，宋徽宗重推新法，元祐党人横遭打压，苏家未来命运难卜。即如当年的副宰相苏辙，也只能隐居许昌，闭门不出，埋头著书，不问世事。

苏东坡葬郏十年后，苏辙辞世。又五年，史夫人逝世。苏辙夫妇安葬于苏轼王闰之墓旁。其后一百年间，有二十多位苏家后人葬此。1350 年，郏县县尹杨允，在苏轼、苏辙的坟茔之间另垒了一座苏洵的衣冠冢。至此，这里便被后世称作了"三苏坟"。

三苏坟的苏轼墓，是苏东坡与继室王闰之的合厝墓。苏东坡一生有三个最重要的女人：在前有"敏而谨、惠而谦"的王弗；在后有"敏而好义、忠敬若一"的侍妾王朝云；而居中的则是"三子如一、爱出于天"的继室王闰之。王闰之是青神农家女，王弗的堂妹。她没有王弗的才气，不能陪东坡读书，红袖添香；也没有朝云的灵气，不能唱花褪残红，为东坡排忧解闷。她所能做的，是给了苏东坡一个和融而温暖的家。她是贤妻，默默无闻地陪伴在苏东坡身旁，无论穷达宠辱，不改声色，泰然处之。她是良母，无论是前妻的孩子苏迈，还是自己的病孩苏迨，她都以一腔母爱，平等对待。苏东坡曾赞扬说："子还可责同元亮，妻却差贤胜敬通。"说自己的儿子堪比陶渊明的儿子，妻子贤惠爱家，比家有悍妻的冯衍幸福多了。王闰之与苏东坡共同生活了二十五年，苏辙遵循苏东坡"惟有同穴，尚蹈此言"的遗嘱，将王闰之与苏东坡合葬于郏县。

"大江东去，浪淘尽，千古风流人物。"三苏坟前，栽满了郁郁苍苍的古柏，树干都朝着西南方向倾斜，所指的方向正是三苏的故乡——四川眉山。

参考书目

《苏轼年谱》　　　　孔凡礼　中华书局

《苏东坡轶事汇编》　颜中其　岳麓书社

《三苏全书》　　　　曾枣庄　舒大刚　语文出版社

《苏轼评传》　　　　曾枣庄　四川人民出版社

《张志烈文录》　　　张志烈　香港新天出版社

《苏东坡大传》　　　李一冰（台湾）　九州出版社

《苏轼传》　　　　　王水照　崔铭　天津人民出版社

《苏轼诗选》　　　　陈迩冬　人民文学出版社

《苏轼词集》　　　　刘石　上海古籍出版社

《中国民间文学集成·眉山卷》（内部资料）

《中国民间文学集成·乐山卷》（内部资料）

后　记

　　屈指算来，我从事苏东坡传说的搜集、整理、传播快五十年了。早在二十世纪八十年代，文化部要求全国各地文化馆、艺术馆开展民间文艺三集成工作。所谓"三集成"，是指将流传于乡野村寨的民间文学、民间音乐、民间舞蹈进行原汁原味的、抢救性的搜集、录音、录像。那时候我刚进眉山县文化馆工作，整天扛着个收录机，走村串户，寻找民间艺人或当地老年人，讲故事、唱山歌。回来后，熬更守夜地归类整理。经过两年多的辛勤工作，我和我的同事们终于完成了"眉山县民间文学集成"。后来我调到乐山市艺术馆工作，接触到的民间故事更多，品类更丰富，视野也更加开阔。事实证明，当年文化部的决定是非常正确而及时的，抢救了大量的民族民间优秀文化遗产。

　　我祖籍山西临汾，长在四川眉山，有幸与苏东坡为邻。记得小时候，牵了父亲母亲的衣裳角角，去到三苏祠。那时三苏祠绘殿里的三苏塑像是穿着官服戴着官帽的，塑像前燃着青油灯。父亲告诉我，坐在中间的是老苏苏洵，右侧是大苏苏轼，左侧是小苏苏辙。我母亲虽不似程夫人那样识文断字，却也相夫教子，秉承了中国母亲最优秀的品质，教给了我坚韧、向善和爱。这一切仿佛还是昨天，坎坷沉浮间，我已古稀之年了。

　　我爱苏东坡，自谓入骨入心。由于工作关系，自1987年以来，我为三苏祠撰写过四次陈列大纲，设计过园林景观，编写过展陈文案。我为苏东坡写过传记、诗歌、歌曲和音乐剧，担任52集电视动漫《少年苏东坡传奇》的编剧和顾问。我以为才疏学浅的我，不配撰写鸿篇巨制来为天才的"千年英雄"苏东坡添一份光华，也不配用喑哑的歌喉来为千古第一文人苏东坡唱一支赞歌。我更乐意把苏东坡请到百姓身边，像多年的老朋友那样，讲讲他的传说，讲讲他的故事。用最民间的方式，还原一个充满烟火气的苏东坡。于是，苏东坡复活了！穿过九百多年的风雨，骑着蹇驴，从眉山走来；雪泥鸿爪，从太白山的春雨中走来；力挽雕弓，从齐鲁大地走来；驾着扁舟，从大江东去的赤壁走来；挥锸运土，从波光潋滟的西湖走来；竹杖芒鞋，从海南的浪尖上走来……

当我怀着近乎朝圣的感觉，又一次走近苏东坡，我的心灵得到又一次净化和洗礼。试问上下五千年历史长河中，有几人能让你一次又一次感动，一次又一次温暖，苦其苦，乐其乐，喜其喜，哀其哀！

我是《苏东坡传说》非物质文化遗产保护传承人，有责任有义务把苏东坡的传说故事讲给您听，因为我爱苏东坡，我们都爱苏东坡。

本书蒐集了118篇苏东坡传说故事，分为六个篇章，大体按其人生经历讲述。素材主要来源于我听过的民间传说、搜集的逸闻传说、阅读过的文章典籍，以及苏学专家、研究者的相关文字。讲好苏东坡传说故事，传承好中华优秀文化，我一直在努力！

2024年元旦于东坡故里眉山

（作者系中国苏轼研究学会理事、中国音乐家协会会员、中国戏剧文学学会会员、中国民间艺术家协会会员、《苏东坡传说》非遗传承人、三苏祠文化顾问兼学术委员会委员，全国文化先进工作者。出版个人专著12部，7次获四川省"五个一工程"奖，3次获"巴蜀文艺奖"。）